NADA MÁS QUE PERDER

- **Título original:** *Nothing Left to Lose*
- **Edición:** Melisa Corbetto con Erika Wrede
- **Coordinación de diseño:** Marianela Acuña
- **Armado de interior:** Cecilia Aranda
- **Ilustración de tapa:** Santiago Caruso

un sello de V&R Editoras

© 2017 Dan Wells
© 2019 Vergara y Riba Editoras S. A. de C. V.
www.vreditoras.com

México:
Dakota 274, colonia Nápoles - C. P. 03810
Del. Benito Juárez, Ciudad de México
Tel.: (52-55) 5220-6620 / 6621 · 01800-543-4995
e-mail: editoras@vreditoras.com.mx

Argentina:
Florida 833, piso 2, of. 203 (C1005AAQ) · Buenos Aires
Tel.: (54-11) 5352-9444
e-mail: editorial@vreditoras.com

Primera edición: julio de 2019

Todos los derechos reservados. Prohibidos, dentro de los límites establecidos por la ley, la reproducción total o parcial de esta obra, el almacenamiento o transmisión por medios electrónicos o mecánicos, las fotocopias o cualquier otra forma de cesión de la misma, sin previa autorización escrita de las editoras.

ISBN: 978-607-8614-83-7

Impreso en México en Litográfica Ingramex, S. A. de C. V.
Centeno No. 195, Col. Valle del Sur, C. P. 09819
Delegación Iztapalapa, Ciudad de México.

Sexto libro de la saga **JOHN CLEAVER**

NADA MÁS QUE PERDER

DAN WELLS

Traducción: María Laura Saccardo

*A John. Perdón por hacerte pasar por todo esto.
Lo has hecho muy bien.*

> Busqué mi muerte y la encontré en mi vientre,
> busqué vida y vi que era una sombra,
> recorrí la tierra y supe que era mi tumba,
> y ahora muero y ahora solo estoy hecho.
> El vaso está lleno y ahora el vaso rebalsa,
> y ahora vivo y ahora mi vida está acabada.
>
> CHIDIOCK TICHBORNE, "ELEGY"

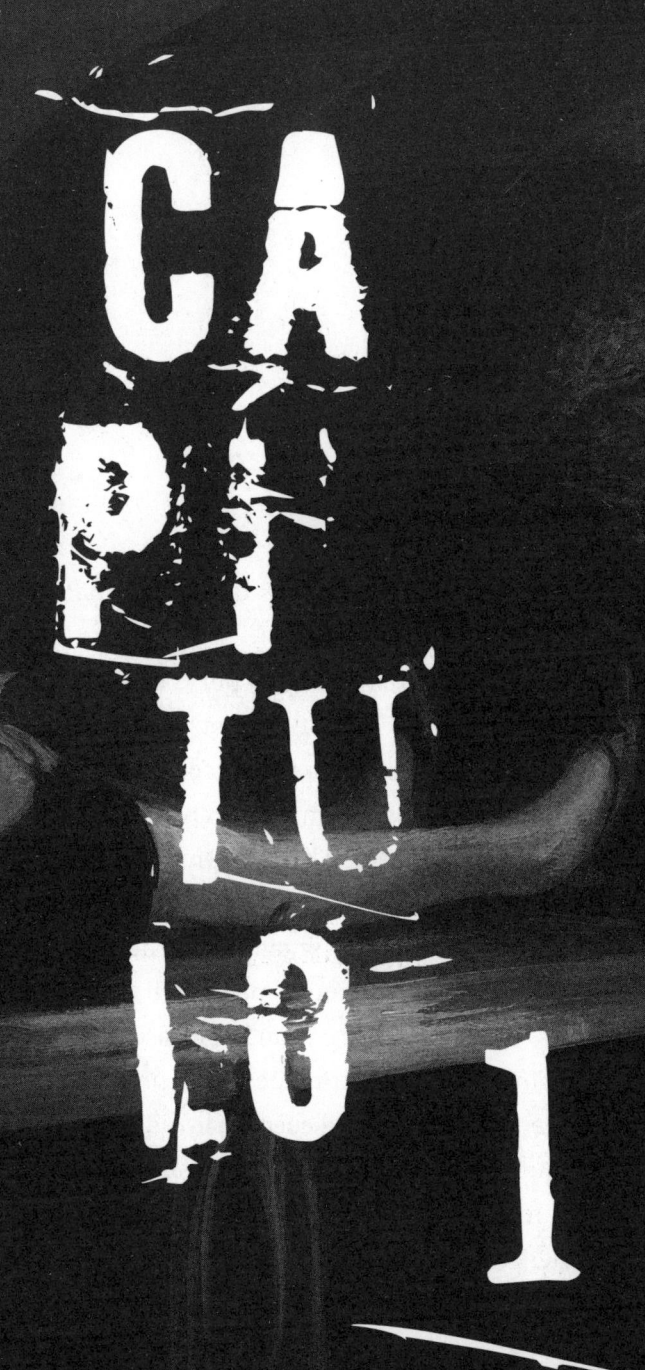

Hay tantas buenas maneras de poder echar un vistazo a un cuerpo sin vida.

Siempre puedes producir uno por ti mismo, por supuesto, que es lo que la mayoría de las personas hacen. Es rápido, es económico y puedes hacerlo con cosas que tienes alrededor de tu propia casa: un martillo, un cuchillo de cocina, un pariente que no se calla y *bum*. Tu propio cadáver. Como los proyectos del tipo "hágalo usted mismo", el asesinato es más sencillo y más común que pintar una habitación, aunque, para ser justos, significativamente más difícil de ocultar. Y tiene otras desventajas también: primero, es asesinato. Así que ahí está. Segundo, y más pertinente en mi propia situación, solo es realmente útil cuando el cuerpo sin vida que quieres ver es uno al que tienes acceso cuando aún sigue con vida. Con los cuerpos realmente buenos, este es rara vez el caso. Digamos que quieres examinar un cuerpo específico, como, ah, no lo sé, el de una mujer mayor que murió de causas misteriosas en un pequeño pueblo de Arizona. Solo para dar un ejemplo al azar. Entonces, se vuelve mucho más difícil.

Si necesitas ver un cuerpo específico, ayuda ser un verdadero policía, o mejor aún, un agente del FBI. Puedes inventar alguna excusa rápida para explicar por qué ese cadáver en particular es una pieza clave para tu investigación, ingresar, exhibir una placa, y hecho. Podría incluso ser real, lo que sería un buen beneficio extra, pero no es realmente necesario. Si no fueras en realidad un representante de la ley, pero supieras lo suficiente, podrías ingresar con una placa falsa y tratar de lograr el mismo resultado. Pero, si tuvieras además, por ejemplo, dieciocho años, convencer a la autoridad local de creerte sería algo más fácil de decir que de hacer. Lo mismo aplica para un adolescente que pretenda ser un forense, un perito y un reportero. He utilizado la línea de: "Estoy investigando algo para el periódico escolar" algunas veces y funciona bastante bien, pero solo cuando ese algo que investigas no es un cuerpo humano en descomposición.

Eso deja tres opciones principales: primero, si puedes llegar lo suficientemente rápido, puedes intentar engañar al forense para que crea que eres el nuevo chofer de la funeraria local, asignado para recoger el cuerpo y llevárselo al embalsamador. Necesitarías algunos documentos falsos pero, honestamente, no tantos como se podría pensar. Y, si has crecido en una funeraria y has asistido en el negocio familiar desde que tenías diez años y conoces todo el proceso de atrás para adelante (otra vez, solo como ejemplo al azar), podrías hacerlo con bastante facilidad. Pero solo si llegas a tiempo.

Digamos que no lo logras, porque te encuentras a dos

estados de distancia y viajas únicamente con aventones (u, honestamente, por cualquier razón; simplemente no puedes llegar a tiempo, esa es la parte importante). En ese caso, pasas a la segunda opción, que requiere más o menos las mismas habilidades: presentarse en la funeraria después de horas y exhibirse. Digo "más o menos las mismas habilidades" porque nunca sabes qué tan bueno será el sistema de seguridad de la funeraria y eres un funebrero adolescente, no un ladrón. En un pueblo pequeño, o incluso en una ciudad más grande, si la casa funeraria fuera lo suficientemente antigua, podrías hacer que funcionara, porque no siempre tienen fondos para actualizar sus equipos. Es un problema de la industria.

Pero digamos que sí han actualizado sus equipos (sin cámaras, pero una alarma con sensor de movimiento) y que definitivamente no quieres que te atrapen metiéndote en una casa funeraria. Es decir, no creo que nadie quiera que lo atrapen metiéndose en ningún sitio, pero digamos para este ejemplo que en verdad, en verdad, no lo deseas. Vayamos tan lejos como para decir que los representantes de la ley que mencionamos antes, a los que nuestro totalmente hipotético adolescente funebrero estuvo tentado de representar, están, de hecho, buscándolo activamente. Así que cualquier cosa ilegal está fuera de discusión. Eso nos deja solo una opción: tenemos que esperar hasta que la funeraria abra sus puertas, saque el cuerpo de su habitación trasera e invite a todos los que quieran verlo a que se acerquen y simplemente lo vean. Lo que nunca ocurrirá, ¿verdad?

Error. Se llama velatorio y ocurre cada día. No te permiten literalmente entrar y husmear, pero es mejor que nada.

Y Kathy Schrenk, una pequeña anciana que murió en circunstancias misteriosas en el pueblo de Arizona, Lewisville, tuvo un velatorio ese día. Y un funebrero adolescente con un pasado en el FBI se encontraba afuera, con esperanzas de que su traje no se viera muy desaliñado.

Hola. Mi nombre es John Cleaver, y mi vida suena algo extraña cuando la describo de este modo.

La describiré de una forma diferente, pero no sonará más normal: me dedico a cazar monstruos. Solía hacerlo solo, luego, por un tiempo, lo hice con un equipo de especialistas del gobierno, y luego los monstruos nos encontraron y los mataron a casi todos y ahora los cazo solo otra vez. Los monstruos se llaman Marchitos, o algunas veces Condenados; otras, Iluminados, si encuentras a uno de buen humor, pero eso es bastante poco frecuente en estos días. Son viejos y están cansados, y se aferran a la vida más por terquedad que por otra cosa. Solían ser humanos, pero renunciaron a alguna parte intrínseca de sí mismos (su memoria, sus emociones, su identidad; es diferente para cada uno de ellos) y ahora ya no son humanos. Uno de ellos me dijo que eran más que humanos y menos, al mismo tiempo. Han pasado diez mil años con increíbles poderes, gobernaron el mundo como reyes y dioses, pero ahora solo aprietan los dientes y sobreviven.

La naturaleza misteriosa de la muerte de Kathy Schrenk es una clásica noticia sensacionalista: ella se ahogó lejos del agua, su cuerpo se encontraba empapado mientras que todo a su alrededor estaba seco como un hueso. Extraño, pero no automáticamente sobrenatural; Miss Marple probablemente podría resolverlo en el desayuno. Nueve de cada diez veces (nueve mil veces de nueve mil una) se trata solo de un ser humano ordinario; celoso, enfadado o aburrido. Somos personas horribles, si vamos al caso. Apenas vale la pena salvarnos.

Pero ¿qué más voy a hacer? ¿Detenerme?

Observé la funeraria un tiempo más: Casa Funeraria Hermanos Ottessen. Saqué una pelusa de mi manga. Acomodé mi cabello. Saqué otra pelusa. Era ahora o nunca.

Esto es lo que llevo meses haciendo, desde que nuestro equipo murió, envié a Brooke a casa y salí por mi cuenta a cazar a los Marchitos sin apoyo, sin guías ni inteligencia. Busqué anormalidades y las seguí. La mayoría no llevaban a nada y simplemente seguí adelante.

Entré.

Mi situación hipotética anterior, acerca de crecer en una funeraria, no era hipotética. Probablemente hayan adivinado eso. Mis padres eran funebreros. Y vivíamos en un pequeño apartamento sobre la capilla. Comencé a ayudar con los funerales cuando tenía diez y con los verdaderos embalsamamientos unos años más tarde. Entrar a Hermanos Ottessen era como entrar en mi propio pasado. Las decoraciones de mal gusto, al menos una década fuera de moda; la pequeña mesa semicircular con un libro de firmas y un falso bolígrafo elegante. La inestable combinación de sofisticación y religión genérica, con un bebedero en la pared. Toqué el papel tapiz (elegante, pero desgastado, diseñado para aguantar multitudes inquietas y portadores de féretros inexpertos) y pensé en mi casa. No la había visto en casi tres años, aunque le había echado un vistazo ocasionalmente en las noticias. Mi hermana y mi tía se ocupaban de la funeraria, pero quién sabía cuánto duraría eso. No podían mantenerla solas. Mi papá no las ayudaría y mi mamá... Bueno, ella ya no estaba por ahí para ayudar, ¿o sí?

Su cuerpo había estado tan dañado que no puede embalsamarla. Era lo único que habíamos compartido, y hasta eso perdí.

La multitud en el velatorio de Schrenk era diversa, en su mayoría eran mujeres mayores no muy lejos de tener sus propios velatorios. Algunos hombres mayores. Alguien había ubicado una mesa junto a la puerta, con un arreglo de fotografías y recuerdos y, mientras que había muchas fotografías grupales, Schrenk estaba sola en los retratos. Nunca se había casado, nunca tuvo hijos. Algunas fotografías incluían a la que parecía su hermana gemela. En una se veía a Schrenk de pie frente a la misma funeraria, con un brazo alrededor de la cintura de una mujer robusta que rondaba los cincuenta años. Un lugar extraño para una fotografía, ¿tal vez durante el funeral de otra amiga? Pero no, ninguna de las dos vestía ropa apropiada para un funeral. ¿Empleadas, entonces? El resto de la mesa estaba cubierta con varios pequeños sombreros de lana y bufandas, así que supuse que Schrenk tejía.

Seguí de largo y entré a la propia sala velatoria: el cajón estaba en la pared más lejana, rodeado de banderas, con varias sillas y sofás esparcidos por las esquinas de la habitación, la mayoría ocupados por mujeres mayores que tenían conversaciones susurradas. En una esquina había una mesa de refrescos con un surtido de galletas resecas.

–Creo que luce terrible –dijo una mujer mayor junto a la comida, le "susurraba" a un pequeño grupo de mujeres consternadas. No podía decir si estaba fingiendo susurrar pero quería ser escuchada o si realmente no sabía cómo regular su propio volumen–. Nunca he visto un cuerpo que luciera con menos vida.

Caminé lentamente más allá de ellas, hacia el cajón, y me esforcé por que pareciera que pertenecía allí.

–Hola –dijo un hombre que dio un paso al frente y me ofreció su mano. Yo la estreché–. ¿Eres un amigo de Kathy? –parecía de sesenta años, tal vez sesenta y cinco.

–Conocido –respondí rápidamente y desplegué mi mentira diseñada–. Era amiga de mi abuela, pero ella no pudo venir, así que quería que viniera a ofrecer mis respetos.

–¡Maravilloso! –exclamó él–. ¿Cómo se llamaba tu abuela?

–Julia. –No conocía a ninguna Julia, pero era un nombre tan bueno como cualquiera.

–Creo que escuché a Kathy mencionarla –afirmó el hombre, aunque no podía saber si había dado accidentalmente con un nombre real o si él estaba siendo amable–. ¿Y cuál es tu nombre, jovencito?

–Robert –respondí, con esperanzas de que fuera lo suficientemente genérico para que él lo olvidara si alguien se lo preguntaba. Intentaba no usar nunca el mismo nombre dos veces, gracias a todo el asunto del FBI. Lo observé un momento: un traje algo desgastado, demasiado corto en los tobillos; una camisa blanca lisa, que ya se estaba oscureciendo en las mangas y el cuello. Era un hombre que usaba mucho esa ropa, de modo que hice una amable suposición.

–¿Usted trabaja para la funeraria?

–Así es –afirmó él y volvió a ofrecerme la mano–. Harold Ottessen, soy el chofer.

—¿El chofer? —Así caía mi idea de que los conductores eran jóvenes—. ¿Asumo que su hermano es el funebrero, entonces?

—Lo era —respondió Harold—. Pero me temo que él ha fallecido cerca de veinte años atrás.

—Lamento escuchar eso.

—Estas cosas suceden. Nuestra familia lo sabe. Margo se ocupa de las cosas ahora; está por aquí, en alguna parte.

Yo asentí, ya estaba aburrido de hacer conversación.

—Fue agradable conocerlo, Harold. Iré a ofrecer mis respetos.

Él asintió también y me ofreció su mano para que la estrechara una tercera vez, pero pude liberarme cuando otra mujer mayor se acercó con expresión preocupada.

—Es totalmente deshonroso —comentó ella—. ¿No puedes hacer algo al respecto?

—Ya te lo he dicho —respondió Harold—, así es cómo lucen algunas veces.

—Pero es su trabajo —insistió la mujer—. ¿Por qué estamos aquí siquiera si no pueden hacer su trabajo?

Ya estaba desesperado por ver el cuerpo para ese entonces, me preguntaba de qué clase de horror estaban quejándose todos, así que dejé que Harold se defendiera por su cuenta y me acerqué al cajón. Había otra mujer de pie junto a él, aunque era mucho más joven; apenas mayor que yo, quizás tuviera diecinueve o veinte años, y tenía piel oscura. ¿Mexicana, tal vez? Ella frunció su rostro en un gesto de infelicidad pero lo ocultó cuando me vio de reojo, mirándola.

El cuerpo lucía, luego de toda la ansiosa anticipación, bastante normal. Kathy había sido delgada en las fotografías y lucía delgada entonces, con cabello gris rizado y un rostro pálido y sombrío. Había esperado heridas visibles, algo que pudiera relacionar directamente con el ataque de un Marchito; tal vez una enorme mordida en su rostro. O, a falta de eso, algún problema con el embalsamamiento en sí, como que hubieran delineado mal las facciones y que tuviera los ojos hendidos, las mejillas ahuecadas o algo. Algo que justificara la actitud mortificada de todos sus amigos. Lo que veía era más simple y tan sorprendente que lo dije en voz alta.

–Su maquillaje está mal.

–¿Disculpa? –preguntó la chica junto a mí.

–Lo siento. Me tomó por sorpresa, eso es todo.

–Eres un idiota –dijo ella.

–¿Disculpa?

–Me tomó por sorpresa, eso es todo –ella sonrió con suficiencia–. ¿No es eso lo que estamos haciendo, narrar nuestras vidas en voz alta? Deja que siga adelante: estamos de pie junto a mi amiga muerta. Algún cretino cualquiera está burlándose de su maquillaje, entre todas las cosas.

–Lo siento. Dejaré de hablar ahora.

–Ah, bien, seguimos haciéndolo. Yo dejaré de hablar también, entonces, y luego me quedaré aquí esperando a que te vayas –todo estaba yendo muy bien.

–Solo… dame un minuto –intenté ignorar a la joven y volví a mirar el cuerpo. Parte del trabajo de un funebrero (discutiblemente la mitad de él, después del embalsamamiento) era hacer que el cuerpo de la persona sin vida luciera lo más parecido posible a cómo lucía cuando estaba con vida. La pobre señora Schrenk no lucía bien, de formas que una persona cualquiera probablemente no pudiera descifrar, pero que todas juntas hacían que se viera extraña. Demasiado cadavérica, en lugar de descansando en paz. Era desconcertante, pero un ojo entrenado podía ver que en realidad solo habían pasado por alto algunas cosas claves.

En principio, la base lucía normal. Los cuerpos sin vida no tienen sangre en la piel, así que lucen mucho más pálidos que en vida, pero el maquillista de la funeraria había utilizado una base oscura debajo de una más clara para agregar algo de color al rostro. El otro gran problema eran los ojos, que tendían a tener círculos oscuros alrededor, como magullones. Pero el maquillista también los había ocultado. Y era difícil hacer eso bien, es por eso que era tan confuso que quien hubiera maquillado a Schrenk hubiera olvidado un detalle mucho más simple: las sombras. Acostumbramos ver a las personas en vertical, entonces, cuando las vemos recostadas, especialmente bajo la extraña luz de una sala velatoria, sus facciones lucen mal. No tienen las sombras correctas, en lugares imperceptibles como las fosas nasales y los labios. Un maquillista funerario entrenado debió haberlo notado, pero nadie lo había hecho.

La mujer a mi lado volvió a hablar.

—¿Eres de Cottwell?

—¿Cottwell?

—Sí, genio, Cottwell. "La casa funeraria más antigua de Lewisville", o cualquier asqueroso lema que estén usando estos días. ¿No eres un espía ni nada?

—No soy de Lewisville —respondí—. Pero vengo de una funeraria, o algo así. Me disculpo una vez más por ser grosero sobre tu amiga —entonces, hice una pausa y pensé por un momento. ¿Por qué le molestaría tanto Cottwell, o pensaría que podrían enviar a un espía? Solo podía pensar en una razón–. ¿Tú trabajas aquí, en esta funeraria?

–¿Cómo sabes eso, si no eres un espía? –preguntó con los ojos entornados.

–¿Por qué una funeraria espiaría a otra?

–No lo sé. ¿Qué te dijeron cuando te contrataron?

–Ellos no… Mira, siento haber sido grosero, ¿de acuerdo? Insulté a tu amiga que murió y al parecer también a tu amigo que trabaja como maquillista; ah, maldición.

Ella mostró una sonrisa petulante al ver la revelación en mí.

–Sip.

–Eres tú, ¿no es así? Tú eres la maquillista.

–Maquillista suplente –agregó ella–. Normalmente solo soy embalsamadora. Es algo gracioso ver lo lento que deduces todo esto.

–Apuesto a que lo es –afirmé. Necesitaba más información, y esa chica era mi única fuente hasta el momento, así que, hostil o no, intenté extender la conversación–. Entonces, ¿quién es el maquillista permanente?

–No te preocupes; ya resolverás eso también –cerré los ojos, y otra pieza del rompecabezas cayó en su lugar.

–Kathy Schrenk.

–Increíble.

–Es por eso que alguien de veinte años es amiga de una señora mayor –dije–. Son compañeras de trabajo. Y es por eso que el maquillaje está mal, porque la única persona que sabe cómo hacerlo está muerta y ninguno de ustedes quería pedir ayuda a la persona que maquilla en Cottwell.

—¿Eso nos hace sonar pretenciosos? —preguntó ella—. Porque quiero asegurarme de que sonemos pretenciosos.

—No soy un espía de una funeraria rival, por más entretenidas que puedan ser las miniseries de la BBC —miré rápidamente alrededor de la habitación; nadie más que nosotros estaba viendo al cuerpo—. Pero soy un funebrero y puedo arreglar esto —volví a mirar a la joven mujer. Tenía maquillaje bronceado en la piel; no súper oscuro, pero bastante—. ¿Tienes algo de maquillaje a mano?

—¿Quieres experimentar con su maquillaje aquí mismo? —ella levantó las cejas.

—Me tomará sesenta segundos como mucho. Cierra los ojos.

—Claro que no.

—No voy a arruinar nada. El problema son las sombras; como aquí y aquí. Hiciste un buen trabajo con ella, pero el tema de las sombras es algo único en los cadáveres, es por eso que no pensaste en hacerlo. Es muy simple, pero necesito algo de maquillaje oscuro y creo que la sombra de tus ojos será perfecta. ¿Puedo verla, por favor?

Ella me echó un vistazo, probablemente intentaba identificar si yo estaba loco, luego suspiró y cerró ligeramente los ojos, de modo que los párpados descansaron sobre ellos sin arrugas. Los analicé un momento, luego volví a mirar al cuerpo sin vida.

—Sí, eso será perfecto —afirmé—. ¿La tienes aquí? Puedo arreglarlo en sesenta segundos, máximo.

Revisó su bolsa y sacó un pequeño polvo compacto, pero cuando lo quise tomar, ella lo alejó un poco y lo aferró con más fuerza. Miró alrededor de la habitación y a Harold, que aún conversaba con una multitud de futuros clientes descontentos. La chica suspiró y volvió a mirarme a mí.

—¿Sesenta segundos?

—Como mucho.

—¿Y puedo apuñalarte si lo arruinas?

—Con el elemento punzante que escojas —respondí. Ella dudó otro instante y luego entregó la sombra. La abrí. El color se veía bien. Tomé el aplicador, lo pasé sobre el maquillaje, luego coloqué un poco en mi brazo para probar con cuánta facilidad transfería a la piel. No quería embarrar una mancha gigante en el rostro de la mujer difunta. Pasó a mi brazo con bastante facilidad, así que empecé a hacer pequeñas líneas sutiles en el rostro; ligeras al principio, luego con más confianza a medida que la vieja memoria del músculo despertaba. Las cavidades alrededor de su nariz; el surco sobre su labio superior; la línea debajo del labio inferior; un punto o dos en el mentón. Me detuve a medio camino, respiré profundo, saboreé la inesperada intensidad de mis emociones al trabajar; era sorprendente, casi embarazoso, lo *bien* que se sentía volver a estar trabajando en un cuerpo sin vida. Era quien había sido por años y quien esperaba ser por el resto de mi vida. Un funebrero. Sentía una veneración por la muerte y por los cuidadores que guiaban a los cuerpos sin vida a su reposo final, de modo que estar allí otra vez, en ese lugar, tocando ese cuerpo, era…

Me di cuenta de que una lágrima había caído por mi rostro y la sequé rápidamente, con esperanza de que la chica no la hubiera visto. Miré el cuerpo una última vez, moví la cabeza para verlo desde ángulos diferentes y pasé un último toque de maquillaje por el mentón. Cerré el contenedor y se lo regresé a la chica. Pero, antes de que pudiera aceptarlo, la hermana gemela de Kathy Schrenk apareció entre los dos, extendió su dedo hacia el cuerpo en un gesto acusatorio y dijo:

—¡Lo ves! Mira cómo... ah.

—Déjame ver —dijo otra mujer, su voz más fuerte que las demás y cuando giré, todo un grupo de personas caminaba detrás de mí: Harold, una bandada de débiles ancianas y la mujer corpulenta que había visto antes en la fotografía de Kathy. Margo, supuse. La directora de la funeraria. Ella se adelantó, miró el cuerpo, luego a las mujeres.

—Ella se ve bien para mí.

—¿Estás ciega? —preguntó una de las mujeres mayores—. Luce como si la hubieran sacado de un río.

Margo se hizo a un lado para permitir que más mujeres se acercaran y, una a una, sus miradas se suavizaron al mirar a su amiga.

—Luce fantástica —comentó una.

—Tan en paz —agregó otra.

—Debieron ser nuestro ojos —dijo la hermana—. O la luz —miró a Margo y sonrió—. Lamentamos mucho haberte molestado. Creo que tal vez una de estas luces estaba funcionando mal antes, pero luce fantástica ahora.

—Gracias —respondió Margo—. Y gracias por venir.

Mientras las mujeres se reunían alrededor del cajón, Harold levantó la vista, confundido, y Margo llevó a la chica mexicana a un lado.

—No lucía así cuando la trajimos de atrás —susurró Margo—. ¿Qué has hecho?

—Un riesgo calculado —respondió la chica y me señaló—. Si no puedo confiar en un extraño de la calle, ¿en quién *puedo* confiar?

Margo me miró, me evaluó, luego volvió a mirar a la chica y alzó las cejas.

—¿Dejaste que alguien tocara un cuerpo? ¿Sin consultarme?

—Funcionó —afirmó la chica—. Has visto qué buen trabajo hizo.

Margo suspiró, luego me miró otra vez, con el mentón elevado de un modo que la hacía ver abruptamente abierta y profesional.

—Muchas gracias por tu ayuda —extendió su mano—. Soy Margo Benett.

—Robert —respondí, y estreché su mano.

—¿Dónde has aprendido?

—Funeraria familiar. No tuve formación formal.

—Haces un buen trabajo —afirmó, y regresó a la chica—. La próxima vez, pregúntame primero.

—Lo haré.

Margo asintió y se marchó, y la chica volvió a mirarme.

—Bien, entonces. Supongo que no podré apuñalarte.

—No es tan divertido como se espera —respondí, y le regresé su sombra. No era una gran conversación, o ninguna para el caso, pero aún necesitaba información y esa era probablemente mi mayor posibilidad de obtenerla—. ¿Cuál dijiste que era tu nombre?

—Jasmyn. Con Y.

—Un gusto conocerte, Jasmyn —casi digo "Jasmyn con Y", pero para conversar o no, aún tenía algo de respeto—. ¿Así que estás, em, entrenando como embalsamadora?

–Así es. Ya hace casi un año.

Asentí y luego me pregunté si estaba asintiendo demasiado y me detuve. Tenía oportunidad de hacer preguntas, pero no sabía qué preguntas hacer.

–Así que –dudé demasiado tiempo mientras intentaba pensar en cómo continuar–. ¿Te gusta?

–Definitivamente no eres un espía.

–¿Por qué no?

–Porque apestas. Esta es, seriamente, la peor charla que he tenido jamás.

–Para ser honesto, odio hablar con las personas –era un riesgo, pero si estaba leyéndola bien, ella respondería a eso.

–Sí, dímelo a mí. Las personas son lo peor –sonrió con suficiencia y puso los ojos en blanco.

Bingo.

–Iré a ahogar mis penas con galletas –comenté, y señalé a la mesa–. ¿Quieres una?

–También son lo peor. Pero ¿por qué no?

Nos acercamos a la mesa de comida y tomamos una galleta. Se partió en dos a mitad de camino a mi boca, una mitad cayó de regreso a la bandeja.

–¿Lo ves? –comentó Jasmyn y tomó un bocado en migajas–. Margo insiste en ofrecerlas, pero no quiere pagar por unas buenas.

–Nuestra funeraria nunca tuvo galletas –dije.

–Eso es exactamente lo que le dije. Nadie ofrece galletas en los velatorios, a menos que la familia las lleve o algo –ella tomó otro bocado–. Quizás tenga acciones en la compañía de galletas.

–¿Cottwell ofrece galletas? –pregunté.

–No –Jasmyn negó con la cabeza–. Así que tal vez sea por eso que Margo lo hace; intenta sobresalir.

–Así que, em… –quería preguntar por el cuerpo y pensé que finalmente se me había ocurrido una forma normal de hacerlo. Bueno, algo normal–. Así que Kathy Schrenk se ahogó, ¿cierto?

–Eso dicen –respondió–. Aunque nadie sabe cómo. Ella estaba en su jardín y no tiene una piscina ni nada. Y no vive cerca del canal.

Entonces, confié en su falta de experiencia como embalsamadora.

–Los cuerpos ahogados son tan extraños. Siempre se ve esa extraña grasa negra –eso, por supuesto, era una mentira, y una bastante transparente. Nadie que se ahogue tiene nada negro. Es decir, la grasa no procedería del ahogamiento, sería de un Marchito. Lo llamaban "materia del alma", y era como una ceniza grasienta que quedaba atrás en muchos de sus ataques. Pienso que de eso estaban hechos sus cuerpos, debajo de sus apariencias humanas, porque cada vez que mataba a uno se disolvía en una nociva pila de ella. Si Schrenk había sido asesinada por un Marchito, Jasmyn debía haber visto materia del alma durante el embalsamamiento. Y si no, bien, ella era suficientemente nueva en su trabajo como para no detectar necesariamente mi mentira.

Miré atrás a Jasmyn con un brote de esperanza, ¿podría ser?

Nop. Ella lucía confundida.

–¿En verdad? –preguntó–. ¿Grasa negra?

–Algunas veces –suspiré–. Pensé que no haría daño preguntar.

—Oye, Jazz —llamó Harold—, ¿puedes ayudarme con algo?

—Seguro —respondió Jasmyn y fue rápidamente tras él. Yo me acerqué a la pared y me pregunté qué hacer a continuación. Pero, más que nada, estaba simplemente feliz de estar nuevamente en una funeraria; no porque fuera especialmente increíble, sino porque resultaba familiar. Las personas, las cortinas, la música, el cajón y el cuerpo. No sabía realmente cómo cazar monstruos, aunque lo había estado haciendo por años. No sabía realmente cómo pedir aventones, cómo estar en la calle, cómo evadir a la policía ni cómo hacer todas las cosas que mi vida me había forzado a hacer. Pero sabía cómo estar en una funeraria. Nunca me sentía más cómodo que allí.

Un movimiento llamó mi atención y miré a través de la habitación para ver que otra mujer acababa de entrar por la puerta. Parecía como de treinta años, pero llevaba un vestido antiguo, acampanado, tan sucio que parecía que lo había tenido puesto por años. Su cabello caía en rizos despeinados alrededor de su rostro. Los demás invitados se alejaron de ella en cuanto entró, miró alrededor y luego se enfocó en mí. Yo miré alrededor en busca del personal de la funeraria (Jasmyn, Harold o Margo), pero todos habían salido por algún motivo. La mujer andrajosa se acercó a mí y pude ver que su rostro y sus brazos estaban tan sucios como su ropa; sus uñas estaban quebradas y cubiertas de sangre vieja; y sus pies estaban descalzos y embarrados de mugre. Caminaba de una forma extraña, como si no estuviera acostumbrada a hacerlo, y mantuvo los ojos fijos en mi rostro. Se detuvo a unos centímetros y me observó.

—Te conozco —dijo finalmente.

—No lo creo.
—¿Me conoces?
—No —negué con la cabeza—. Lo siento.
La mujer siguió mirándome, luego se acercó más.
—Corre de Rain —susurró.
Luego volteó y salió corriendo por la puerta.

Corre de Rain.

"Run from Rain". Era una de las últimas cosas que Brooke me había dicho, una de las últimas pistas que había desenterrado de los recovecos de su memoria. Diez mil años de mujeres muertas y una asesina sobrenatural, y todas estaban aterradas de "Rain", aunque nunca habíamos podido descubrir quién o qué era Rain. Una Marchita, asumíamos. Tal vez una de las últimas que quedaban.

Y entonces, tras meses de búsqueda, había encontrado otra pieza del rompecabezas.

Corrí afuera en busca de la mujer aturdida y sucia que había dicho las palabras, pero ya no estaba. ¿Una vagabunda, tal vez? Desequilibrada, casi con certeza. O tal vez fuera algo más siniestro; ¿sería una víctima de Rain de algún modo? Una persona que había sido esclava de un monstruo paranormal, o que había sido atacada y logró escapar, o tal vez solo alguien que había visto un ataque y había quedado perturbada por eso. Los ataques de Marchitos podían ser cosas terribles, aniquiladoras para la mente, cosas que ponían de cabeza todo lo que uno pensaba saber acerca del mundo y el modo en que funcionaba.

O tal vez había sobrevivido a una clase diferente de ataque de Marchitos; no de Rain, sino de Nadie. Nadie asesinaba poseyendo a chicas jóvenes y usando sus cuerpos para cometer suicidio; Brooke lo había sobrevivido, pero como resultado había adquirido una innombrable horda de memorias de Marchito. Así fue cómo pudo recordar cosas como "Corre de Rain". Y entonces, allí había otra chica con la misma memoria oscura y la misma mente quebrada y desorganizada y... En diez mil años, Brooke no podía ser la única persona en sobrevivir a un ataque de Nadie, ¿o sí? Tal vez esa chica perdida era otra.

Quienquiera que fuera, al menos una conexión parecía obvia: una Marchita llamada Rain, en una ciudad en donde alguien se había ahogado sin agua. No podía ser coincidencia. Tenía que quedarme en Lewisville y tenía que averiguar todo lo que pudiera acerca de ese asesino, empezando por el cuerpo de Kathy Schrenk.

Y la mejor manera era esperar.

Había una parada de autobús cercana, del lado azotado por el calor de esa carretera de asfalto agrietada, y yo me senté allí y esperé. Mi mochila con todas mis posesiones terrenales se encontraba en la estación de autobús en la que me había bañado al llegar al pueblo; guardarla me había costado un dólar, lo que probablemente significara que no podría cenar esa noche, pero era mejor que llevar toda esa cosa mugrienta conmigo a la funeraria. Nada decía más "ignora y/o sospecha de esta persona" que presentarse en un lugar limpio y cuidado con una vieja y sucia mochila llena de ropa. Eso te señala como un vagabundo, y yo necesitaba que esas personas confiaran en mí. Entonces más que nunca.

El velatorio había comenzado a las cuatro de la tarde y duraría hasta las seis. Luego del funeral, los funebreros irían al cementerio, saldrían con el coche fúnebre y estarían ocupados por unas cuantas horas más, al menos, pero luego de un velatorio simplemente llevaban el cajón de regreso al refrigerador y cerraban por esa noche. Esperé en la parada de autobuses, alejé con la mano a cada uno que pasaba mientras se acercaba a mi banco y observé cómo las personas entraban y salían de la casa funeraria, ofrecían sus respetos, compartían chismes, comían sus galletas resecas y se alejaban. A las 06:10 p. m. los últimos visitantes salieron hacia sus autos (un hijo de sesenta años sostuvo la puerta para su madre de ochenta) y me levanté para regresar al lugar. El aire acondicionado fue como una tormenta polar después de tanto tiempo bajo el sol de Arizona, y me estremecí mientras me encontraba en la puerta en busca de los empleados. Harold estaba cerrando la puerta de la sala velatoria, sacó un tope del camino con su pie, luego levantó la vista y me miró.

–Me temo que el velatorio acaba de terminar… –luego se detuvo, entornó los ojos y me reconoció–. Has estado aquí más temprano. ¿Has olvidado algo?

–Me preguntaba si podría hablar con Margo –dije. Harold podría ser un hermano Ottessen, pero era claro quién tomaba las decisiones en la funeraria. Cerró la puerta y probó la manija, luego giró hacia mí.

—¿Por qué asunto?

—Me gustaría postularme para el trabajo.

—¿Trabajo?

—De maquillista —respondí y señalé a la puerta—. La anterior ha fallecido y ninguno de los otros sabe hacer el trabajo —me encogí de hombros—. Yo sí.

Harold me observó un momento, luego llevó su cabeza arriba y abajo, arriba y abajo, como un pollo.

—De acuerdo —asintió—. Supongo que eso es verdad. Aunque no podría contratarte yo mismo. Tendré que hablar con Margo.

Escondí el gesto de confusión que amenazó reflejarse en mi rostro: ¿por qué diría eso cuando había preguntado por Margo en primer lugar? Tal vez sintiera amargura por su pérdida de autoridad. Pero él no parecía amargado. Solo... perdido.

—Ven conmigo —anunció finalmente, y yo lo seguí por el corredor hasta una oficina.

Harold era alto y desgarbado, de un modo que sugería que debía haber sido delgado en su juventud, aunque en el presente su cuerpo estaba encorvado y caído, como si fuera vidrio viejo fluyendo lentamente hacia la parte baja de un panel. Abrió la puerta de la oficina sin tocar y yo esperé en el corredor mientras él entraba. Margo estaba sentada detrás de un amplio escritorio de madera cubierto de papeles, un monitor y un teclado; no era el elegante escritorio en el que tenía reuniones con las familias de los difuntos, sino el verdadero escritorio, en donde se hacía el trabajo real. Jasmyn estaba sentada frente a ella, con aspecto más que de abatida y no pude evitar preguntarme si estaría sufriendo un regaño por mi atrevida intervención del cuerpo en medio del velorio.

–Disculpa, Margo –dijo Harold–. Pero este chico está aquí para verte.

Ella no preguntó qué chico, simplemente miró más allá de Harold, al corredor, y me analizó, como un comprador en un museo. Los únicos funebreros que había conocido realmente eran mis padres, y ninguno de ellos había tenido nada parecido a la silenciosa autoridad de esa mujer. Mi madre había sido un manojo de nervios, siempre al límite de temer haber hecho demasiado o no haber hecho suficiente; mi padre había sido ruidoso y solitario, su confianza no la ganaba por su presencia, sino por su voz, en un interminable fluir de discursos y encanto. Margo no hablaba, ni se esforzaba, ni intentaba, ella simplemente era. Era fácil entender, simplemente al estar de pie en el corredor siendo analizado, por qué Harold había dejado la administración de su negocio con tanta facilidad.

–¿Por qué no nos dejan la habitación a Robert y a mí? –dijo finalmente y, sin discutir, Jasmyn y Harold salieron y yo entré–. Pasa y cierra esa puerta –ordenó, así que lo hice, y toda la situación se sintió tan servil que no pude evitar fastidiarme por eso. Analicé la habitación en un segundo, identifiqué la silla a la que le resultaría más incómodo mirar y me senté sin esperar invitación. En presencia de Margo, se sintió como un acto de desvergonzada rebeldía.

Ella me miró, silenciosa por un momento, luego giró su silla hacia mí y se echó atrás con pesadez.

–Has hecho un buen trabajo con Kathy –afirmó–. Ella era una buena amiga mía y te agradezco por eso.

–Por nada. Gracias por la oportunidad. Ha pasado un tiempo.

Margo asintió.

–¿Un negocio familiar, me has dicho antes?

–Así es.

–Hay mucho de eso en esta industria –comentó y se adelantó para revolver algunos papeles sobre el escritorio–. Algo acerca de la naturaleza espiritual en esto. Si tu padre es un contador o un plomero puedes crecer y convertirte en otra cosa, pero cuando tu padre es un funebrero, te conviertes en un funebrero.

–¿Así fue cómo llegó aquí? –pregunté–. ¿Es una de las hermanas Ottessen?

–Una nuera Ottessen –respondió Margo–. Así que supongo que me casé con esto, pero se ha convertido en mi vida tanto como la de cualquier otro. Es por eso que aún sigo aquí, veinte años después de la muerte de Jonathan.

–¿Lo has embalsamado? –pregunté. No sé por qué lo pregunté, solo me salió. Algunas veces las conversaciones revelan mucho más acerca de uno mismo de lo esperado.

Margo dejó de mover papeles y levantó la vista.

–Nadie me autoriza a hacer nada –dijo ella–. Hago lo que me place –me analizó por un momento antes de mirar otra vez los papeles y deslizar series de formularios amarillos en una cuidadosa pila–. ¿A quién no has podido embalsamar? ¿A tu padre?

–A ninguno de ellos –respondí, aunque el tema me ponía incómodo. No me gustaba mucho hablar de mi familia, ya que la mayoría ya no estaba–. Aunque mi padre sigue con vida, hasta donde sé, así que supongo que aún hay esperanzas.

–La funeraria de un pueblo pequeño –comentó Margo. Deslizó la pila de papeles amarillos dentro de una carpeta color café, luego sacó otra carpeta de una gaveta de atrás de su escritorio–. Embalsamas a todos tus amigos y a los abuelos de tus amigos. A personas que conoces. Y luego tus padres fallecen y no te queda nada, así que comienzas, qué, ¿a recorrer el mundo? ¿A recorrer caminos periféricos y campos?

Incliné mi cabeza a un lado mientras la miraba. ¿Cómo había adivinado tanto? ¿Y qué estaba pensando al respecto? ¿Estaba acusándome o descifrándome?

–Señora, me gustaría solicitar el trabajo.

Margo suspiró y repiqueteó los dedos sobre la carpeta en su escritorio.

–Lo sé. Y estoy intentando descifrar qué clase de joven se presentaría en una casa funeraria para el velatorio de alguien a quien no conoce y luego espera obtener un trabajo por eso.

Me quedé helado. ¿Cómo lo había adivinado con tanta facilidad?

–Te vi sentado en la parada de autobús, durante una hora y media –agregó, como si estuviera leyendo mi mente–, alejando a todos los autobuses que se detenían a recogerte –me entregó la carpeta–. Vi cómo lucías en esa sala velatoria, perdido y recién llegado a casa al mismo tiempo. Y supongo que puedes decir que vi cómo Jasmyn se presentó aquí el año pasado, igual de perdida y en busca de algún lugar donde quedarse y algo que hacer. Nunca tuve hijos propios, pero reconozco a un descarriado cuando lo veo.

Abrí la carpeta y encontré un formulario para solicitar el trabajo, con la inscripción *Casa Funeraria Hermanos Ottessen* impresa en letras negras en la parte superior. Analicé la página rápidamente y miré todos los espacios en blanco que

quería que llenara: nombre, lugar de nacimiento, número de seguridad social, dirección actual y número telefónico. Cerré la carpeta, pero no la regresé.

–No puedo darle la mayor parte de esta información.

–Los vagabundos rara vez pueden.

–Me... gustaría mucho tener el trabajo, sin embargo.

–Solo completa lo que puedas y llenaremos el resto con el paso del tiempo.

–Con el paso del tiempo –así que eso no era una solicitud de trabajo, parecía que estaba contratándome de una vez y que yo solo estaba dándole información para los registros. Volví a abrir la carpeta, tomé un bolígrafo de su escritorio y escribí *Robert* en la parte superior. Aún no había pensado en un apellido, así que dudé solo un momento antes de escribir el primero que se me ocurrió: *Jensen*. El apellido de Marci. Miré el formulario por un momento, luego se lo entregué a Margo.

Ella alzó las cejas sorprendida.

–¿Solo un nombre y eso es todo?

–Podemos completar lo demás con el paso del tiempo.

Me observó por un momento, luego se encogió de hombros y tomó la carpeta.

–Las cosas que hago por los descarriados. ¿Tienes dónde quedarte?

–No.

–Puedes utilizar la antigua habitación de Jasmyn; ella vivía en la habitación lateral hasta hace cinco o seis semanas, cuando consiguió su propio lugar. Para "reafirmar su independencia". Espero que tú hagas lo mismo, tarde o temprano.

–Si usted me dice que lo haga, ¿cuán independiente puede ser en realidad?

Volvió a observarme, luego una lenta sonrisa apareció en su rostro.

–Creo que llegarás a agradarme, Robert. ¿Por casualidad eres bueno con los libros?

–¿Como... con la lectura?

–Como con las cuentas –respondió y señaló un libro contable en la esquina de su escritorio–. Contaduría. Nuestros libros están desorganizados y necesitamos que alguien los revise, que se asegure de que todo cierre.

–Definitivamente no soy el chico para eso.

–Está bien, supongo. Tengo un amigo que puede hacerlo. Aunque espero no tener que pagar su precio –suspiró–. Deja que busque a Harold y vea si podemos preparar tu habitación ahora –se levantó y yo señalé rápidamente la computadora a un lado de su escritorio.

–¿Le importa si la uso un minuto? Necesito buscar algo en línea.

–Nada de pornografía –advirtió–. La contraseña es el apellido de Norman.

Ella se quedó allí, mirándome, y me di cuenta de que la contraseña era una prueba final: si yo realmente era el hijo de un funebrero como decía, sabría exactamente de qué Norman estaba hablando y cuál era su apellido. Di la vuelta hacia el teclado, moví el ratón para encender la pantalla y escribí "Greenbaum". La canción "Spirit in the Sky", de Norman Greenbaum, era la más pedida en los funerales de los Estados Unidos, y la mayoría de los funebreros la conocían

de memoria. La pantalla de bloqueo desapareció, se abrió el escritorio y Margo sonrió. Luego volteó y salió por el corredor. Yo abrí el buscador.

Había leído originalmente acerca de la muerte misteriosa de Kathy Schrenk en un hilo de Reddit de noticias extrañas y quería ver si habían agregado más información. Resultó que Margo había bloqueado Reddit en su computadora, así que hice una búsqueda general de "Kathy Schrenk Lewisville" y obtuve algunos resultados. Algunos artículos nuevos, pero no nueva información. Busqué "Corre de Rain", pero había buscado eso miles de veces y nunca encontraba nada útil. Busqué algunas cosas más que creí que podrían llevarme a más información acerca del ahogamiento, pero no resultó nada. Miré la computadora por un momento más antes de ingresar finalmente una nueva búsqueda:

"Brooke Watson".

Los primeros dos resultados eran páginas de Facebook de mujeres que nunca había conocido, pero el último era un artículo periodístico acerca de que mi amiga y su familia se mudarían del condado de Clayton. A una ubicación no revelada, en custodia luego de su "secuestro". No podía discutir el término realmente. Ella había insistido en ir conmigo luego de que los demás fueran asesinados y había gritado y llorado cuando finalmente la llevé de regreso, diciendo que no quería dejarme, pero... Bueno, no quiero decir que no estaba en condiciones de tomar sus propias decisiones, pero es difícil decir que lo estaba. El artículo decía que ingresaría a una nueva institución terapéutica y yo deseé que eso funcionara. Ella había pasado por mucho, y en mayor parte por mi culpa.

Estaba a punto de cerrar la página cuando una pequeña palabra azul al pie de página llamó mi atención: mi propio nombre, John Cleaver. Abrí el enlace y encontré una historia relacionada acerca de mi hermana, que me rogaba que regresara a casa. Incluso había un video, pero no lo miré; la transcripción fue suficiente."Lauren Cleaver ha hecho un comunicado oficial el día de hoy pidiendo a su hermano John, un fugitivo buscado, que se entregue. «Por favor, John, te amamos. Te extrañamos. Estamos tan emocionados y agradecidos de que hayas traído a Brooke a casa pero, por favor, te queremos a ti de regreso también»". No leí el resto. Cerré la página, borré el historial de búsqueda y me levanté en el preciso momento en que Margo y Jasmyn regresaban a la habitación a toda prisa.

—Fuera del camino, Robert —dijo Margo, que apenas se detuvo antes de hacerme a un lado para llegar a su escritorio. Me moví a una esquina, fuera del camino, y Margo se sentó con pesadez mientras Jasmyn revisaba un archivador en la pared de atrás—. ¿Tienes esos formularios?

—Justo aquí —respondió Jasmyn. Pasó algunas carpetas más mientras Margo encendía ansiosamente la pantalla de la computadora.

—¿Qué sucedió? —pregunté.

—Tendrás tu bautismo de fuego —dijo Margo, aunque ella y Jasmyn se estremecieron de inmediato—. Maldición, no quería decirlo así.

—Aquí —señaló Jasmyn mientras sacaba dos carpetas de colores diferentes del archivador—. Regular y cremación.

Ajá.

—¿Cremaremos a alguien?

–Si lo hacemos estaríamos completando algo que otro ya ha comenzado –afirmó Margo–. Recién recibí un llamado de Cecily, mi chica en la oficina del forense. Tienen un cuerpo quemado casi por completo; supongo que lo recibiremos el fin de semana –dejó la computadora y me miró–. Si la familia quiere el cajón abierto, ¿has hecho maquillaje sobre quemaduras de tercer grado antes?

–Una vez –respondí. En verdad, solo lo había visto, mientras mi mamá y Margaret trabajaban en un niño que había quedado atrapado en una casa en llamas. Pero había leído mucho acerca de eso y supuse que sabía suficiente al respecto para hacerlo. Todas las obsesiones tienen sus ventajas.

–No puedo comprenderlo –comentó Jasmyn–. Primero Kathy, y ahora esto.

Me acerqué más y miré sobre el hombro de Margo una noticia de último momento.

–¿Alguien que conocieras?

–No realmente –respondió Margo–. Luke Minaker. Un chico algo rebelde; conozco a la familia.

–Es una gran pena –Harold entró desde el corredor.

–No es por la persona –agregó Jasmyn–, es por el modo en que ocurrió. Kathy se ahogó sin que hubiera agua en ningún lugar cercano, y ahora este chico muere quemado sin que nada a su alrededor tuviera siquiera una marca de calor. Casi como si se hubiera quemado desde el interior.

Mi mandíbula cayó, pero creo que volví a cerrarla antes de que nadie lo notara. Margo me miró, luego regresó a la computadora.

–Combustión espontánea.

–Fue asesinato –afirmó Harold–. Obviamente alguien lo roció con gas y lo prendió fuego. Es del único modo en que podría haber pasado.

–La policía hará una autopsia –dije. Las fotografías en el sitio no mostraban mucho, pero la sensación general era decididamente grotesca.

–Espero que atrapen al hombre que lo hizo y que lo envíen directo al infierno –comentó Harold, él miraba sobre mi hombro, mientras yo miraba sobre el de Margo–. Merece incendiar su propio ser luego de algo como esto.

–Ni siquiera sabes si fue asesinato –intervino Jasmyn–. ¿Puede haber sido un accidente?

–¿Alguna vez has quemado a alguien hasta la muerte por accidente? –preguntó Harold.

–¿Estás queriendo decir que todas las muertes por incendio son maliciosas? Vamos, Harold, estás matándome. Broma intencionada.

Los dejé discutir y me hundí en mis propios pensamientos. La muerte de Schrenk era sospechosa, incluso antes de la críptica advertencia de la vagabunda, pero ¿otra muerte, tan similar y aun así tan mecánicamente diferente, en el mismo pueblo, en la misma semana? Tenían que estar conectadas. Las probabilidades eran ridículas, de otro modo. Ambas muertes eran inexplicables; ambas, elementales. ¿Rain podía quemar a las personas también? Tal vez no solo controlara el agua, ella controlaba… no lo sé, ¿el clima? ¿La temperatura? Pero eso no se alineaba con los demás Marchitos que había conocido; no eran X-Men, eran víctimas de un intercambio: renunciaban a algo y perdían su humanidad, pero en su lugar ganaban algo más. Perdían su cuerpo, pero ganaban la habilidad de tomar los cuerpos de las personas. Perdían las emociones, pero ganaban la habilidad de sentir las de los demás. ¿A qué había renunciado alguien, en los albores de la civilización, para ganar el control sobre el agua y el fuego?

O…

¿Serían dos Marchitos diferentes?

Rack, el Rey de los Demonios, había estado reuniendo un ejército, en un intento de resistir nuestra campaña de genocidio. Cinco de ellos se habían reunido en Fort Bruce y las pérdidas habían sido catastróficas; las noticias aún hablaban sobre eso, casi un año después, aunque por supuesto que ignoraban la conexión sobrenatural. "Uno de los ataques terroristas más devastadores de la historia en suelo estadounidense". ¿Y si Rain estaba reuniendo su propio ejército? ¿Y si Lewisville estaba escondiendo a todo un grupo de Marchitos, listos para desplegar su venganza sobre los débiles y pequeños humanos que se atrevieran a pelear?

—Al infierno con todo —dije.

—Ahora tú estás haciéndolo también —comentó Jasmyn—. Estoy tan cansada de ustedes dos.

—¿Qué? —levanté la vista y vi a Jasmyn protestando y a Harold negando con la cabeza—. ¿Qué he hecho?

—Estuviste de acuerdo conmigo —explicó Harold—. Jazz odia que tenga razón.

—Odio cuando piensas que tienes razón —afirmó Jasmyn—. Que es una cantidad de veces estadísticamente improbable. No sabes quién hizo esto, o si alguien lo hizo siquiera. No puedes juzgar antes de conocer los hechos.

—Pienso que sabemos lo suficiente —intervine—. Si esto fue deliberado —y yo sabía que debía haberlo sido—, entonces quienquiera que lo haya hecho es malvado. Tiene que ser detenido.

—Hombre —dijo Jasmyn—, deja de pensar con tu permiso de portación de arma. No todos son malvados.

—Eso no significa que todos sean buenos.

—Obviamente, no. Pero sí significa que todos merecen ser salvados.

—Con eso estoy de acuerdo —afirmé y volví a mirar el artículo periodístico. Salvar personas era la única razón por la que yo estaba allí.

Pero, al parecer, tenía que salvarlas de un problema mucho mayor del que había notado.

Margo y Harold me instalaron en la habitación lateral, que resultó ser un pequeño armario de dos por dos junto al estacionamiento. Tenía una cama contra una pared y una cómoda en la otra, y apenas había espacio para girar. Pero estaba limpia y tenía un techo y dos puertas que podían trabarse, y era mía. No había tenido mi propio lugar para dormir desde Fort Bruce, más de un año atrás.

Trabé las puertas, me senté en la cama, cerré los ojos y sentí el silencio.

Estaba oscureciendo, pero necesitaba mis cosas, así que volví a salir y me senté en la parada de autobuses, leí el pequeño letrero y esperé que tuvieran un servicio nocturno. Al parecer, lo tenían. Tras cerca de diez minutos, el autobús me recogió. Deposité mi dólar en la máquina, me senté junto a la ventana y observé cómo el sol se hundía detrás de las colinas bajas fuera de la ciudad y cómo teñía el cielo de amarillo, anaranjado y rojo. Se vio como una pintura y luego desapareció. El sol se ocultó y los rojos se volvieron azules; bajé en la estación y recogí mi mochila del casillero. Estaba sucia por tantos viajes en la parte trasera de tantos camiones y me pregunté cuánto tiempo pasaría antes de que terminara en otro y dejara Lewisville atrás como lo había dejado todo.

Tal vez esa fuera la última. Tal vez Rain y su ejército eran los últimos Marchitos que quedaban y yo podría asesinarlos y luego... ¿qué? ¿A dónde iría después? No de regreso a Clayton, a pesar de lo que quisiera mi hermana. Eso solo implicaría regresar al FBI, y ellos ya habían intentado arrestarme una vez. Tenía que comenzar una nueva vida en algún lugar.

Todo lo que hacía era comenzar nuevas vidas. Una y otra vez.

Encontré un cronograma de autobuses y busqué la línea siete que regresaba a Hermanos Ottessen, pero de camino a la banca para esperar vi un panel eléctrico que anunciaba que la línea siete se encontraba interrumpida por la noche. Algo acerca de una demora o una falla mecánica. Inhalé profundo y froté mis ojos. La funeraria estaba a ocho kilómetros de distancia.

Ah, bien. Había caminado más que eso antes, y probablemente lo volvería a hacer.

Lewisville se sentía grande para mí, aunque sabía que no lo era. Ni siquiera era tan grande como Fort Bruce. Pero había crecido en Clayton, que era tan pequeño que solo teníamos una escuela primaria; muchos lugares tenían solo una escuela secundaria, pero cuando solo tienes una primaria, eres un lugar realmente pequeño. Lewisville tenía cerca de veintinueve mil habitantes, de acuerdo con el letrero que había visto al llegar a la ciudad, lo que no era suficiente para ponerlos en el radar de nadie, pero era un pueblo suficientemente grande.

Tenían un aeropuerto regional y una escuela media y estaban bastante cerca de algunos cañones como para que al menos fuera un destino semi popular para caminantes y ciclistas. Incluso con el sol bajo, los caminos aún estaban transitados; autos, camionetas y toda clase de camiones, todos brillaban a través de letreros de neón, restaurantes y viejos moteles. Seguí mis pasos por la ruta que había tomado el autobús, que probablemente no fuera la más directa para regresar a la funeraria, pero al menos la conocía lo suficientemente bien como para no perderme.

Fue luego del primer kilómetro que empecé a preguntarme si estaban siguiéndome.

La ciudad más grande en la que he estado fue Dallas, y en una multitud como esa era imposible saber si ese hombre, unas calles más atrás, era el mismo que había estado allí un minuto antes. En este lugar era más evidente: otras personas iban y venían en breves oleadas, cruzaban la calle o caminaban hacia o desde sus autos, pero el hombre detrás de mí fue una constante por más de un kilómetro. Me detuve en un semáforo y miré detrás de mí para intentar darle un buen vistazo mientras avanzaba entre haces de luz: alto, de mediana edad y con cabello ralo, con un abrigo claro que parecía utilería de un comercial de camiones. ¿Quién usaba un abrigo en Arizona, en verano? Mi semáforo cambió a verde y yo crucé la calle rápidamente. ¿Solo estaba siendo paranoico? Nadie siquiera sabía que yo estaba en el pueblo, o quién era, o por qué tenía importancia. Él no había estado en el velatorio. Pero esa mujer sí, y ella me había reconocido, o al menos sabía sobre mí. Alguien, de algún modo, sabía de mi misión. Lo que significaba que este hombre, si no era solo uno cualquiera, era un Marchito.

¿Acaso un Marchito que controla el fuego necesitaría un abrigo en el verano? ¿Eso tenía algo de sentido?

Me detuve en otro semáforo y volví a mirar atrás. Él seguía allí, y más cerca. Y hablaba con alguien que yo no podía ver. No podía escucharlo, pero su boca se movía casi constantemente.

Tenía que considerar la posibilidad de que fuera un Marchito totalmente diferente, del que aún no sabía. Si Rain estaba reuniendo un ejército, ¿quién sabía cuántos había en la ciudad?

Llegué a otra esquina y, en un impulso, giré a la izquierda, lejos del camino principal. Si él aún me seguía allí, entonces no era coincidencia; estaba siguiéndome definitivamente. Noté que estaba conteniendo la respiración y me forcé a respirar normal. Pasé junto a una concesionaria de autos totalmente iluminada y luego detrás de una hilera de apartamentos de ladrillos y tiendas de reparaciones que estaban ahogadas en la oscuridad, interrumpida solo por algunas luminarias desperdigadas. Dos calles más adelante, la acera terminaba en un amplio estacionamiento de tierra, al límite de un canal cercado por un vallado de cadenas oxidadas. Miré detrás de mí; el hombre seguía allí. Más cerca que nunca.

Y yo me había llevado al medio de la nada, sin ayuda a la vista.

Comencé a correr y el hombre corrió detrás de mí. Todas las pretensiones desaparecieron. Mi pesada mochila rebotaba en mi espalda y yo intenté pensar a dónde podía ir. ¿Tener testigos sería suficiente para disuadirlo, o necesitaría una defensa real? Yo estaba en buena forma, podía correr, pero no era un luchador. Así no era cómo los asesinaba. Los observaba, los estudiaba, encontraba sus puntos débiles y luego los usaba para dejarlos indefensos. Asesinaba con tiempo y de incógnito. En una pelea frente a frente con un hombre mayor, perdería inevitablemente.

Me arriesgué a mirar atrás, pero era demasiado tarde; el hombre estaba a unos pocos metros, sus pasos en la grava se mezclaban con los míos y no podía distinguirlos. No estaba llamándome, lo que significaba que no intentaba decirme algo, pero mientras se acercaba pude escuchar que seguía balbuceando por lo bajo; breves e irritados gruñidos entre forzados jadeos por aire. Bajé la cabeza y corrí más rápido para intentar llegar a lo que parecía un bar o un billar al final de la calle. Pero, antes de poder llegar, él aferró mi mochila y tiró hacia atrás; yo perdí el equilibrio y caí al suelo. Él saltó sobre mí de inmediato, me pateó en la cabeza y luego cayó de rodillas para darme tres golpes en el estómago. Me doblé de dolor, veía chispas de luz en mis ojos mientras me retorcía por su patada y perdí el rastro de lo que estaba pasando. Recuperé los sentidos justo a tiempo para darme cuenta de que me había levantado y lancé un grito incoherente cuando me lanzó sobre la cerca. Caí sobre rocas afiladas y cardos y giré dolorosamente por la colina hacia el canal.

—Matarte —balbuceó el hombre—. Ella dice que tengo que matarte.

Gemí de dolor y sentí que mi brazo se había roto en la caída. Escuché un tintineo de la cadena cuando él saltó sobre la cerca y sentí una cascada de grava sobre mi rostro y mis

brazos mientras él se deslizaba por la colina hacia mí. Llevé los brazos bajo mi cuerpo y me levanté; supuse que no estaba roto, pero dolía terriblemente.

–Dice que tengo que matarte –repitió.

–¿Quién lo dice?

Él volvió a patearme, pero el suelo era inestable y un fuerte arbusto le quitó el equilibrio, lo que me dio tiempo suficiente para moverme del camino. Me tambaleé unos cuantos centímetros más cerca del agua, tan negra como tinta en la oscuridad.

–¿Quién dice que tienes que matarme? –jadeé.

–La Dama Oscura –respondió él. Su voz era irregular, como si hubiera estado gritando. Se acercó, entre las rocas y cardos–. Ella dijo que tenía que hacerlo. Dijo que tenía que ahogarte –arremetió contra mí y yo intenté volver a moverme, pero la tierra cedió bajo mis pies; colapsé sobre las rocas y él bajó sus manos, puso una en mi brazo y otra en mi cuello–. No quiero hacerlo, pero ella dice que lo tengo que hacer.

Alcé mi mano libre para golpearlo en el rostro, pero él me ignoró y me arrastró hacia el agua; podía escucharla burbujear, un sonido inocente que se volvía horriblemente amenazante por su inexplicable proximidad.

–No tienes que matarme –¿la Dama Oscura sería Rain? ¿Siquiera importaba en ese momento? Mi rostro estaba presionado con fuerza contra las rocas, tan cerca del agua que podía sentir la humedad a través de ellas.

–Ella me dijo que tenía que hacerlo.

–Ignórala.

–¡No puedo! –gritó. Me llevó más cerca del límite del canal, milímetro a milímetro–. ¡Ella lo es todo!

Presioné mi brazo libre en el agua, para atajarme de modo que él no pudiera empujarme más.

–Puedo ayudarte –le dije–. Sé lo que es la Dama Oscura; llévame con ella y puedo ayudarte a deshacerte de ella.

–¡No puedo detenerme!

–¡Oye! –una nueva voz gritó desde la calle sobre nosotros. Y otra la siguió.

–¿Qué está sucediendo ahí abajo?

–¡Alguien ayúdeme! –la súplica no salió de mi garganta, sino de la de mi atacante–. ¡Ella quiere matarme! –me empujó más cerca del agua, las afiladas rocas rasparon mi rostro. Olvidé toda esperanza de hablar y simplemente luché con todas mis fuerzas, pateé, me retorcí e hice todo lo que pude para escapar. Él golpeó mi cabeza contra la grava y luego me hundió en el agua. La imagen y el sonido parecieron desaparecer y me ahogué con el agua que llenó mi boca en medio de un grito. Me agité inútilmente, mi cabeza estaba atrapada en unas manos de hierro debajo del agua; y luego, de repente, las manos desaparecieron. Surgí de abajo del agua en un salto desesperado, escupí suciedad y jadeé en busca de aire. Un grupo de figuras estaba de pie a mi alrededor y yo las golpeé a ciegas, pero una de ellas aferró mis brazos.

–Tranquilo, amigo, tranquilo. Estamos aquí para ayudarte.

–¿Qué?

Otro hombre sujetó mi mochila y me llevó hasta tierra seca. Sentí olor a humo. Algo estaba golpeando el agua, chapoteando salvajemente en medio del canal.

–Él huyó cuando bajamos –dijo el hombre junto a mí–. Se metió en el agua antes de que pudiéramos atraparlo –unas

fuertes manos palmearon mi espalda y expulsé más agua–.
¿Estás bien?

–Eso creo –volví a toser. Mi atacante alcanzó el otro lado del canal y subió por la otra orilla.

–El bastardo escapó –anunció otro hombre–. ¿Qué estaba haciendo, intentaba matarte?

–No lo sé –respondí. ¿Podía decirles la verdad?–. Solo robarme, supongo.

–Tienes que tener cuidado en este vecindario –advirtió un hombre.

–¿Has podido verlo? –preguntó otro–. Llamaré a la policía, puedes hacer una declaración.

–No –dije rápidamente mientras me ponía de pie–. Sin policías –si se trataba de un Marchito, prefería investigarlo por mi cuenta; sin mencionar que no tenía identificación–. No fue nada, no es necesario denunciarlo, estoy bien.

–¿Estás loco?

–Estoy bien –repetí. Intenté ver a mis salvadores bajo la luz de la luna, pero estaba demasiado oscuro para distinguir más que unas figuras pálidas. Al menos uno de ellos estaba vestido como un ciclista y supuse que habían llegado desde el bar al que no había alcanzado cuando intenté escapar–. Preferiría no, em, involucrar a la ley en esto.

El hombre a mi lado se volvió repentinamente alerta.

–¿Estás involucrado en drogas o algo?

–No es eso –respondí–. Es solo que no tengo identificación, ¿sabes? –tal vez comprenderían que fuera un vagabundo, al menos–. Solo me mantengo fuera del radar.

–He escuchado eso. Ven, te llevaremos de regreso al camino.

Me ayudaron a subir por la colina y el ascenso me convenció de que no tenía nada roto. Aunque estaba mojado y probablemente hecho pedazos. Me guiaron hasta el bar y pude verlos mejor; todos hombres adultos, todos trabajadores de diferentes rubros. Intentaron comprarme algo de comida para calentarme, pero todo lo que el bar tenía eran alas de pollo, así que comí los bastones de zanahoria y les aseguré que estaba bien. Podía caminar y tenía dónde quedarme. Gradualmente aceptaron mi agradecimiento y, cuando finalmente regresaron a sus propios asuntos dispersos, salí del bar y caminé hasta la funeraria. Nadie me siguió.

No fue hasta que llegué a mi habitación y me saqué la ropa mojada que vi la parte trasera de mi mochila:

Dos huellas de manos, precisamente donde uno de los hombres la había sujetado para sacarme del canal, quemadas en la tela, tan claras como el día.

CAPITULO 4

Existe un subgrupo de asesinos seriales llamados "asesinos visionarios": hombres y mujeres que asesinan no por ambición o sed de venganza, o por deseo, o por ninguna otra cosa que impulse a los demás, sino porque creen que un poder superior les dice que lo hagan. David Berkowitz, más conocido como el Hijo de Sam, fue uno de ellos. Él asesinó a ocho mujeres en Nueva York en el verano de 1976. Creía que su vecino Sam era un demonio que le enviaba mensajes a través de un perro y lo forzaba a asesinar. Él no quería hacerlo (enviaba cartas a la policía rogando que lo detuvieran) pero ¿qué más iba a hacer? El perro le decía que asesinara, así que él lo hacía. No había nada que pudiera hacer al respecto.

Otro asesino visionario fue un hombre llamado Herbert Mullin, él escuchaba voces que le decían que la Tierra necesitaba sacrificios de sangre para evitar un devastador terremoto. Él lo llamaba "cantar la canción de la muerte" y creía que algunas de las voces provenían de su padre, algunas del cielo y algunas de las propias víctimas. Él no quería asesinar, pero si no lo hacía todo el continente caería al océano y muchos millones más morirían en su lugar. Cuando las voces le decían que asesinara, él lo hacía. Y no había nada que pudiera hacer al respecto.

Y entonces, un hombre había intentado matarme.

¿Y si la Dama Oscura de la que había hablado mi atacante era Rain? ¿Y si ella era una Marchita con alguna clase de control mental, que ahogaba a las personas no con un loco, improbable y sobrenatural método, sino simplemente diciéndole a este hombre que hundiera a las personas en el canal y que luego las regresara a sus casas? ¿Por qué? ¿Quién sabía? Obviamente obtenía algo valioso al hacerlo. El problema que hacía que los Marchitos fueran tan difíciles de cazar era que las cosas que ganaban eran tan diferentes y por medios tan diferentes a los de un humano normal. El primero al que conocí, mi vecino, el señor Crowley, había estado reemplazando partes de su cuerpo robándolas de otras personas. ¿Cómo podía un oficial de policía sin conocimientos de lo sobrenatural descubrir eso?

¿Y cómo encajaba el fuego en esto? Mi mochila tenía dos perfectas huellas de manos quemadas en ella, una derecha y una izquierda, pero el hombre que me atacó nunca había sujetado mi mochila con ambas manos; su mano izquierda siempre había estado firme en mi cuello. El hombre que había usado ambas manos era uno de mis salvadores. ¿Acaso un Marchito me había salvado de otro Marchito? ¿Habría sabido lo que estaba haciendo? ¿Alguno de ellos habría sabido quién era yo? Entonces, ¿por qué no se había identificado a sí mismo? ¿O sería todo una improbable coincidencia?

Necesitaba encontrarlos. Había podido ver bastante bien a mi atacante, al menos a la distancia, y había visto a mis cuatro salvadores de cerca. ¿Sería solo uno de ellos un Marchito o estarían trabajando todos juntos? ¿Qué demonios estaba sucediendo en Lewisville?

No podía simplemente correr y pasar el día buscando. Tenía un trabajo y necesitaba conservarlo si quería tener acceso a los cuerpos sin vida que seguramente comenzarían a aparecer por toda la ciudad. Tenía que mantener feliz a Margo, y eso implicaba ser un empleado modelo.

Una de las dos puertas de mi habitación lateral llevaba al exterior y la otra, a la funeraria. Entré a la mañana siguiente y me duché en la habitación de atrás antes de vestirme y presentarme. Era difícil moverse después de la golpiza de la noche anterior, pero todos mis golpes estaban cubiertos por ropa o por mi cabello largo, así que al menos no tendría que responder ninguna pregunta difícil. La funeraria tenía una disposición diferente de aquella en la que yo había crecido pero, aun así, era dolorosamente familiar. La capilla, la sala de embalsamamiento, incluso el armario de provisiones era un tangible, casi atractivo recordatorio de mi vida al crecer y de los momentos que había pasado en silencio y soledad, acicalando cuidadosamente a los muertos para su camino a lo que fuera que los esperara más allá de la tumba. Esperaba que no fuera nada, porque eso era exactamente lo que yo ansiaba: silencio, oscuridad y paz. Un fin a todos los problemas.

Saqué el cuerpo de Kathy Schrenk del refrigerador y lo examiné en busca de evidencia de cómo había muerto, o que sugiriera que un Marchito podría haberlo hecho, pero no vi nada. Revisé todo dos veces, solo para estar seguro, hasta llegué tan lejos como para hacer algunos cortes en la espalda del cuerpo para echar un vistazo a la sangre muerta, pero no había nada fuera de lo normal. Negué con la cabeza y la regresé al refrigerador. Ya casi era hora de que comenzara el día de trabajo y no tenía sentido que me atraparan husmeando cuerpos en mi primer día. Encontré el armario de escobas, cuidadosamente arreglado, y comencé a trabajar en la sala de embalsamamiento; limpié cada mesada y fregué todas las herramientas hasta que brillaron. Lavé las mesas, las paredes y las manijas de todas las puertas. Estaba a mitad de camino de un meticuloso trapeado del suelo cuando Margo llegó.

–Buenos días, Robert.

–Buenos días.

Ella analizó la inmaculada habitación y asintió, obviamente satisfecha, pero sin sentir una aparente necesidad de afirmarlo en voz alta.

–Cuando termines aquí, ayúdame en la capilla. El funeral de Kathy es a mediodía.

Aspiramos la capilla, sacudimos los bancos y cortinas y, cuando Jasmyn llegó, los dos lavamos las ventanas mientras Margo terminaba de imprimir una pila de programas y los doblaba al medio con una regla para tener un pliegue perfecto. Harold llegó a las 10:30 a. m. con flores y la familia de Kathy llegó diez minutos más tarde; ni esposo ni hijos, ya que no los había tenido, solo la hermana, tan solitaria como había sido Kathy. Carol Schrenk. Eran mellizas, como mi mamá y mi tía, y yo ayudé mientras ella y Margo le daban los reverentes toques finales al cabello, maquillaje y ropa de Kathy.

A las once regresé a mi habitación para ponerme mi traje, para darme cuenta de que aún lo llevaba puesto cuando el acólito de la Dama Oscura me arrojó al canal y de que aún estaba arrugado y sucio. Encontré mis mejores jeans y mi única otra camisa y esperé que Lewisville fuera un pueblo lo suficientemente campestre para que eso contara como ropa elegante. Margo frunció el ceño al verme, pero casi la mitad de los hombres que llegaron al funeral vestían lo mismo, así que encajaba bien.

–No quiero que encajes –comentó Margo al hacerme a un lado–. Eres un empleado de la funeraria y quiero que sobresalgas como un representante formal y respetable de ese negocio.

–Mi traje se ha ensuciado un poco. Con el primer pago que reciba, compraré uno nuevo.

–Puedo conseguirte uno nuevo –refunfuñó–. Pero la próxima vez adviérteme antes.

Jasmyn y yo nos quedamos atrás mientras Carol daba un soso discurso y luego una antigua amiga de Kathy se levantó para ofrecer una interpretación cantada de "You will never walk alone". Al final, Margo se puso de pie para hacer unos comentarios de cierre, algo que aparentemente nunca hacía. La mandíbula de Jasmyn prácticamente cayó al suelo.

–Supongo que podrían decir que la mayoría de los funerales son para amigos míos –dijo Margo–, probablemente no debería levantarme a hablar en ninguno de ellos, pero Kathy era una empleada, una buena, y respeto eso –ella aferraba los extremos del atril; no con fuerza, como si lo necesitara de apoyo, sino firme, casi como si el atril la necesitara a ella–.

Kathy nunca se perdió un día importante de trabajo. Tenía un modo de saber, como alguna clase de sexto sentido, cuándo estaríamos ocupados y cuándo no, y de algún modo lograba estar saludable en los días indicados. Mantenía a sus amigos y vecinos con buen aspecto para sus funerales. Ella estaba aquí cuando la necesitaban –miró a la audiencia y yo pensé que debía estar buscando a alguien en particular. No encontró a la persona y suspiró–. Pero todas las cosas tienen que terminar eventualmente, supongo. Solo hacemos lo mejor que podemos hasta que sucede –volvió a hacer una pausa–. Gracias por venir. Nos veremos en el cementerio.

En las películas siempre llueve en los cementerios y todos están vestidos de negro, con grandes paraguas negros. Condujimos hasta allí bajo el intenso sol de Arizona y estuvimos de pie junto a la tumba mientras el viento lanzaba ráfagas de polvo arremolinado en nuestros pies. La tumba abierta estaba rodeada de alfombras verdes de césped falso y cubierta con un dispositivo de descenso: un marco de metal abierto con un par de correas en el medio para sostener el cajón. Mi mamá solía reírse del nombre (no podían pensar en un nombre mejor que "dispositivo de descenso") pero eso nunca me molestó a mí. ¿De qué otro modo lo llamarían? Era un dispositivo que hacía descender los cajones. A unos pocos metros, el cementerio había dispuesto veinte o treinta sillas plegables, y la pequeña multitud de visitantes se sentó al sol y al viento mientras un pastor local decía algunas cosas básicas sobre la vida y la muerte y luego concluía con una plegaria.

¿Por qué tenemos servicios junto a la tumba? Salimos del funeral literalmente quince minutos atrás; dijimos todas las mismas cosas, rezamos todas las mismas homilías trilladas, invocamos las mismas bendiciones de todas las mismas deidades. Es innecesario, pero supongo que no es lo mismo que sin sentido. Somos seres humanos; necesitamos de ceremonias. Necesitamos conmemorar las cosas. Al igual que a mí me gusta cepillar el cabello de un cuerpo, cortar sus uñas y prepararlo para el fin, a otras personas les gusta pararse junto a la tumba y despedir el cuerpo.

El pastor rezó, la hermana lloró, Jasmyn recogió su cabello con un bolígrafo que sacó de su bolsillo trasero y el sepulturero esperó a unos cuarenta metros, apoyado a un lado de una excavadora desgastada y bebiendo una soda de un gran vaso blanco de una gasolinera. El viento sopló, las nubes se movieron, y en algún lugar a la distancia los camiones pasaron de prisa por la autovía. El servicio terminó, los visitantes se retiraron y yo moví la palanca del dispositivo de descenso, de modo que el marco giró, las correas se desenroscaron y el cajón descendió en el cubículo de cemento que esperaba al fondo del hoyo. Cuando alcanzó el fondo, liberamos las correas de un lado del marco y jalamos del otro; el cajón descansó sobre montículos elevados, de modo que las correas se deslizaron con facilidad debajo de él. Colocamos el dispositivo y las sillas plegables en un camión de plataforma, retiramos las alfombras verdes para exponer la tierra desnuda alrededor de la tumba. Las enrollé cuidadosamente para evitar que la tierra roja seca embarrara la superficie. El sepulturero acercó la excavadora, bajó la tapa de la caja de cemento dentro de la tumba, luego arrojó su vaso de soda vacío detrás de ella y comenzó a llenar el hoyo de tierra. Harold y Margo condujeron de regreso en el coche fúnebre, mientras Jasmyn me llevó en su auto. Nunca dijimos una palabra.

En la funeraria, Harold me dio un traje negro, usado, pero limpio y de mi talla.

—Margo dijo que necesitas esto.

—Gracias. Eso fue rápido.

—Vivo para servir —inclinó un sombrero imaginario y luego volvimos a limpiar la capilla.

Regresé al bar al que me habían llevado mis salvadores la noche anterior, pero sin su compañía ni identificación, el cantinero no me dejó entrar. Le dije que quería recompensar a los hombres por salvar mi vida, lo que él consideró un buen gesto. Como aún era tempano para que hubiera mucha gente, él se quedó en la puerta y respondió a mis preguntas. Podía recordar a la mayoría de los hombres ya que eran habitués del lugar, pero uno en particular era nuevo. Me enfoqué en él.

—¿Conoces su nombre?

—Nop —el cantinero negó con la cabeza.

—¿Cómo lo llamas, entonces? —él llevó su cabello enmarañado detrás de sus orejas.

—Simplemente llamo a todos "jefe", así no necesito saber sus nombres.

—De acuerdo. ¿Sabes cuánto tiempo lleva en el pueblo?

—Tres, cuatro días, cuanto mucho. Probablemente regrese esta noche si quieres dejarle un mensaje.

–¿Te importa si solo me quedo por aquí en el frente y lo espero? ¿A todos ellos?

–Mientras que no andes con drogas ni nada que me meta en problemas –se encogió de hombros.

–Palabra de scout.

–Gracias, jefe. Buena suerte.

Me dio un apretón de manos y regresó adentro. Yo me senté en el banco junto a la entrada por unos minutos, esperando, luego decidí caminar por la calle hasta el lugar en el que el asesino visionario había intentado ahogarme. No pude encontrarlo. Pensé que tal vez podría identificar el lugar por algún daño en la cerca, en la maleza o en la cuerda, pero todo lucía igual a la luz. Caminé de regreso al bar y esperé, y cuando cada uno de los hombres llegó a la puerta le agradecí, le di un apretón de manos y le pregunté si podía recordar algo acerca del hombre que me había atacado. Ninguno de ellos podía recordar su rostro, aunque todos recordaban el abrigo con bastante claridad. Uno de ellos lo identificó con marca y estilo (era una elección popular entre los rancheros locales, al parecer), pero eso fue lo mejor que pudieron hacer.

Alrededor de las ocho, cuando el sol estaba oscureciéndose al anochecer, el último hombre llegó al bar. El que no era del pueblo. Era casi tan alto como yo, pero corpulento y con mucho pelo, con una larga barba negra y cabello largo, atado. Vestía una camiseta negra con lo que supuse que era el logotipo de una banda, pero que no reconocí. Me levanté y le di la mano mientras me presentaba como el chico de la noche anterior.

–Ah, hola –dijo él y aferró mi mano vigorosamente. La

suya estaba caliente y yo sentí un repentino terror de arder en llamas por su contacto–. ¿Cómo has estado?

–Estoy bien –respondí–, gracias. Quería agradecerte otra vez por haberme ayudado.

–No es problema –dijo él y señaló la puerta–. ¿Quieres un trago?

–No, gracias. ¿Te importa si te hago unas preguntas?

Él miró la puerta con ansias, pero se encogió de hombros.

–Supongo que no. ¿En qué puedo ayudarte?

Tenía algunos métodos que podía probar, con esperanzas de obtener información de su parte, pero decidí comenzar con el más simple primero.

–¿Has visto al hombre que me atacó? ¿Su rostro, quiero decir?

El hombre se apoyó contra la pared e infló sus mejillas antes de hablar.

–No realmente. Calvo, pero no por completo; tenía algo de cabello atrás. Rubio; pero oscuro. No un rubio sueco ni nada, ¿sabes? Algo de barba incipiente también, pero creo que crecía colorada, como es algunas veces; un color arriba, otro diferente en el rostro.

–¿Qué hay de su abrigo? –me había dado más detalles que todos los demás.

–Sí, creo que tenía un abrigo.

Asentí y me pregunté qué podían significar sus percepciones tan diferentes del evento. Si significaban algo.

–¿Qué más puedes recordar?

–¿Por qué preguntas? No irás a buscarlo, ¿o sí?

Eso también era extraño; los otros hombres habían asumido

que había entrado en razón y estaba preparándome para ir a la policía, de modo que estaba intentando formar una imagen mental para ofrecer una buena descripción. Ese hombre pensó que estaba tomando el asunto en mis propias manos. ¿Eso significaba algo? ¿Acaso algo de todo eso lo hacía?

Intenté una nueva estrategia.

–Yo, em, quiero ofrecerles una recompensa. No algo grande, porque no puedo pagar mucho, pero algo pequeño, solo una… cosa. ¿Es algo extraño que pida tu dirección, para tener a dónde llevarlo cuando lo tenga?

–Probablemente –respondió él entre risas–. Pero no tengo una dirección. No vivo aquí, en realidad solo estoy de paso.

–También yo. ¿Pidiendo aventón?

–No. Tengo un auto; en verdad no tengo mucho más –ya estábamos llegando a algún lugar

–¿Qué te trae a Lewisville, entonces? Yo estoy aquí porque no pude conseguir un aventón a ningún otro sitio.

–Tengo un amigo en el pueblo –esa tenía que ser Rain.

–¿Y esa dirección? –pregunté–. Puedo llevar la cosa allí.

–Puedes simplemente traerla aquí. Está bien –él se enderezó desde su descanso contra la pared–. Me alegra haber podido ayudar, pero ahora voy a entrar.

Maldición, tenía que sacar artillería pesada.

–¿Cómo te llamas?

–Saul –respondió, y abrió la puerta.

–Me refiero a tu verdadero nombre –insistí, y mandé a volar toda la precaución–. El que Rain usó para llamarte.

Él se detuvo, volteó y me miró. Le regresé la mirada, intenté ser rudo.

Nada de lo que había visto sugería que un Marchito pudiera sentir la presencia de otros.

—¿Rain? —preguntó él.

—Es el único nombre con el que la conozco. Asumo que solía tener otro, porque todos lo teníamos, pero... honestamente ni siquiera puedo recordar el mío.

—¿Meshara? —preguntó en voz baja luego de estudiarme un momento.

Ese era el nombre de Elijah; un Marchito sin memoria. Yo negué con la cabeza.

—No, él murió en Fort Bruce.

—Eso pensé —balbuceó el hombre. Había un solo Marchito que podía representar de forma razonable.

—Soy Nadie —afirmé. La había seguido por semanas y había vivido con ella, a través de Brooke, por más de un año. Inhalé profundo y observé la reacción del hombre, con esperanza de que me creyera.

—Ha pasado mucho desde la última vez que has tomado a un chico —dijo finalmente.

Yo asentí y me esforcé por no mostrar mi alivio de que me creyera.

—Lo sé —realmente no sabía que Nadie hubiera tomado un cuerpo de chico alguna vez, pero era una apuesta segura. Diez mil años es un largo tiempo.

Él me miró un momento, luego asintió, como si hubiera completado alguna lista mental para comprobar que yo era, de hecho, un monstruo atemporal y sin cuerpo.

—Soy Assu. El Dios del Sol. Entremos por una cerveza.

—**M**ás que nada he estado holgazaneando –dijo Assu. Bebió cerveza de su botella oscura y, cuando la volvió a bajar sobre el posavasos la colocó cuidadosamente sobre el aro que había dibujado antes–. Paleando carbón, cuando eso se hacía. Fundiendo minerales, ocasionalmente, pero nunca me gustó mucho hacerlo. Solo porque haces algo, no quiere decir que lo disfrutes, ¿cierto?

–Me conoces –afirmé e intenté decir lo que diría Nadie–. Nunca disfruto nada.

–No por mucho tiempo, de cualquier manera –él bebió otro trago–. ¿Seguro no quieres una?

–Este cuerpo no bebe.

–¿Y te importa lo que tu cuerpo hace o no? –alzó una ceja–. ¿Cuánto tiempo conservarás este?

Nadie había cometido suicidio tantas veces que había perdido el rastro. Miles y miles. Me pregunté entonces si Brooke habría sido Nadie por más tiempo que cualquiera. ¿A menos que esa chica vagabunda del velorio hubiera sido Nadie? Aún no lo sabía y ni siquiera sabía cómo encontrarla. Assu era la única pista que tenía, así que tenía que hacer que siguiera hablando.

—Supongo que conservaré este por el mayor tiempo posible.

—Bien, buena suerte para ti. ¿Qué hay de una hamburguesa?

—Vegetariano.

—¿Qué es esto, metodista? —Assu rio.

Estaba actuando demasiado como yo mismo y él estaba sospechando. Pensé en algo que pudiera explicarlo.

—¿Tú cambias cuerpos? —pregunté.

—Nop. Este es el único que tengo.

—Entonces, no lo entenderías —afirmé, como si eso explicara el punto. Pero lo más importante era lo que él había admitido: Assu no cambiaba cuerpos, así que podría matar a ese y moriría por siempre... una vez que descubriera cómo, por supuesto. Y una vez que hubiera obtenido lo que necesitaba de él. Regresé la conversación a la información que intentaba conseguir—. ¿Ya has visto a Rain?

—Aún no. Supongo que sabe que estoy aquí, después de ese cuerpo que le dejé hace unos días. Luke Minaker —bebió otro trago—. Que espere por un tiempo; no necesito su drama.

—Es el fin del mundo. O del nuestro, al menos. Algo de drama parece justificado.

—Supongo que sí —coincidió él—. Ya era hora, probablemente, ¿no crees?

—¿Hora del drama? —eso era más introspectivo de lo que

habían llegado a ser los Marchitos que había conocido.

–Hora de los finales –respondió y negó con la cabeza.

Pensé en eso por un momento mientras intentaba elaborar una respuesta. Otra vez, tenía que pensar como Nadie para que se me ocurriera una buena.

–Los finales no son tan geniales como crees. Los he vivido muchas veces.

–Ese es el problema, ¿o no? Tus finales no cuentan, porque nunca permanecen. Los terminas a *ellos* y nunca a ti misma. Escuchar a Rain decir eso ahora, que toda la raza humana está saliendo de sus escondites para acabarnos. Que es el opuesto exacto de tu situación regular, así que no tienes dónde apoyarte –volvió a beber de su cerveza y llamó a la camarera para ordenar un sándwich de jamón con aros de cebolla–. Así tendrás algo vegetariano –me dijo mientras miraba el trasero de la chica que se alejaba–. ¿Alguna vez…? ¿Alguna vez has sido camarera?

–Sí.

–¿Has escuchado alguna línea que funcionó contigo?

–¿Diez mil años y necesitas ayuda para hablarle a una camarera de pueblo? –pregunté con las cejas en alto.

–Bah –bufó él y terminó su cerveza. La dejó con fuerza sobre la mesa–. Sé que ser demasiado crítica es lo tuyo, pero ¿puedes guardártelo para ti misma? No lo necesito ahora.

–Bien –respondí y miré alrededor del bar–. ¿Crees que tengan una rocola aquí?

–Todos los bares de cuarta tienen rocolas –afirmó él–. Y todos tienes canciones de cuarta.

–Probablemente. No quería escuchar, de todas formas. Solo estaba haciendo conversación.

–Apestas en eso.

–Eso me han dicho.

Assu se apoyó en su silla, con el brazo sobre el respaldo de la de al lado.

–¿Dios de qué eras? Diosa, como sea.

–He sido ambos, supongo.

–¿No lo recuerdas?

–Has vivido diez mil años –dije. Todos los Marchitos lo habían hecho–. Yo he vivido diez mil vidas, al menos. Tal vez cien mil. Y cada una de ellas viene con sus propios recuerdos. Hay tanta historia dando vueltas en esta cabeza que es un misterio que aún pueda atar mis propias agujetas por la mañana.

–Tiene sentido –afirmó y luego rio–. ¿Recuerdas eso? ¿Cuando inventaron los zapatos?

–Los zapatos son uno de los más antiguos inventos de la civilización humana.

–Lo sé, lo sé. Pero me refiero a los zapatos modernos. Como, cuando comenzaron a hacerlos cómodos, en lugar de que fueran solo sandalias de cuero y porquerías como esas. La primera vez que te pusiste zapatos deportivos y sentiste esa suela acolchonada, que ataste esas agujetas de nylon y todo encajó a la perfección, por primera vez en toda tu larga vida.

Qué extraño evento para recordar. Yo negué con la cabeza.

–Todos los cuerpos que he tomado o bien nunca han tenido buenos zapatos o siempre los han tenido. Supongo que perdí esa experiencia en particular.

–Nunca han sido realmente tus pies, de cualquier manera. ¿O sí?

–No en realidad.

—¿Eso te molesta?

Lo vi mirándome, apenas por el rabillo del ojo, intentando verse como si no estuviera prestando atención, pero aún preocupado por mi respuesta. Capté el mensaje y pensé en mi respuesta con cuidado.

¿Qué habría dicho Nadie? ¿Le molestaba no tener su propio cuerpo? Probablemente; tarde o temprano todo molestaba a Nadie, es por eso que seguía quitándose la vida y cambiando. Pero los cuerpos que había asesinado, como él había dicho, nunca habían sido realmente de ella. Habían sido vestimentas que ella escogía y descartaba, sin pensar en verdad en las realidades de sus vidas.

Pero no, eso no era verdad. Nadie, al igual que Elijah, estaba llena de recuerdos humanos; ella nos había visto de manera diferente a los otros Marchitos, porque ella había vivido *como* nosotros en lugar de vivir simplemente entre nosotros. Conocía nuestros sueños porque habían sido de ella y conocía nuestras realidades porque nunca había sido capaz de enfrentarlas. Una chica siempre parecía hermosa a la distancia, como una muñeca o una estatua de mármol: algo que admiramos sin llegar a conocerlo. Hasta que lo hacemos. Acércate lo suficiente y se vuelve tan real como todo lo demás. Las chicas tienen defectos y complejos, olores y todos los demás problemas que todos los demás tienen. Eso era lo que había molestado a Nadie, creo: la verdad. La testaruda resistencia del mundo a ser un cuento de hadas, o de una chica a ser una princesa.

—Tuve pies una vez —dije.

—Suenas como una Sirenita retraída.

Un cuento de hadas. Por supuesto.

—Tal vez lo fui —comenté. Nadie siempre había querido las cosas que no podía tener y había hecho un trato con el diablo para obtenerlas—. Tuve pies y un cuerpo y todo —señalé a las otras personas en el bar—. Todo lo que cualquiera de ellos haya tenido. Pero luego renuncié a todo y lo perdí y creo que... —hice una pausa. ¿Qué diría Nadie? ¿Qué pensaría del cuerpo al que había renunciado?—. Creo que el cuerpo que tenía podría haber sido el único en el que pude haber sido feliz.

—Pero lo odiabas.

—Así es. Y ahora aquí estoy.

—No es exactamente la vida que habíamos imaginado, ¿no es así? —Assu miró alrededor del bar, con ojos solemnes.

—No, no lo es —coincidí, y fue algo tan cierto para mí como lo fue para Nadie.

La camarera regresó, dejó el sándwich, los aros de cebolla y una nueva cerveza. Tenía la tapa encima, la mitad puesta y la otra doblada; la boca de la botella humeaba mientras el líquido frío se condensaba en el interior cálido del bar.

—Aquí tienen, muchachos —dijo ella y Assu sonrió.

—Gracias. Oye, em, ¿cómo te llamas?

—Lara, cariño. ¿Necesitas algo?

—Lara, ¿tienes un...? Es decir, ¿a qué hora sales del trabajo?

—Lo siento, cariño —respondió ella—. No se nos permite salir con los clientes. ¿Puedo traerles algo más?

Assu pareció devastado y su voz fue sombría.

—Solo un poco de hielo.

—Seguro —ella se alejó y él miró su sándwich. Yo no sabía qué decir, así que simplemente me quedé sentado y lo miré.

—¿Recuerdas el asombro? —preguntó él.

—¿Asombro?

—La sorpresa. El disfrute —él tocó su sándwich, pero no lo tomó—. ¿Recuerdas la última vez que has visto algo por primera vez? ¿La primera vez que has visto el océano, o que has comido un pimiento, o que has besado a alguien? ¿La primera vez que escuchaste a una manada de lobos aullando en la oscuridad, a todo el grupo solo aullando y aullando, llamando y respondiendo, el sonido elevándose y luego desvaneciéndose? Tal vez eco, tal vez no. Diez mil años y tal vez doscientos, trescientos años han tenido asombro y luego, eventualmente, ya lo has visto todo, o sentido todo, o hecho todo. Y luego te diviertes por algunos miles de años más solo haciéndolo todo otra vez; encuentras esa comida deliciosa de la que no has podido comer suficiente y la comes en todas sus diferentes formas. Y luego, eventualmente, lo has hecho todo. Y lo has hecho mil veces. ¿Y cuál es el punto de hacerlo otra vez? Sé qué sabor tendrá este sándwich de jamón, porque he comido más sándwiches de jamón de lo que un hombre puede llegar a apreciar. Es solo combustible ahora, aviva el fuego y me mantiene vivo. ¿Y por qué?

Lo observé mientras miraba al pasado; observé la botella de cerveza mientras el humo de la condensación se elevaba por la tapa doblada.

—Has comido jamón —dije—, pero no has comido este jamón.

—¿Cuál es la diferencia? —preguntó él—. Este jamón, este bar, esta camarera. ¿Realmente serán algo nuevo de algún modo significativo?

—No el jamón —admití—. Pero las personas, sin embargo.

Es decir, eso es lo que dicen, ¿cierto? Que somos todos como copos de nieve, perfectamente individuales y únicos.

–Pero aun así todas las tormentas de nieve se ven iguales. Cada vez.

La camarera regresó con un vaso lleno de hielo, lo dejó sobre la mesa con un guiño y se alejó. Assu tomó el vaso y los cubos de hielo comenzaron a derretirse con el contacto y lentamente cayeron al fondo del vaso. Él los arrojó sobre su otra mano y desaparecieron en el aire, se disolvieron en agua unos milímetros antes de tocar su piel. Corrió agua al suelo y se elevó vapor de su mano, y él lo observó con ojos antiguos.

Solo había una cosa que decir:

–Renunciaste al frío.

–Es lo único en el mundo que no puedo sentir –su voz fue apenas un murmullo.

Observó el vapor que se elevaba de su mano, hasta que estuvo completamente seca. Luego volvió a hablar en una voz tan suave que tuve que acercarme para escucharlo.

–Cuando era un niño, en las colinas donde vivíamos, junto a la vieja aldea; ¿la recuerdas?

–No.

–Era hermosa. Pero era dura. Creo que es por eso que nos iba tan bien, o por lo que a nuestros padres les iba bien. Y a sus padres y a los padres de sus padres y más: no podían simplemente holgazanear, así que construyeron, crearon e *hicieron*. Arrearon ovejas (por lo que sé, *inventaron* el arreo de ovejas) y, un día, cuando era niño, el invierno llegó antes y quedé atrapado en una tormenta en la ladera de la montaña en los campos de pastoreo. Estaba vestido para el frío, no fue *tan* repentino, pero no para una tormenta como esa, y traté de llevar a las ovejas a casa, pero la nieve bloqueó los pasos y cubrió los caminos y yo quedé atrapado. Hice un refugio y encendí un fuego, pero seguía nevando y nevando y la comida se acabó y el agua se congeló, mis mantas se congelaron con ella y yo me acurruqué en medio de las ovejas para tener calor. Supongo que fue suficiente, porque no morí, pero apenas. Y juré que nunca volvería a tener frío y viví en el desierto y maldije al cielo nocturno y a los vientos que bajaban de las montañas. Y luego, cuando Rain se acercó a nosotros, y cuando Rack nos dijo de sus planes, renuncié al frío y a cualquier sentimiento frío. A cambio, gané más calor y fuego del que cualquier otro cuerpo podría soportar: el poder de calcinar la arena, marchitar las plantas y de brillar como el sol –puso sus manos sobre el vaso vacío, que comenzó a volverse amarillo–. He vivido como un dios; del sol y de la forja y del bronce, del hierro y del acero –el amarillo se volvió rojo y el vaso comenzó a deformarse, él lo apretó en sus manos como si fuera una lámina de arcilla ardiente, lo moldeó en una gruesa cuerda del ancho de su puño y se volvió más caliente y brillante hasta que comenzó a correr por su mano, a gotear sobre la mesa y a quemar la madera. Todo cayó, la mesa humeó y se quemó, él abrió su mano para que cayeran las últimas gotas. El charco de vidrio brillaba enrojecido mientras se enfriaba lentamente. Algunas personas en el bar estaban mirándonos, preguntándose de dónde salía el olor amargo a madera quemada.

Yo no tenía palabras. Assu sacó un montón de dinero de su bolsillo trasero, separó algunos billetes y los dejó sobre la mesa.

–Vamos –dijo y se levantó.

Me levanté tras él mientras intentaba forzarme a hablar. ¿Qué acababa de ocurrir? Sabía el qué; pero *¿por qué* había ocurrido? ¿Qué había sentido Assu o qué había decidido que lo había puesto de mal humor?

–¿A dónde vamos? –le pregunté.

–A algún lugar frío –respondió y giró para irse–. Un restaurante, tal vez, o un frigorífico. Algún lugar con uno de esos grandes congeladores a los que se puede entrar.

–Pero no puedes sentirlo –me apresuré tras él.

–Eso no significa que deba dejar de intentarlo –él salió al caluroso aire de la noche y escupió molesto sobre la tierra–. Maldita mujer. Me ha traído a este infierno. Ella puede pelear su propia maldita guerra.

–Entonces, vamos a decírselo –arriesgué. Necesitaba que él se enfocara; que me dijera dónde estaba Rain para que pudiera encontrar ese ejército de Marchitos y detenerlo de una vez y para siempre–. Vamos a encontrarla ahora, a rechazarla y ver qué está planeando. Luego puedes regresar directamente a Alaska o a Siberia o adondequiera que estuvieras antes y acabar con ella por siempre. Pero al menos encontrémosla.

–No.

–Vamos –insistí.

–¿Trabajas para ella? –se lanzó sobre mí repentinamente y me presionó contra la pared del bar con sus manos. Podía sentir el calor de sus palmas y sus dedos. Negué con la cabeza.

–No.

–Entonces, ayúdame. Frío primero, luego Rain.

—De acuerdo. Frío primero —dudé un momento—. Creo que conozco el lugar perfecto.

La funeraria estaba vacía por la noche; Harold tenía un apartamento al lado, pero mi pequeña habitación era la única que accedía directamente al edificio. Assu estacionó su auto y yo usé mi llave para dejarlo entrar a través de mi habitación hacia el centro del lugar. Mantuve las luces apagadas y lo guie con el tacto y la memoria hasta la sala de embalsamamiento de atrás. Esa habitación no tenía ventanas exteriores, así que cerré la puerta, encendí la luz y señalé el refrigerador gigante en la pared.

—¿Un refrigerador? —preguntó él.

—A veces. Podemos configurar los controles. No hay nadie allí ahora; la víctima quemada no ha llegado aún, así que no tenemos ningún cuerpo. Podemos poner la temperatura tan baja como quieras.

—Tan baja como sea posible.

El refrigerador de una funeraria tiene múltiples puertas pequeñas, cada una con una placa metálica que sale como una cama, como se ve en las morgues de la televisión. Este refrigerador tenía seis. Assu abrió la puerta superior, sacó la placa y se recostó sobre ella, con la cabeza primero.

—Tanto frío como pueda alcanzar —dijo, y yo lo deslicé al interior hasta que todo lo que pude ver fueron las suelas de sus zapatos.

El refrigerador en la funeraria de mis padres tenía un pequeño dial, pero este tenía un tablero. Solo bajaba hasta un grado Celsius; esperé que eso fuera suficiente para él.

–Cierra la puerta.

–Te sofocarás.

–Así no es cómo funciona. Cierra la puerta.

La cerré y esperé. ¿Qué estaba haciendo? ¿Solo recostarse allí? ¿Qué pensaba que ocurriría?

–Assu –grité–. ¿Puedes escucharme?

–Sí –su voz era débil, pero pude escucharlo.

–¿Está frío?

–¿Cómo demonios voy a saberlo?

Me encogí de hombros y me apoyé contra la pared. ¿Cuánto tiempo estaría allí adentro?

¿Cuántas veces había intentado exactamente eso mismo en miles de otros congeladores y refrigeradores, solo para resultar frustrado al no poder sentir el frío?

Esperé. No era lo más extraño que había hecho en una funeraria. En tanto me llevara eventualmente con Rain, podía quedarse en el refrigerador el tiempo que quisiera.

Cinco minutos después, el aislante de goma alrededor de la puerta comenzó a fundirse.

Primero lo vi aflojarse; la banda de goma estaba colgando del extremo de la puerta del refrigerador, pero aún no se había separado del metal. Un momento después, cayó hasta que se desprendió y el humo del interior salió en enormes nubes. Apenas tuve tiempo de pensar y reaccioné por instinto: había fuego en el interior, había tomado una bocanada de oxígeno nuevo y estaba por explotar. Me lancé a un costado para salir del camino y en ese momento la puerta salió volando y una enorme llama rugió. El tablero sobre la pared opuesta se carbonizó casi de inmediato, los papeles se retorcieron en bucles negros. La pared se calentó, la pintura se hinchó y comenzó a desprenderse. Sentí un momento de perfecto gozo, ¡un fuego estaba liberado! Y luego los extintores del techo cobraron vida, la habitación quedó empapada y la realidad regresó, aplastante. Las llamas de la pared ascendieron, el calor de la habitación aún era abrumadoramente feroz, pero las llamas del refrigerador desaparecieron. Me arrastré de regreso al frente del refrigerador, preguntándome qué vería, pero ya lo sabía. Di un vistazo al interior y allí estaba: un charco de espesa ceniza grasienta, negra y descascarada, burbujeante y siseante. Materia del alma.

Assu estaba muerto, y la funeraria estaba ardiendo.

El fuego rozó las paredes y el techo, desafió a los extintores y se extendió hambriento por la funeraria, a centímetros de mi espalda y eventualmente, inevitablemente, bloqueó todas las salidas y me atrapó en el interior. En retrospectiva, debí haber temido por mi vida, o estado extasiado por las llamas, o tal vez ambas, pero en su lugar mis pensamientos estaban enfocados en un simple y horrible hecho.

Los bomberos llegarían, junto con la policía, reportarían el incendio y ese reporte incluiría la materia del alma. "Una grasa negra no identificable". Los analistas de inteligencia del FBI la verían, la reconocerían por lo que era y se presentarían. Y me encontrarían.

Y todo lo que tenía me sería arrebatado.

Miré la grasa en el refrigerador, que aún burbujeaba en la placa metálica. Debía estar demasiado caliente para tocarla. Observé alrededor en busca de algo con que absorber el calor, como una manta o una sábana; las salas de embalsamamiento normalmente tenían muchas, pero nada en esa habitación me ayudaría, porque todo estaba mojado y el calor pasaba con demasiada facilidad a través de la tela mojada. Seguí buscando algo más que pudiera usar, pero la mayoría de las cosas en una funeraria estaban diseñadas para proteger de químicos y frío, no de calor.

A excepción de una cosa. Corrí a la puerta y la abrí, encendí todas las luces al pasar; la alarma de incendios ya se había apagado y los bomberos llegarían pronto, así que ya no tenía sentido ocultar mi presencia. Corrí a la sala crematoria, tomé el delantal térmico y los guantes y volví de prisa. ¿Cuánto tiempo me quedaba? Me coloqué la ropa mientras corría y apreté los dientes al pasar por el punto del corredor en el que las llamas subían por la pared y, de repente, todos los extintores del corredor se encendieron y quedé atrapado en otra lluvia. Regresé a la sala de embalsamamiento, busqué una cubeta y corrí al refrigerador abierto. Saqué la placa metálica con cuidado de no derramar la grasa; estaba dura y no corría demasiado, así que saqué unos cuantos centímetros y arrastré la porquería hasta la cubeta, donde burbujeó y siseó como aceite hirviendo. Podía sentir su calor incluso debajo de los guantes de cremación. Limpié la primera parte y extraje otros centímetros de la placa. Cayó un poco al suelo que por poco no alcanzó mi pie y me dije que regresaría por eso más tarde, mientras me concentraba todo lo posible en la grasa sobre la placa. La saqué más y más y derramé la grasa en la cubeta; podía sentir que la cubeta se calentaba y me pregunté cuánto tiempo pasaría hasta que la materia del alma le hiciera un agujero.

Pude escuchar las sirenas a la distancia y me apresuré para terminar. Arrastré toda la porquería que quedaba dentro de la cubeta, fregué el metal con los guantes para intentar extraer hasta la última gota. Era evidente que el fuego había comenzado en el refrigerador, así que, tal vez, ¿si quedaran algunas gotas podrían pensar que era el acelerante de un incendio provocado?

Maldición. ¿A quién culparían de un incendio? ¿Tal vez al vagabundo sin hogar del que no sabían nada? No podía pensar en eso aún; *esconde la grasa primero, luego preocúpate por todo lo demás.*

La unidad del refrigerador aún tenía fragmentos metálicos que no se habían quemado con el cuerpo, y la ropa de Assu, y traté de alcanzarlos también: algunos botones y remaches de sus pantalones, un aro con algunas llaves y un puñado de monedas ennegrecidas. Lo arrojé todo dentro de la cubeta y corrí hacia la puerta; pero me detuve, regresé y fregué el suelo desesperadamente. ¿Podría terminar todo a tiempo? Embarré la grasa pringosa en los guantes, los arrojé a la cubeta y volví a correr hacia la puerta. Las sirenas estaban más cerca, pero no podía distinguir cuán cerca. Escuché movimiento en la cerradura de la puerta trasera, probablemente fuera Harold intentando entrar, y me apresuré hacia la puerta principal, salí y luego corrí al estacionamiento. Tenía que deshacerme del auto de Assu también; si la policía lo veía allí en la escena del incendio comenzarían a hacer preguntas que los llevarían al bar, al cantinero y a mí. Siempre de regreso a mí. Usé el extremo del delantal para sacar la llave del auto de Assu de la cubeta, y la toqué con cuidado; estaba muy caliente, pero no tenía otra opción, así que la metí en la puerta para abrir. El camión de bomberos ya había llegado al frente del edificio, pero no había nadie allí aún. Abrí la puerta del auto y lancé la cubeta al asiento del acompañante. La grasa de la llave hizo que se pegara a la cerradura, pero logré liberarla y subí al auto, metí la llave en el encendido y arranqué salvajemente. El motor rugió con vida y yo salí del estacionamiento sin encender las luces.

Conduje a oscuras por algunas calles, luego encendí las luces y conduje más hacia la ciudad en busca de un lugar donde abandonar el auto y las cosas en él. Pasé por una tienda, cerrada a esas horas, giré hacia el estacionamiento trasero y aparqué junto a su gran basurero metálico. Con cuidado de no derramar materia del alma en el auto o en mi ropa, saqué la cubeta y la ropa de cremación y las coloqué cuidadosamente en el basurero, luego las cubrí con algo de basura. Con la grasa escondida, regresé al auto y volví a conducir, en busca de algún lugar donde dejar el propio vehículo. Estacioné en un motel, con esperanzas de que pudiera quedarse allí durante unos cuantos días sin llamar especialmente la atención. Usé mi camiseta para limpiar todo lo que había tocado: el volante, la palanca de cambios, las manijas de las puertas. Salí, cerré la puerta y luego lo pensé mejor y volví a abrirla; Assu era un alcohólico y, si tenía algo de alcohol en el auto, podría necesitarlo más adelante. Abrí la guantera y encontré una botella de bebida barata y un fajo de billetes de veinte dólares. Los miré, mientras intentaba decidir si sería seguro tomarlos. ¿Serían rastreables? Probablemente no. ¿Podría arriesgarme? Los miré un momento más, luego metí el dinero en un bolsillo de mis pantalones y la botella en otro. Volví a limpiar todo, cerré la puerta y la trabé, luego limpié también las manijas exteriores. A dos calles de distancia, dejé caer las llaves en un desagüe.

Estaba seguro de que Assu se había quitado la vida a propósito. Debí haberlo visto llegar, luego de la conversación nihilista acerca de pérdidas y finales en el bar. Pero había estado tan enfocado en lo que yo quería y en las cosas que necesitaba saber que no había pensado en lo que él quería. La sociopatía te afecta en cualquier momento. Él había renunciado a la vida, justo frente a mis ojos, y yo ni siquiera lo había visto.

Él no podía sentir el frío, pero generaba calor. Los Marchitos funcionaban con intercambios, así que probablemente así funcionaba eso también: cada vez que tenía frío, su cuerpo generaba más y más calor, hasta que él tenía que dejar salir ese calor de algún modo. Algunas veces lo hacía quemando personas, como lo había hecho con Luke Minaker, y algunas veces quemaba cosas, o incluso las derretía, como ese vaso del bar. Y entonces se había encerrado en ese refrigerador, su cuerpo había generado tanto calor para intentar protegerlo, y él no lo había dejado salir para nada, hasta que lo consumió por completo. Estaba cansado del mundo, después de tantos años, así que lo abandonó.

Tal vez haya sido Nadie, o alguien que él creía que era Nadie. Hablar con otro Marchito, quizás por primera vez en décadas, tal vez siglos, lo había puesto de un ánimo oscuro y lo había llevado al límite.

Tenía que caminar cerca de un kilómetro de regreso a la funeraria y logré hacerlo sin que ningún granjero intentara ahogarme. Me detuve a una calle de distancia, tomé un trago del alcohol y lo di vueltas en mi boca antes de escupirlo; me quemó en la boca y casi me provoca náuseas, pero mantuve el control y tapé la botella. Eran las once de la noche y sería fácil que Margo y los demás creyeran que un extraño cualquiera que acababan de conocer había pasado toda la noche bebiendo en algún lugar. Mejor ser un alcohólico que un incendiario buscado.

Se había reunido un grupo de vecinos para mirar a los bomberos, aunque el fuego ya se había extinguido y no parecía haber dañado mucho del exterior. Encontré a Margo y me acerqué a ella, algo tambaleante, y me aseguré de exhalar cerca de su rostro para dejar que mi aliento fuera mi excusa.

–Robert –dijo ella–, gracias a Dios. Cuando Harold no pudo encontrarte adentro, pensamos lo peor.

–¿Qué sucedió? –pregunté. No arrastré las palabras; eso me pareció demasiado.

–Parece intencional –comentó Harold–, pero no saben quién fue. Uno de los vecinos vio un auto rojo alejándose de prisa.

El auto de Assu era verde. Algunas veces la mala visión nocturna era el mejor amigo de un criminal.

–Eso apesta –afirmé. Estaba demasiado exhausto para sonar inteligente, pero eso solo ayudó para mejorar mi excusa de la ebriedad.

–Eres demasiado joven para esto –Margo me arrancó la botella de la mano.

–No sabes qué edad tengo.

–Sé que eres demasiado joven para esto –le entregó al botella a Harold, él la tomó sin una palabra y se alejó entre la multitud.

¿Había limpiado toda la ceniza grasienta? Aunque lo hubiera hecho, ¿sería suficiente? El agente Mills del FBI, el que me había encontrado en Oklahoma, había dicho que me había estado siguiendo por casos de incendios. Había sido tan cuidadoso desde entonces, apenas había hecho fuego, y solo cuando podía contenerlo, pero no podía contener esto. Había escondido la materia del alma y había escondido mi propia conexión con eso, pero aún podía no ser suficiente.

Siempre estaba corriendo y siempre escondiéndome.

No podía dejar Lewisville, no con Rain y todos los marchitos allí, esperando a ser encontrados. Pero tenía que dejar la funeraria, sin importar cuánto la quisiera. Necesitaba un nuevo lugar donde quedarme, y un nuevo trabajo, y necesitaba hacerlo sin cortar totalmente mis lazos con Margo y los demás, en caso de tener que regresar a hacerles preguntas. Era el lugar donde sería más probable encontrarme, pero seguía siendo la mejor manera de examinar futuras víctimas de Marchitos. Necesitaba renunciar, pero de una buena manera, para seguir agradándoles…

—El jefe de bomberos dice que fue solo una habitación —dijo Margo—. Un poco del corredor, un poco del ático. Podemos regresar al trabajo mañana.

—Necesito…

—Recibiremos a Luke Minaker en dos días. El refrigerador no sirve, pero aún tenemos el viejo y necesito tu ayuda para sacarlo del depósito y ver si funciona. Y luego voy a necesitar toda tu experiencia de maquillaje, porque él se ha quemado demasiado.

—De acuerdo —respondí. El FBI no llegaría rápido. Podía embalsamar un cuerpo. Había pasado tanto tiempo.

Todavía no había contado el dinero en mi bolsillo, pero no podía ser mucho. No lo suficiente como para un apartamento, o para una larga estadía en un hotel. Lo que sí había era una universidad local, y eso implicaba que hubiera apartamentos llenos de estudiantes universitarios. La mayoría serían ciudadanos de bien, pero muchos estarían perdidos y desmotivados, viviendo solos por primera vez sin ninguna habilidad para hacerlo bien. Precisamente la clase de personas que dejarían que un extraño, incluso un alcohólico, durmiera en su sofá por algunas semanas; solo tenía que conocerlos. Lo que significaba que necesitaría a un amigo en edad universitaria sin propósito y perdido para que me los presentara.

El anterior caso de caridad de Margo.

Jasmyn.

—De acuerdo —dije mientras miraba el viejo refrigerador—. ¿Estás lista para esto?

—Me doy cuenta de que soy una mujer fuerte y libre, pero sí, aún pudo lavar algo —resopló Jasmyn.

—No es por lavar —respondí y levanté un barbijo—. Es el olor. ¿Alguna vez lavaste un viejo refrigerador?

—No he limpiado uno. Pero abrí uno que llevaba meses en desuso. Fue como si cada sobra que hubiera tenido regresara a la vida y me golpeara en el rostro.

—Exacto. Y las sobras de este fueron cadáveres.

—Increíble —comentó Jasmyn con un guiño hacia el refrigerador, luego tomó su propio barbijo—. Hagámoslo.

—Aquí —dije y tomé un frasco de perfume que había encontrado en el estante junto a los líquidos para embalsamar; muchos funebreros tenían una fragancia agradable en la sala para ayudar con el ocasional olor cadavérico. Lo rocié en el aire entre nosotros, sacudí mi barbijo por él y luego me lo puse sobre la boca y la nariz. Ella hizo lo mismo—. ¿Lista?

—Diría que nací para esto, pero sería muy deprimente.

El viejo refrigerador de Margo había pasado varios meses en el depósito desde que lo había actualizado por el que Assu había destruido. Lo habíamos llevado a la sala de embalsamamiento y lo habíamos conectado, con la esperanza de que el frío ayudara con el olor para cuando hubiéramos terminado de limpiar el polvo del exterior. Ya estaba reluciendo como un sueño y ya no podíamos retrasarlo más. Abrí la primera puerta y dejé que el hedor nos envolviera.

No era asqueroso, solo olía a viejo. La unidad tenía cuatro cámaras, dos arriba y dos abajo, así que Jasmyn y yo tomamos puntas opuestas y comenzamos a lavar, esforzándonos por no meternos en el camino del otro. Teníamos una cubeta llena de agua caliente con jabón (solo una cubeta, porque la otra había desaparecido misteriosamente) y una botella llena de desinfectante industrial. También teníamos trapos, pero estábamos lidiando con túneles largos y angostos, con forma de cuerpo, así que la única forma de llegar al fondo era con trapeadores. Tomé la cámara inferior izquierda y traté de no quejarme cada vez que Jasmyn dejaba caer agua cadavérica jabonosa sobre mi cabeza desde su lugar en la cámara superior.

Esperé que ella hiciera conversación, pero no lo hizo. Necesitaba llegar a ser su amigo para poder encontrar un nuevo lugar donde quedarme, y eso implicaba conversar. Al parecer tenía que empezar yo mismo. Me preparé mentalmente y me lancé.

—Así que, ya llevo tres días en Lewisville. Es algo... —no sabía cómo terminar la oración sin sonar falso o agresivo.

—¿Aburrido? —ofreció ella.

—Tú lo has dicho, no yo.

—Puede ser divertido si te gustan las caminatas. Tenemos muchos caminos y paseos en los cañones.

—¿Sales mucho a caminar? —pasé el trapeador por la cámara, adelante y atrás.

—No, lo odio —respondió—. Pero quiero decir, *escuché* que tenemos buenos caminos. Si te gusta eso.

—Lewisville debe ser peor de lo que pensé. ¿Tu primer recurso para defender a tu ciudad es algo que ni siquiera te gusta hacer? Este lugar debe ser terrible.

—No tienes idea —protestó—. Aunque no es tan mala en realidad. Pero no sé por qué la estoy defendiendo, si no es realmente mi ciudad de todas formas. Solo llevo un año aquí.

—¿De dónde vienes? —pregunté—. ¿Cerca de la frontera?

—¿Frontera? —dejó de fregar y me miró—. Crees que soy mexicana.

—¿No lo eres? —pregunté con el ceño fruncido.

—Ni de cerca —afirmó y elevó el puño en el aire—. ¡Sí! Otro racista detectado por los increíbles superpoderes de Jasmyn Shahi.

—Estamos en Arizona. ¿Es racista creer que la chica latina es mexicana?

—Ni siquiera soy latina —dijo y produjo un fuerte sonido de explosión con su boca—. Él está perdido ante mi poder.

—Lo siento. El pueblo donde vivía es abrumadoramente blanco, así que no tengo mucha experiencia para identificar a las otras opciones. ¿Puedo preguntar de dónde eres, entonces?

—Ohio.

—Me refiero a étnicamente.

—Lo sé. Solo estoy haciéndotelo difícil en este punto.

—Apuesto a que te dicen lo de México todo el tiempo, ¿cierto?

—No tienes idea —respondió y apretó los dientes mientras fregaba con el trapeador—. Pero, honestamente, en realidad no me importa. Con lo patrióticas que son algunas personas, probablemente escucharía mucha más basura si supieran de dónde soy en realidad.

—¿Y es…?

—Persa. Primera generación iraní-americana. Pero así tengo un sistema de apoyo latino en lugar de ser la única chica persa.

—No había pensado en eso —hundí mi trapeador en la cubeta, luego comencé a fregar otra vez—. Así que ¿por qué mudarte de Ohio?

—Porque *pensé* que me gustaban las caminatas —respondió—. Y pensé que me gustaba la contaduría, y la Universidad Lewis tiene un buen programa de contaduría, así que ¿por qué no mudarse por aquí y matar dos pájaros de un tiro? Pero luego resultó que odiaba ambas cosas, así que todo lo que tenía era dos pájaros muertos y ningún lugar adonde ir. Así que vine aquí a la funeraria y conseguí un trabajo con Margo.

—Atraída por el canto de sirenas del aroma a cadáver —comenté.

—Es mi preferido.

—Pero, en serio, ¿qué te trajo aquí? —insistí—. Yo nací en esta vida y Harold también, y Margo se casó con ella. Tú eres la única que está aquí por elección.

—Pásame el desinfectante —dijo ella. Se lo di y ella roció un poco en la cámara del refrigerador—. No sé si estoy aquí por elección. Es decir, yo lo escogí, pero no era que tuviera muchas otras opciones peleando por mi atención. Margo vino a mí y yo no tenía nada más que hacer, así que hice esto.

Bajé mi trapeador y comencé a fregar la entrada de mi cámara con un trapo.

—¿Margo simplemente… te buscó? ¿De la nada?

—Nos conocimos en un funeral —explicó Jasmyn.

—Tiene sentido —le di un toque final a la cámara y comencé a trabajar en la puerta. Trabajamos en silencio por un momento, mientras intentaba desesperadamente pensar en algo que decir. Y entonces, Jasmyn lo dijo primero:

—No estás haciendo las preguntas obvias.

Me detuve e intenté pensar de qué me había perdido.

—¿El funeral de quién?

—De acuerdo. Me refiero a las otras preguntas obvias.

—¿No me dirás quién murió?

—Un chico de la universidad —usó su trapo para limpiar suciedad del extremo del aislante de goma de la puerta—. Lo que no estás preguntándome es por qué no regresé a casa.

Ella tenía razón. Había llegado desde Ohio para ir a la universidad y cuando eso no funcionó pudo haber regresado. Su familia estaba allí. Miré el refrigerador por un largo momento antes de responder.

—Esa clase de cosas no se me ocurren en realidad. Tampoco puedo regresar a casa exactamente.

—Lo siento.

—Así que ¿por qué no regresaste a casa?

—No me gusta hablar de eso.

—Entonces, ¿para qué lo mencionaste? —dije y reí.

–Porque todos lo mencionan. Solo quería superarlo para que no tuvieras que preguntar.

–Eso no funcionó muy bien.

–¿Quieres cenar esta noche? –preguntó de repente, con la voz acelerada–. En realidad un grupo de nosotros nos reuniremos en ese lugar que hace pizza mexicana, es como todo un evento aquí en Lewisville (ponen cerezas al marrasquino en la hawaiana por alguna razón) y es algo informal, pero pensé que, ya que no conoces a nadie aquí, sería bueno llegar a… conocer a más personas. Si estás interesado.

Hago esto todo el tiempo: tomo algo totalmente normal, como conocer a alguien, y lo convierto en un plan meticuloso, como si fuera a robar un casino. No necesito manipular a las personas, porque las personas no son como yo. Solo necesito hablar y ellas dirán que sí, porque la amistad es algo normal que las personas normales hacen a diario.

–Eso suena bien –respondí–. Asumiendo que la pizza mexicana incluya opciones vegetarianas; soy una de *esas* personas.

–Creo que tienen una de nopal.

–¿Qué es nopal?

–Cactus.

–Perfecto. Mi médico insiste en que necesito más cactus.

–En realidad es muy buena –afirmó Jasmyn–. Aunque, otra vez, como con las caminatas, en mayor parte solo estoy repitiendo lo que escuché decir a otras personas.

–Bien. ¿A qué hora?

–Em… ¿a la hora de la cena? No lo sé. Te diré cuando tenga oportunidad de revisar mi teléfono. Ahora tengo otra pregunta.

Respiré profundo, sin saber qué esperar.

—¿Estás listo para cambiar? —preguntó Jasmyn—. Creo que este espacio para cadáveres está tan limpio como podría dejarlo.

El restaurante se llamaba Nacho Parrot, que más o menos decía todo lo que se necesitaba saber de él. Los clientes eran en su mayoría veinteañeros de la universidad, el menú era "innovador" porque tenía tipografías de historietas y la comida era casi cómicamente orgullosa de lo en onda que estaba. Me acerqué a la caja y ordené la pizza Rico Suave, que era más que nada de cactus, queso de cabra y chiles verdes, y luego pagué con el dinero de Assu. Jasmyn me presentó con sus amigos mientras esperábamos en el reservado.

—Él es Nate —dijo primero al señalar a un muchacho delgado, con un rastro de barba y un sombrero sin forma—. Él se especializa en... ¿artes visuales? ¿Diseño visual?

—Comunicación visual —aclaró Nate—. Es básicamente ilustración.

—No sabía que la Universidad Lewis tenía un programa de ilustración —comenté.

—No lo tienen —respondió Nate—. Se llama comunicación visual. Es como mitad ilustración y mitad marketing.

—Buena onda —no sabía nada acerca de ninguno de los dos temas y me preocupaba haberlo ofendido en mi intento de hacer conversación, así que decidí permanecer callado hasta conocer mejor la dinámica del grupo.

–Ella es Al!sha –continuó Jasmyn–. Estudia teatro, así que lo escribe con un signo de exclamación en lugar de una "i".

–Y es tan molesto –comentó Nate.

–Ya no hago teatro –intervino Al!sha–. Regresé a escritura técnica. Así que si necesitas a alguien amargado y mal pago para que describa un simple proceso en agónico detalle, soy la indicada.

–Odiabas la escritura técnica –dijo Jasmyn–. ¿Por qué regresarías?

–Porque mi papá no pagaría por otra cosa –respondió Al!sha.

–Oigan, chicos –intervino otro chico que se acercó a la mesa de la mano de una chica. Ambos usaban anteojos de marco grueso–. Traje a mi novia, espero que no les moleste.

–Jazz trajo a su novio –comentó Nate.

–Él no es mi novio –explicó Jasmyn–. Solo trabajamos juntos y es nuevo en la ciudad.

–Hola –dijo el chico y extendió su mano para estrechar la mía–. Soy Parker.

–Que es a la vez su nombre y su trabajo: aparca autos –bromeó Nate con una sonrisa.

–Cierra la boca –protestó Parker. Le dio un golpe y lo empujó más en el reservado. Siguió empujándolo hasta que hubo espacio suficiente para él y su novia–. Todos, ella es Shelby. Shelby, todos: Nate, Jazz, Al!sha, con signo de exclamación, y el chico nuevo.

–Robert –dijo Jasmyn.

–Él puede presentarse a sí mismo –intervino Nate.

–¿Qué, y Shelby no puede? –comentó Jasmyn–. No te

quejas cuando una mujer no puede hablar por sí misma, pero no puedes pasar por alto que un hombre se siente ahí y deje que una mujer tome la delantera.

—Su novia —dijo Al!sha.

—Ella no es mi novia, la conozco desde hace dos días —respondí.

—Aunque limpiamos un refrigerador para cadáveres juntos hoy —contó Jasmyn—, así que somos bastante cercanos.

—Así que ¿cómo ordenamos? —preguntó Shelby—. ¿Es por porciones o todos compartimos una pizza completa?

—Por porciones —respondió Parker—. El menú está en la pared de allí; escoge algo que te guste y yo iré a ordenar.

—Adobada es la mejor —propuso Jasmyn.

—Nunca he probado la pizza mexicana —dijo Shelby—, así que probablemente sería mejor comenzar por algo que reconozca. ¿Tienen algo como pizza taco?

—Técnicamente, cualquier pizza que dobles a la mitad es una pizza taco —respondió Jasmyn.

—Los tacos no son una comida —afirmó Nate—. Son una categoría de comida, definida por la forma de presentación. Es como pedir una pizza sándwich sin especificar qué clase de sándwich; ¿un club sándwich? ¿Un Reuben? ¿Una hamburguesa?

—Una hamburguesa no es un sándwich —intervino Al!sha—. Es una hamburguesa.

—Ignóralos —le dijo Parker a Shelby—. Ni siquiera sé por qué paso tiempo con ellos. Son personas terribles.

—Una hamburguesa es un sándwich, definitivamente —insistió Nate.

—La hamburguesa no está en una categoría de sándwiches junto con "club" y "Reuben" –respondió Al!sha–. Es una categoría, como sándwich, pero no es *un* sándwich.

—¿No te alegra haber venido? –Jasmyn me sonrió.

—Son dos partes de pan con algo en medio –insistió Nate–. Cualquier ser humano racional lo clasificaría como un...

—¿Qué hay de un Big Mac? –preguntó Jasmyn–. Tiene tres partes de pan –ella levantó su mano hacia Al!sha, que le chocó los cinco sin siquiera mirar.

—Esperen –dijo Parker–. Esa definición de sándwich no solo incluiría a las hamburguesas, sino también a los perritos calientes, lo que es absolutamente ridículo.

—Un perro caliente es definitivamente un sándwich –afirmó Nate.

—Si es algo, el perrito caliente es un taco –comentó Jasmyn–, porque las dos partes del pan están conectadas –ella dibujó un círculo gigante en el aire–. Y ahora regresamos al comienzo y volé sus mentes.

—Espero que eso haya ayudado a responder tu pregunta sobre el menú –le dije a Shelby.

—Casi –respondió ella y señaló a Nate–. Quiero la primera cosa que mencionó, una pizza Reuben.

Todos la miraron.

—No –dijo Parker–, es solo comida mexicana.

—Entonces, ¿por qué dijo que había una pizza Reuben? –Shelby sonrió.

—Solo ignóralo –le dijo Parker–, es un idiota.

—Ordena la de carne asada. Es la mejor –propuso Al!sha.

—Adobada es la mejor –la contradijo Jasmyn–. Confía en mí.

—Carne asada está bien —concluyó Shelby y miró a Jasmyn—. Pero estoy segura de que la tuya es deliciosa también.

—Te daré a probar. Ya verás.

—Entonces, ¿qué novedades hay? —preguntó Parker—. ¿Algo grande?

Accidentalmente ayudé a un antiguo dios del sol a inmolarse a sí mismo en un refrigerador, pensé, pero no lo dije en voz alta.

—Al!sha con signo de exclamación cambió a escritura técnica —comentó Nate—. Otra vez.

—¿Otra vez? —preguntó Parker—. Pensé que estabas segura con teatro esta vez.

—Mi papá no pagará por teatro —respondió Al!sha—. Y, honestamente, ni siquiera me importa, así es mejor. ¿Alguna vez viajaron en auto con un grupo de estudiantes de teatro? No importa qué canción suene, todos cantan su armonía. Sin melodía.

—Pero debo asumir que ves muchos menos desnudos en escritura —comentó Nate.

—Lo sabemos, lo sabemos —dijo Parker—: Eres un ilustrador y trabajas con modelos vivos. Ya déjalo.

—Se llama comunicación visual —lo corrigió Nate.

—No había desnudos en ninguno de mis trabajos de teatro —dijo Al!sha—. Esa escena de sexo ocurrió totalmente detrás de una pantalla; ustedes lo sabrían si hubieran ido a verla alguna vez.

—Espera —intervino Shelby—, creo que yo la vi. ¿Fue el otoño pasado, en el Teatro Twitchell?

—¡Esa! Es increíble, ¡creí que nadie la había visto!

—Mi novio de ese entonces actuaba en ella, ¿Scott Kraczek?

—¡Con él fue que fingí tener sexo! —exclamó Al!sha y luego hizo una mueca—. Era un completo idiota, por cierto.

—Lo era —coincidió Shelby—. Un completo idiota.

—Pueden decir insultos reales —comentó Nate—. No nos escandalizaremos por eso.

—Discúlpenme un minuto —dijo Jasmyn y se levantó—. Necesito salir a tomar un poco de aire. Avísenme cuando llegue la pizza —y fue hacia la puerta.

—Tal vez Jazz se escandalizaría, pero los demás estamos bien.

—¿Ella está bien? —preguntó Shelby—. Parecía realmente alterada por algo.

—Solo hace eso algunas veces —explicó Parker—. Regresará. Y aún necesitamos ordenar; ¿quieres carne asada?

—Sí, por favor —respondió Shelby.

—Ya regreso —los dos se dieron un beso rápido—. Terminen de hablar de ese exnovio antes de que regrese, ¿de acuerdo? Soy genial, pero no tan genial como para escuchar eso —él se alejó para hacer fila en la caja y Shelby y Al!sha se enfrentaron para cuchichear acerca del ex. Nate se dirigió a mí.

—Así que, creo que has dicho seis palabras completas desde que llegaste. ¿Qué hay contigo?

—Soy callado —respondí.

—No me refiero a por qué no hablas. Obviamente eres callado, eso es un hecho. Pero ¿quién eres, de dónde eres, por qué trabajas con cadáveres? Todas esas cosas.

—Mi nombre es Robert —comencé. No quería dormir en el sofá de Nate si podía evitarlo, pero si eso era lo que necesitaba para esconderme del FBI, podía hacer las paces con cualquiera. O al menos podía intentarlo—. Soy de un pequeño pueblo, del que probablemente no hayas escuchado, llamado Fetridge, en Nebraska –lo había visto en un letrero alguna vez–. Trabajo con cadáveres porque mis padres eran funebreros y simplemente nací con eso.

–Eso es grotesco –comentó Nate.

–Solo si lo tratas de forma grotesca.

–También es muy conciso. Esto es lo que hago, de aquí soy: X, Y, Z, todo en línea. ¿Qué te *gusta*? ¿Qué *haces*? ¿Quién *eres*?

–Esas son preguntas profundas –realmente no me agradaba este chico.

–Soy un artista. Así somos.

Logré contenerme de poner los ojos en blanco.

–Un artista y un estudiante de marketing –agregué–. ¿Cómo puedo resistir esa combinación?

–Rindiéndote y respondiendo.

Me encogí de hombros. Realmente no estaba preparado para hablar sobre mí mismo, en especial dado que el único ser del que podía hablar era un alias falso del que inventaría sobre la marcha.

–Bueno, me gusta… –había solo un puñado de personas a las que conocía lo suficientemente bien como para describirlas, y solo una de ellas era funebrera. Así que describí a mi madre–. Me gusta la música de los ochenta. Y cocinar; no solo "hacer la cena", sino experimentar con recetas nuevas. La clase de cocina que es casi como química. Y no miro mucha televisión, pero cuando lo hago son programas de abogados o las noticias. Y me gusta… –podía sentir que mis recuerdos se removían mientras hablaba, ideas enterradas que salían a la superficie mientras me esforzaba por definirla de alguna forma comprensible–. Mi trabajo. Mi familia, cuando la tenía. Y nunca tuve realmente... tiempo para ellos, ¿todo el tiempo? No porque los ignoraba, sino porque tenía mucho que hacer y tenía que equilibrarlo todo y tenía que hacer que funcionara. Y no sé si ellos lo entendían en ese momento, pero lo hacen ahora. Es decir, creo que lo hacen, espero que lo hagan.

–Eso no es de lo que quería que hablaras en realidad –Nate parecía incómodo.

–Pero eso fue lo que preguntaste. Y esta es la respuesta. Preguntaste quién era y decir quién es una persona nunca es fácil. No creo haber entendido alguna vez a mi familia, a mí mismo o a nadie, probablemente aún no lo haga, y te garantizo que tú tampoco y eso es porque no queremos ver las cosas malas.

–Sé que esto va en contra del punto que intentas explicar –comentó Al!sha–, pero acabas de describir a Nate con más precisión de lo que había escuchado jamás –ni siquiera me había dado cuenta de que ella estaba escuchando.

–Fonda Rodolfo –llamó un mesero que traía una bandeja llena de porciones de pizza. Nate levantó la mano y el mesero dejó la bandeja frente a él–. ¿Caballo Cebolla? –Al!sha–. ¿Rico Suave? –yo–. ¿Chupacadobada?

–Esa es de Jasmyn –dijo Nate.

–Parker ni siquiera regresó –agregó Shelby.

–Iré a buscarla –dije y salí del reservado. Salí y respiré profundo. El cielo seguía iluminado y caliente, con líneas irregulares de espejismos que se elevaban del asfalto ardiente del estacionamiento. Pero era real, de un modo que el aire acondicionado del interior no lo era, y yo cerré los ojos y disfruté de las lentas y cálidas corrientes en el aire pesado y opresor.

Estaba más movilizado por mi conversación con Nate de lo que debía estar. O supongo que más movilizado de lo que quería estar.

Jasmyn estaba con sus brazos apoyados en una barrera metálica del estacionamiento a un lado del edificio de ladrillos, apoyada contra la pared en una delgada sombra plateada. Parecía perdida en sus pensamientos y me tomó un momento aclarar los míos antes de acercarme a ella. Dudé en los límites de su visión periférica, mientras intentaba expresar el llamado a cenar de una forma amigable, seductora o al menos que no fuera estúpida. Pero, tras un momento, negué con la cabeza, me metí en la sombra junto a ella y me apoyé en la misma barrera. Había estado pintada de rojo alguna vez, pero la mayor parte de la pintura se había descascarado.

–También necesitaba algo de aire –dije.

–Ese grupo puede ser… demasiado –afirmó.

–La comida llegó.

–Bien.

Ninguno de los dos se movió. Pasaban autos de prisa en la calle; el alquitrán de las grietas se había aflojado por el calor y se extendía en largas líneas cuando las ruedas pasaban sobre él.

–Te mentí esta mañana –admitió Jasmyn.

–La mayoría de las personas lo hacen –me encogí de hombros.

–No conocí a Margo en un funeral –hizo una pausa y yo esperé–. La conocí en un grupo de apoyo –volvió a detenerse–. Para sobrevivientes de violación.

Ella había salido del restaurante cuando Al!sha estaba hablando sobre sexo. Las piezas encajaron en mi mente.

No quería regresar a Ohio.

–No me gusta hablar de eso –continuó–. Obviamente. Pero necesito hacerlo. Y es más… No lo sé. Es más fácil cuando hablo con personas que saben cómo se siente. Y creo que tú lo sabes.

–No lo sé exactamente –dije y me detuve–. Pero creo que puedo suponerlo. No sé cómo es una violación, pero sé cómo es… el trauma.

–Eso pensé.

Miramos el camino, yo conté los autos en mi mente y me pregunté a dónde irían y por qué, y si siquiera querrían ir a ese lugar o si solo estarían siendo llevados por el camino, como si fuera un río. Los caminos no fluyen con agua, fluyen con ímpetu; una vez que entras en uno es difícil salir.

–Mi mamá se quitó la vida –confesé. No sé por qué lo dije; supongo que el describírsela a Nate me había puesto en un estado diferente–. No fue un suicidio normal, como si odiara su vida o lo que sea. Alguien nos atacó y estaba intentando matarme, y ella se quitó la vida para salvarme.

–Así que se sacrificó a sí misma –dijo Jasmyn–. Es diferente a quitarse la vida.

Arranqué fragmentos de pintura que aún colgaban de la barra metálica.

–Es complicado –otro auto pasó, las ruedas resonaron al pasar las grietas y extendieron el alquitrán apenas un poco más lejos.

–¿Lo odias? –preguntó ella–. ¿Al hombre que te atacó?

–Sí –no había sido un hombre, había sido Nadie. Con quien había vivido por un año desde el ataque, que había llegado a conocer y quien incluso había fingido ser–. Y no. Supongo que eso es complicado también.

–Siempre lo es.

Pensé en Nadie, en Assu, en Elijah, en Crowley y en todas las cosas a las que habían renunciado solo para ser lo que eran. Para sobrevivir. Assu había dicho que era divertido al comienzo, pero que al final solo era sobrevivir; un impulso que lo empujaba hasta que no podía hacer nada más. Y luego "nada más" se convirtió en suicidio.

¿Assu habría comenzado así, como estábamos en ese momento? ¿Apoyado en una cerca en algún lugar, hablando acerca de su trauma, intentando encontrar alguna forma de superarlo? Él no se había decidido a convertirse en un monstruo: Rain le había dado la oportunidad de deshacerse de su dolor y él la había tomado. No solo había acabado por sobrevivir, había comenzado por eso. Todos lo habían hecho.

–¿Lo desharías? –le pregunté a Jasmyn–. Si pudieras… deshacer tu violación, es decir, literalmente borrarla de tu vida y que nunca hubiera ocurrido, ¿lo harías?

Jasmyn pensó un momento, pero negó con la cabeza.

–No.

–¿Por qué no?

–Porque es parte de quien soy ahora. Si nunca hubiera ocurrido, yo no sería yo. Sería una versión de mí misma que nunca fue atacada; que nunca se odió a sí misma, que nunca tuvo una sobredosis de píldoras para dormir y que nunca escapó de casa. Y que nunca sanó. Y tal vez esa versión de mí sería más feliz, más simple, o algo, pero no sería *mejor*. No valdría más de lo que valgo ahora. Me tomó un largo tiempo

el quererme a mí misma, pero lo hago ahora, así que ¿por qué renunciaría a este ser? –lanzó un fragmento de pintura al estacionamiento–. Eso es lo que nos dicen en el grupo de apoyo: que todos merecen ser salvados. Incluso yo –siguió rascando la pintura con su uña–. Incluso él.

–¿Lo crees?

–No –dijo finalmente. Otro fragmento de pintura–. Pero intento hacerlo.

–Oigan, tortolitos –llamó Parker. Nos dimos vuelta y lo vi en la puerta del restaurante–. Su asquerosa pizza vegetariana se enfría.

–Vamos –dijo Jasmyn.

–Oye, Parker –le dije con resolución. Tenía que hacer lo que Jasmyn había hecho esa mañana, ser directo y hacer la pregunta–. Me inquieta un poco vivir en la funeraria, ¿tienes un sofá en el que pueda dormir por una semana o dos?

–Seguro –respondió Parker–. Solo nada de drogas, ¿de acuerdo? Mi casero ya me odia.

La funeraria tenía dos entradas principales, además de la del garaje y la de recepción, por la que entraban y salían los cuerpos en coches fúnebres y vehículos forenses. Y también la de mi habitación, que técnicamente ya no era mi habitación, así que no podía controlar esa puerta. Eso significaba que tenía que controlar cinco entradas si quería pasar más tiempo en la casa funeraria. Si un agente del FBI llegaba a una de ellas, necesitaba saberlo y necesitaba tiempo para escapar por una de las otras.

La de mi antigua habitación era la más sencilla. Mientras Margo no volviera a rentarla, permanecería cerrada y vacía. Me preocupaba que alguien pudiera abrirla por casualidad, para que corriera aire o algo, pero era el verano de Arizona: todo estaba cerrado más herméticamente que en una estación espacial y el aire acondicionado funcionaba al máximo. Solo para estar seguro, durante mi almuerzo al día siguiente aflojé los tornillos en el pestillo de la puerta, para que se trabara si alguien intentaba abrirla. Así que esa puerta ya estaba asegurada.

Las otras eran más difíciles. La funeraria no tenía cámaras de seguridad, como descubrí la primera vez que consideré irrumpir en ella, pero sí tenía un sensor de movimiento conectado con una alarma, que a su vez se conectaba con una línea telefónica de seguridad en algún sitio. ¿Podía intervenirlo de algún modo? Probablemente no sin alertar a alguien en la línea de que algo estaba pasando. Evitar que las personas alteraran sus equipos era prácticamente todo su trabajo. Necesitaría otra cosa. La solución ideal, por supuesto, sería algún sistema de cámaras, para que pudiera ver si alguien llegaba y saber de inmediato si era una amenaza. Eso probablemente estuviera fuera de mi presupuesto.

El cuerpo quemado de Luke Minaker nunca llegó (la autopsia fue más problemática de lo que habían esperado) así que fui a la tienda de electrónica después del trabajo y busqué luces con sensor de movimiento, como las que se usan en las entradas. La mayoría costaban setenta u ochenta dólares cada una, pero encontré una marca más económica de oferta a sesenta. El fajo de billetes que había tomado del auto de Assu contenía $200; menos los $4,95 que había gastado en la pizza mexicana, más mis propios ahorros miserables, logré sumar el increíble total de $286,18. Cuatro luces costaban $240. Las coloqué en mi carro y pasé a la sección de timbres, pero el timbre inalámbrico más económico que pude encontrar costaba treinta dólares; eso estaba más allá de mi límite. Volví a mirar y me pregunté si me había perdido de algo, pero no pude encontrar nada a menor precio.

Detuve a un vendedor:

—¿Tienen algún timbre más económico? ¿De los inalámbricos?

—No en la tienda, pero tenemos algunos en línea.

—Necesito comprarlo hoy mismo —respondí—, ¿existe algún modo de que pueda cobrarme el precio que tienen en línea?

—No es un artículo que tengamos aquí, solo en la casa central. Tienes que ordenarlo en línea.

—De acuerdo. ¿Y qué hay de estas luces?

—Me temo que si quieres el sensor de movimiento, lo que tienes en el carro es lo mejor que podemos ofrecer.

—Pero necesito algo más económico. ¿Hay alguna forma de que pueda hacerme precio?

—Estás llevando sensores de movimiento y timbres inalámbricos —dijo el hombre—. Son las opciones más costosas en ambas categorías. ¿Tienes forma de modificar el proyecto con luces ordinarias o tal vez un timbre ordinario?

—No, tiene que ser así —si solo supiera cuál era mi proyecto.

—Cuatro de cada uno. ¿Es para un complejo de apartamentos?

—Exacto. Le diré a mi jefe que es lo mejor que puedo hacer. Gracias.

—No hay de qué. Hazme saber si necesitas algo más —él sonrió y se alejó y yo miré mi carro lleno de cajas. Podía pagar tres pares. ¿Qué puerta podía arriesgarme a dejar sin vigilancia? Ninguna. ¿Quizás podía robar el cuarto par? Miré alrededor, me pregunté dónde estaban las cámaras, pero decidí que era demasiado riesgoso de todas formas. Robar tiendas no estaba en mi currículum, y tres pares eran mejores que nada. Regresé el cuarto, pagué en la caja y gasté otros treinta dólares en baterías. Caminé a casa con la bolsa sobre mi hombro y la otra mano debajo de mi camiseta, cerrada con fuerza en el mango de una pequeña cuchilla que había tomado prestada de la cocina de Parker. Nadie me siguió ni trató de ahogarme. Llegué al apartamento de Parker, regresé la cuchilla a la gaveta y dejé mis cajas en el suelo. Él no regresaría de su cita en algunas horas, así que tenía tiempo de trabajar sin interrupciones.

Una luz con sensor de movimiento en realidad consistía en dos dispositivos: un sensor de movimiento y una luz. Cuando el primero detectaba movimiento en su rango, enviaba una señal a través de un pequeño cable y encendía la luz. Los timbres eran iguales: al presionar un botón, una señal pasa por el cable hasta un pequeño faro, que envía otra señal aérea hacia un timbre. Lo único que tenía que hacer era que el disparador del primero se comunicara con el segundo. Abrí las cajas, abrí los dispositivos y básicamente solo jugué con cables, cuchillos y destornilladores hasta que de alguna manera lo hice funcionar. Al activarse el sensor de movimiento, sonaba el timbre. Arreglé los otros dos sensores para que funcionaran del mismo modo, les puse baterías nuevas y los cargué en mi mochila. Llevé las luces y todos los restos y empaques afuera, para tirarlos al basurero común. Cuando Parker llegó a casa, yo ya estaba recostado en el sofá y fingí estar dormido.

A la mañana siguiente llegué al trabajo temprano y recorrí el lugar para intentar decidir qué puerta era la que menos necesitaba una alarma. Obviamente la del frente necesitaba una; coloqué el sensor de movimiento en el jardín cercano, lo apunté al camino y usé rocas para esconderlo y asegurarlo en su lugar. Lo encendí, me acerqué a la puerta y el timbre en mi mochila sonó con un clásico *ding-dong*. Di la vuelta hasta la parte trasera y allí hice lo mismo para cubrir la puerta que las personas usarían si entraran desde el estacionamiento. Lo probé y el segundo timbre hizo el mismo *ding-dong*. Era genial que ambos funcionaran, pero si uno sonaba necesitaba saber de qué puerta era. Decían tener dieciséis tonos diferentes, así que abrí el timbre y pensé un minuto en qué sonido usar. La mayoría eran variaciones de los mismos tonos básicos y necesitaba algo inmediatamente reconocible. ¿Auld Lang Syne? ¿La Quinta Sinfonía de Beethoven? Configuré la puerta trasera con el "Feliz cumpleaños" y el último timbre con "Feliz Navidad". El frente podía quedarse como estaba.

Pero ¿cuál de las otras dos puertas debía asegurar? La puerta del garaje y la de la recepción estaban lejos como para pensar en poder cubrirlas con el mismo sensor. Di vueltas por un momento mientras intentaba decidir cuál era la mejor de las dos malas opciones y finalmente concluí que debía ser la puerta de la recepción: llegaba prácticamente directo a la sala de embalsamamiento, que era donde pasaría la mayor parte del tiempo, así que si alguien entraba por allí necesitaba saberlo lo antes posible. Coloqué la alarma en la base de un arbusto, la escondí debajo de las hojas y lo apunté para que cubriera la puerta y la mayor parte posible del camino que llegaba a ella. La probé y el timbre en mi mochila cantó un animado villancico. Funcionó.

Apenas un segundo después, mi mochila volvió a sonar: *ding-dong*. Alguien estaba por entrar por la puerta del frente, probablemente Margo. Aseguré el último sensor con algunas rocas más y cerré mi mochila. Conté hasta veinte y di la vuelta hasta la puerta principal. Mi mochila volvió a sonar cuando entré.

—Buenos días, Robert —Margo estaba en su oficina.

—Buenos días.

—Recibiremos el cuerpo de Luke Minaker hoy. ¿Estás listo?

—Perturbadoramente listo —respondí. Margo levantó una ceja y yo sonreí—. Iré a preparar la sala.

El cuerpo de Luke Minaker llegó a las diez, lo colocamos sobre la mesa y abrimos la bolsa. Jasmyn hizo una mueca y apartó la vista. Él estaba quemado de la cabeza a los pies, sin cabello, sin orejas y sin piel en algunos sitios; la piel que le quedaba estaba quemada en un patrón intrincado de color amarillo, café y negro, pegada sobre sus huesos y músculos cocidos. Parecía una salchicha alemana.

—Tómate un minuto —le dijo Margo—. El primer cuerpo quemado siempre es duro.

Jasmyn se sentó, su respiración era superficial, y Margo le llevó con cuidado la cabeza a las rodillas. Yo comencé como siempre lo hacía, examinando el cuerpo en detalle, asegurándome de que nada estuviera mal o fuera de lo normal antes de ponerme a trabajar. La primera parte del proceso era, técnicamente, asegurarse de que el cuerpo estuviera sin vida, pero en este caso era obvio; no solo estaba quemado, sino que en la autopsia le habían abierto el pecho en un enorme corte con forma de Y: de un hombro al esternón, del otro hombro al esternón y del esternón a la cintura. Le habían quebrado las costillas y lo habían abierto como a una maleta, para removerle los órganos internos, examinarlos, luego guardarlos en una bolsa plástica y regresarlos a la cavidad torácica. Podía ver una esquina de la bolsa que asomaba por un espacio en la incisión en Y.

—Ha pasado un tiempo desde la última autopsia que recibimos —comentó Margo—. Kathy no tuvo una.

—La mayoría de las personas no las tienen. Aunque es sorprendente que ella no la haya tenido. ¿Nadie sospechó un asesinato?

—Eso podrías pensar —afirmó ella—. Pero fue solo un accidente. Bebiendo un vaso de agua o algo.

En casa, en la funeraria de mi mamá, su hermana melliza, Margaret, ya habría pedido los órganos para ese entonces; el embalsamamiento de una autopsia se hacía en dos partes: una para el sistema circulatorio y otra para los órganos removidos. Lo último era más fácil.

—Jasmyn, ¿has hecho embalsamamiento de órganos?

—Sí —me respondió.

—Entonces, toma esto —continué mientras abría el cuerpo y sacaba la bolsa—. Te dejaremos la otra mesa, podrás mirar al otro lado y solo ocuparte de esto. El calor que lo quemó no llegó tan profundo, así que lucen casi como órganos normales. Será más fácil y familiar.

—Puedo con el cuerpo —ella respiró profundo, largo, lento y controlado, y luego se puso de pie. Levantó la vista tras un momento y miró el cuerpo quemado—. Puedo hacer esto.

—Solo haz los órganos —ordenó Margo.

—No me protejan —protestó Jasmyn.

—No es protección, es trabajo —respondió Margo—. Sé que

tú puedes hacer un embalsamamiento arterial, ahora quiero ver cómo lo maneja el chico nuevo.

—Bien —aceptó Jasmyn. Aún no había apartado la vista del cuerpo. Lo miró un momento más, con los dientes presionados, y luego giró abruptamente hacia la otra mesa. Como si hubiera estado conteniendo la respiración bajo el agua y entonces fuera hora de dejarla salir. Yo le entregué la bolsa y ella se puso a trabajar, mezcló con cuidado una fórmula de germicida, anticoagulante, perfume y glutaraldehído; un rebajado del formaldehído que muchas funerarias estaban utilizando por esos días. No era tan tóxico, pero tampoco era tan efectivo. Normalmente se mezclaría un tinte también, pero los órganos no lo necesitaban. Pensé en los químicos tóxicos y miré hacia el techo, donde nuestra antigua sala de embalsamamiento tenía una campana de ventilación metálica que absorbía esos vapores.

—Esperemos que el ventilador no nos falle esta noche —dije.

—Tenemos cuatro y son nuevos —afirmó Margo—. Los colocaron el invierno pasado.

—Es solo algo que me gusta decir —expliqué. Es lo que mi tía Margaret solía decir también.

El interior del cuerpo no estaba tan cocido como el exterior, y los vasos sanguíneos estaban en condiciones bastante buenas. Podríamos hacer un embalsamamiento arterial completo, pero primero teníamos que terminar la inspección. Abrí el cierre de la bolsa totalmente, para exponer la mitad inferior (la zona de la ingle estaba horrorosa) y Margo y yo la retiramos de abajo de él. El mover la bolsa expuso sus brazos y ambos los miramos con sorpresa.

Cada antebrazo tenía una sola marca, perfectamente en forma de mano, sin carne quemada en absoluto.

–Bueno –comentó Margo–. No se ve esto a diario.

–Gracias a Dios –dije.

Toqué una de las marcas que no estaban quemadas y la sentí con mi dedo. Era suave y casi blanda, como se suponía que fueran los cadáveres, sin la firmeza de las partes que estaban más cocidas. Levanté el brazo y lo roté con cuidado para mirar la forma de la mano; era una mano, inconfundiblemente. Quería comparar el tamaño con las marcas de mi mochila, pero no había forma de hacerlo sin que Margo y Jasmyn sintieran curiosidad por temas que no quería explicar; había colgado una camiseta sobre mi mochila para ocultar las huellas de manos y hasta el momento había logrado esconderlas de todos, junto con el ataque. Entonces coloqué mi mano sobre el brazo para evaluarla de ese modo, con esperanza de poder hacer una comparación útil con mi mochila más tarde. Me sorprendió descubrir que mi mano encajaba con la marca del brazo solo cuando se encontraba pegado contra el costado del cuerpo, como si Assu hubiera caminado de frente hacia él y hubiera tomado el brazo de Lucas. Había esperado lo opuesto, con la sujeción al revés, como si los brazos de Lucas hubieran estado levantados en una posición defensiva. ¿Qué significaba eso?

¿Y qué importancia tenía, si el Marchito que lo había hecho ya estaba muerto? ¿Podía descubrir algo en el cuerpo que me ayudara a encontrar a los demás? ¿O sería todo una mórbida fascinación?

Mi mochila sonó con un animado "Feliz Navidad", yo la tomé y salí de prisa hacia la puerta.

–Teléfono –expliqué–. Debo contestar –la canción significaba que había alguien en la puerta de la recepción y ya no tenía tiempo que perder. Salí al corredor, subí la mochila a mi hombro y me preparé para salir corriendo. Pero primero tenía que ver quién era, así que me escondí afuera de la sala de embalsamamiento y escuché.

El sonido de una puerta en la habitación de al lado. Pasos.

–Margo, ¿estás aquí? –creí reconocer la voz del hombre, pero no pude ubicarla. No era de Harold. Era de alguien más joven.

–Pasa, Simon –indicó Margo. Más pasos–. ¿Me has traído el nuevo encargo de detergentes?

–Justo aquí –respondió el hombre. Más pasos–. Hola, Jazz... *buenas noches,* ¿por qué no me advertiste?

–Es un cadáver –afirmó Jasmyn–. ¿Qué esperabas ver en una sala de embalsamamiento?

Más pasos, y el pesado estruendo de una caja depositada en una esquina.

–Comenzaré a dejar estas malditas cajas en el corredor si siguen asustándome así.

Tuvieron una pequeña conversación improductiva mientras Margo firmaba por el encargo y yo me pregunté: si él era solo un mensajero, entonces yo estaba a salvo, ¿o no? Él no era del FBI. Pero había escuchado su voz antes en algún sitio y eso me ponía nervioso. No era ninguno de los amigos de Jasmyn y yo no conocía a nadie en la ciudad. ¿Y qué si era alguien que me conocía de otra ciudad, con otro nombre? No podía arriesgarme a ser visto. Me alejé en silencio en dirección a una de las habitaciones laterales. Allí había una ventana con vista perfecta a la puerta de la recepción. La alcancé justo a tiempo para mirar por una hendija de la cortina y ver al hombre salir al sol y regresar a su camión. Mi mochila cantó su villancico cuando pasó.

Él no llevaba el abrigo esta vez, pero lo reconocí, claro como el día. Era el hombre que había intentado ahogarme.

¿Debía seguirlo? ¿Podría, aunque quisiera? Eché un vistazo al camión para intentar ver la placa, pero todo lo que pude ver fue el logo de la compañía a un costado: DELIVERY DIAMOND. Él subió y se alejó.

Margo lo había llamado por su primer nombre: ¿Alvin? No, Simon. Si ella lo llamaba por su primer nombre, también debía saber más sobre él. Podía obtener toda la información de ella. Regresé a la sala, dejé mi mochila en una esquina y me lavé otra vez.

—Los escuché hablar —comenté.

—Nosotros no te escuchamos a ti —respondió Margo.

—Soy bastante silencioso al teléfono —señalé la caja de detergente para cadáveres—. ¿Mensajero?

—Mendigo —dijo Margo—. Ahora ayúdame a arreglar estas facciones antes de que aparezca alguien más.

—Sí, era el mensajero —dijo Jasmyn—. Margo, eres tan mala como mis amigos de la universidad.

—Lamento no haberlo visto —afirmé—. Sus amigos de la universidad son las únicas personas que conozco en este pueblo.

—Que el señor se apiade de tu alma —bromeó Margo—. Comenzarás a escribir tu nombre con un rostro sonriente en lugar de una O.

—No hay manera de que Robert use un rostro sonriente —la contradijo Jasmyn—. Tal vez un emoji de demonio.

No dije nada, y regresé al trabajo.

Durante el transcurso de la tarde logré descubrir el nombre del mensajero: Simon Jacob Watts. El sensor de movimiento sonó una vez más, pero solo era Harold. Cuando terminamos de embalsamar a Minaker me limpié, me cambié la ropa y caminé los tres kilómetros hasta la biblioteca, en donde usé su Internet gratuito para buscar todo lo posible acerca de Watts, incluso la dirección de su hogar. No había mucho sobre él. No tenía historial de violencia, ni registro criminal. Encontré un mapa en línea y anoté las indicaciones para llegar a su casa, en los suburbios. Aumenté la imagen satelital y la observé, me sentí como un misil a comando que miraba a su objetivo. ¿Qué haría?

Salí para encontrarlo, aunque estaba a algunos kilómetros más de donde me encontraba. Para cuando llegué, ya había oscurecido. Algunas ventanas seguían iluminadas, aunque no podía ver a nadie adentro. El jardín delantero tenía una bicicleta y un auto plástico para niños; aparentemente, tenía hijos. Di la vuelta por el garaje abierto, con cuidado de no tocar el auto, en caso de que tuviera alarma. Miré por las ventanas laterales e incluso abrí el cesto de la basura, aunque no vi nada interesante. Seguí hasta el jardín trasero y descubrí que tenía un pequeño patio de madera afuera de la cocina. Me recordó a la disposición de la antigua casa de Brooke, en Clayton. La luz de la cocina estaba encendida y las cortinas estaban abiertas; allí pude ver a Simon y a una mujer que asumí que sería su esposa sentados a la mesa, sonriendo y comiendo las sobras. El reloj en su pared decía que eran casi las diez de la noche, así que asumí que los niños estarían dormidos. Su refrigerador estaba cubierto con dibujos hechos con cerillas, pegados con imanes. Un gato dormía en el suelo. Retrocedí, no quería atraer su atención.

Por las apariencias, Simon Watts lucía totalmente normal. Pero los asesinos seriales siempre lo hacían. No estaba divagando acerca de la Dama Oscura, o afilando ganchos para carne, ni cortando letras para escribir una nota anónima. Solo estaba allí sentado, hablando con su esposa, sin una sola preocupación en el mundo. Y aun así él era mi única conexión con Rain.

No parecían tener un perro, así que me arriesgué y busqué un lugar en donde esconderme. Lo encontré en una casita de juguete en su jardín trasero. Estaba desgastada por el sol y lucía unas cuantas telas de araña en la puerta; no parecía que los niños la usaran mucho. El aire de la noche era cálido y ni siquiera necesitaba una sábana. Entré a la casita, me apoyé contra la pared de atrás y me senté con una vista perfecta de la puerta trasera y del auto.

Y allí me instalé para vigilarlo, toda la noche.

Simon Watts no salió de la casa en toda la noche. Y encontraron otro cuerpo ahogado en la mañana.

Vi a Watts levantarse y salir a trabajar cerca de las 06:30 a. m., salí a escondidas de su jardín trasero y caminé de regreso a la funeraria. Estaba familiarizándome más y más con el pueblo mientras más caminaba por él, especialmente luego de perderme en una urbanización, pero ya sabía cómo funcionaba y supuse que era información importante. Probablemente no, pero había pasado la noche en una casita plástica y resultó que las noches de Arizona eran mucho más frías de lo que había esperado, así que estaba intentado mirar el lado positivo. Encontré la salida y llegué a la funeraria temprano, revisé todas las baterías de los sensores de movimiento, me senté atrás y esperé a Margo. Ella llegó alrededor de las ocho. Al escuchar sonar mi mochila regresé a la puerta del frente. Ella me dio las novedades antes de decir hola siquiera.

–Crabtree Jones se ahogó anoche –me informó–. Shelley

lo encontró en su propiedad cerca de las tres de la mañana, en el jardín, junto a los camiones. Al parecer, él nunca regresó a la cama, ella se levantó y se preguntó dónde estaba y salió a buscarlo.

Cientos de preguntas se acumularon en mi mente: ¿cómo era que alguien se había ahogado si no lo había hecho Simon Watts? ¿Dónde había ocurrido? Y ¿estaba cerca del agua? ¿Rain tendría más de un asesino visionario haciendo su trabajo? Eso y más pasó por mi mente pero, luego de cazar Marchitos durante tantos años, me había vuelto bastante bueno para esconder mis investigaciones. La única pregunta que hice en voz alta fue:

—¿Hay una persona llamada Crabtree Jones?

—No es su verdadero nombre —respondió Margo mientras tomaba algunos papeles en blanco de su escritorio—. Creo que es Matthew, pero a nadie le agrada y es el dueño del Deshuesadero Crabtree, así que todos lo llamamos Crabtree. Digo "todos" como si yo tuviera algo que ver, pero todos lo llamaban así antes de que yo siquiera llegara a Lewisville, cuando su padre era el dueño y él solo vivía allí.

—Espera. ¿Existe una persona llamada Crabtree Jones y *vive en un deshuesadero*?

—Bueno, ¿dónde más se supone que viva? Tienes un deshuesadero, no tienes mucho más. El terreno de Crabtree está por la carretera, a unos quince o veinte quilómetros fuera del pueblo. Él compra vehículos viejos y los desarma. O al menos eso solía hacer, antes de ahogarse.

Me senté en la segunda silla de la oficina y la observé mientras comenzaba a llenar el papeleo.

—Así que ¿cómo es que sabes todo esto? —pregunté—. Si su esposa lo encontró a las 03:00 a. m., no tenemos precisamente un gran periodismo local que recoja la historia y la transmita tan temprano por la mañana.

—Shelley me llamó.

—¿Por qué?

—Ella es mi amiga —respondió Margo, luego se humedeció el dedo con la lengua y pasó la página—. Una de las mujeres mayores que estuvieron aquí el otro día para el velatorio de Kathy. La conociste, aunque no creo que la recuerdes. Todas las ancianas nos conocemos entre nosotras. Tenemos un club secreto; con saludos y todo.

—Con anillos decodificadores de la pequeña huérfana Annie —sugerí.

—Esa es la idea —ella llenó algunos espacios más en los papeles, escribió la fecha cuidadosamente, con letras mayúsculas—. Shelley me llamó en la mañana, quiere mi ayuda para organizar el funeral.

Yo tenía curiosidad y estaba demasiado agotado como para preocuparme por ser educado, así que pregunté:

—¿Qué edad tienes? —Margo levantó la vista.

—¿Qué clase de pregunta es esa para hacerle a una dama?

—Las mujeres del velatorio tenían todas setenta y cinco años, al menos, y Kathy parecía estar en los sesenta y cinco. Sigues ubicándote en el mismo grupo, pero no pareces un día mayor de… —intenté adivinar—… cincuenta y cinco.

—No me rebajes, hijo. Me gané estos años.

—Sesenta, entonces —arriesgué—. Pero eso ya es presionar demasiado.

Ella terminó el papeleo y lo apiló cuidadosamente; alineó los extremos de cada página con irritante atención a los detalles.

—Resulta que soy incluso un poco mayor que eso, pero no estoy canosa aún, así que tienes razón respecto a nuestra diferencia de edad. Para lo que sea que valga esa información. Ahora, ¿me dirás por qué luces como si hubieras dormido en la casita de un árbol toda la noche?

Una de las cosas buenas que aprendí sobre mi vida es que es lo suficientemente extraña como para poder decir la verdad, usualmente, sin que nadie me crea.

—Fue una casita de juegos. Tenía un pequeño lavabo plástico y todo. Estoy por ascender a casas del árbol, pero le temo a las alturas.

—Bueno —comentó Margo—. Lleva tu astuta boca a la ducha y lávate. Nos iremos en diez minutos.

—¿A dónde iremos?

—¿No has estado escuchando? Crabtree murió. Me viste llenar el papeleo.

—Así que, ¿irás a la casa a arreglar el funeral?

—Soy la directora de una funeraria, después de todo. No sé qué es tan misterioso.

—Mi mamá nunca hacía visitas a domicilio.

—Es por eso que vendrás conmigo —guardó los papeles en un sobre de manila—. Si quieres ser la clase de director de funeraria que recibe una llamada telefónica a las seis de la mañana de una reciente viuda, haces visitas a domicilio —ella se levantó—. Te quedan nueve minutos para esa ducha.

Asentí y corrí al diminuto pasillo, me bañé de prisa y luego volví a ponerme las ropas sucias porque eran lo único que tenía conmigo. Sacudí los últimos fragmentos de césped y tierra y salí a encontrarme con Margo en su auto.

—Supongo que eso tendrá que ser suficiente —comentó ella—. Sube.

No habló mucho en el auto, lo que me dio oportunidad de pensar mejor en la situación con los Marchitos. Sabía que había al menos uno en el pueblo, y la continua aparición de ahogamientos inexplicables sugería la presencia de otro. Asumí que era Rain, por lo que la chica vagabunda había dicho, pero ¿qué si se refería a otra cosa? ¿Y si solo estaba drogada? Necesitaba encontrarla y hablar con ella.

—¿Lewisville tiene un refugio para desamparados? —pregunté.

—No como tal —respondió Margo—. Hay comedores y un hogar de tránsito —me miró mientras conducía—. Siempre puedes regresar a la funeraria.

—No es para mí. Solo siento curiosidad. Pienso que podría ser voluntario.

—Bien por ti.

Si la chica del velatorio realmente era una vagabunda, ser voluntario en esa comunidad podría ser la mejor manera de encontrarla a ella o a alguien que la conociera. Y si un Marchito estaba acechando a los vagabundos locales, podría averiguar algunas otras cosas también.

Mientras tanto, ¿qué podía hacer acerca de Simon Watts? Él obviamente estaba conectado con algo peligroso y me parecía probable que la Dama Oscura de la que había hablado fuera un Marchito, pero me había equivocado antes. ¿Podía arriesgarme a abordarlo directamente? ¿Me atacaría al verme? ¿Huiría? ¿Siquiera me reconocería?

Y entones otro hombre se había ahogado y no había forma de que Simon lo hubiera hecho. ¿A cuántas personas tenía Rain bajo su control? ¿Sería la chica vagabunda una de ellas? Si me acercaba demasiado, ¿todo el pueblo se levantaría para atacarme? Miré a Margo y me pregunté cómo podría asesinarla si repentinamente se sentía obligada a ahogarme. Ella era una mujer grande, corpulenta y probablemente bastante fuerte también. Podría ser capaz de detenerla, pero con un cuchillo sería mucho más fácil. Necesitaba recuperar el mío, en lugar de tomar prestado el de Parker todo el tiempo.

Tenía que dejar de pensar en matar personas. O al menos enfocarme en matar a las correctas.

Me pregunté qué habría pensado Parker cuando se dio cuenta de que no había regresado a dormir la noche anterior. ¿Pensaría que era un drogadicto? Probablemente la mayoría de las personas lo hicieran... un drogadicto o un borracho, aunque eso era útil algunas veces. Las personas creaban sus propias excusas por ti, lo que ganaba mucho tiempo. Y es más fácil manejarse con una persona cuando ya sabes exactamente lo que piensa de ti.

Condujimos a través de las curvas de un cañón de piedra de color amarillo y café, adornado aquí y allá con tenaces y enroscados árboles, y luego el camino se expandió en una amplia planicie. Vi el deshuesadero unos cinco minutos antes de que llegáramos, menos de una hectárea de tierra cercada, con altas pilas de autos oxidados. Margo salió de la carretera, luego giramos abruptamente a la derecha y pasamos por un angosto túnel debajo del camino. La calle se llamaba Crabtree y estaba pavimentada hasta la cerca abierta del Deshuesadero Crabtree. Un amplio letrero colgaba por encima, con pálidas letras rojas desteñidas por el sol. Dentro del terreno había un coche de la policía estacionado junto a una vieja casa de madera que se veía tan bonita que parecía totalmente fuera de lugar.

Las líneas de tiza se usan para delinear el cuerpo solo cuando aún está con vida y es necesario llevarlo al hospital antes de que la policía haya terminado de estudiar la escena del crimen; marcan la ubicación del cuerpo lo mejor posible y luego los médicos intentan salvar a la persona mientras que la policía se queda a buscar ángulos de balas y esa clase de cosas. Todo esto es para decir que no había un contorno corporal, solo una placa de plástico amarillo, doblada al medio, con un número uno color negro para marcar el lugar en donde había estado el cuerpo.

–Buenos días, Joe –saludó Margo mientras se desplegaba de atrás del volante del auto–. ¿Brown ya se lo ha llevado?

–Lo perdiste por diez minutos cuanto mucho –respondió el policía.

–Culpa de él, entonces –respondió Margo y me señaló a mí–. Durmió en una casita de juegos; necesitaba una ducha. Iré a hablar con Shelley.

Margo caminó hacia el porche de la casa, con su carpeta amarilla aferrada con fuerza, pero yo me quedé en el jardín y traté de observarlo todo. Lo primero que podía verse era la completa ausencia de agua: era el duro desierto de Arizona y, con el sol aún en alto, estaba seco como un hueso y casi sofocante. La placa plástica que marcaba la posición del cuerpo estaba a unos diez metros de la casa y a un metro o más del vehículo más cercano; un viejo y polvoriento camión, con más óxido que pintura.

El policía me miró de arriba abajo.

—¿Otro de los casos de caridad de Margo?

—Sip —respondí y me acerqué a él para estrecharle la mano. Supuse que tenía que ser lo más correcto posible para compensar mi ropa desaliñada—. Robert Jensen. Soy el nuevo embalsamador.

—Joe Kinney —se presentó el policía—. Ten cuidado dónde pisas, esta área aún está bajo investigación.

—Entendido —afirmé y di un paso atrás—. ¿Margo dijo que fue otro ahogamiento?

—Eso es lo que creemos, al menos —respondió Joe. Estaba escribiendo algo en su anotador—. Supongo que la autopsia nos lo dirá con certeza.

—Kathy Schrenk no tuvo una autopsia.

—Kathy Schrenk fue una anomalía —comentó—. Crabtree lo hace un patrón.

—¿Y cómo pueden saber que se ahogó?

—Él estaba lleno de agua —Joe se encogió de hombros—. Parecía una explicación probable. Caía de él cada vez que intentábamos moverlo. Además estaba mojado hasta los huesos, como si lo hubiéramos sacado de un río —señaló la tierra seca alrededor de la placa amarilla y dibujó un gran óvalo en el aire con su dedo—. No puedes verlo ahora, pero había toda una marca de tierra mojada a su alrededor. Este desierto simplemente la absorbió, como si corriera por un drenaje —miró al punto en la tierra—. No sé cómo el agua llegó a él, pero lo hizo.

Yo miré con él y luego otra vez alrededor y me pregunté de dónde podía haber llegado un atacante. ¿Cómo era que los sirvientes de Rain estaban ahogando personas? ¿Cómo cargaban tanta agua y la metían en sus víctimas? Y, en ese sentido, ¿cómo estaban escogiendo a sus víctimas? Una mujer mayor, un hombre incluso más grande y yo. No tenía sentido.

–Bueno, mira eso –comentó Joe. Yo lo miré y lo vi agacharse, con la vista no en el suelo junto a la marca, sino en el camión oxidado cercano–. Que me maldigan.

–¿Qué?

–Marcas en el polvo –respondió él y señaló al costado del camión–. Esta chatarra lleva aquí probablemente treinta años (es un Ford 78) y de seguro solo se lava cuando llueve. Pero hay caminos de agua que bajan por el polvo aquí, y esta marca en medio no tiene polvo en absoluto. Fue rociado con agua.

Él tenía razón y, una vez que lo señaló, fue imposible ignorarlo. La salpicadura, o lo que fuera que hubiera mojado ese camión, se extendía a la izquierda a un segundo camión; no había sido salpicado tanto como el que estaba junto al cuerpo, pero definitivamente se había mojado. Algunas gotas habían dado contra el polvo y habían corrido por el metal, lo que dejó largos y claros caminos en la tierra. Nos levantamos y miramos los otros autos apilados sobre los dos camiones; el patrón de salpicaduras se extendía unos cuatro metros hacia arriba, una explosión como un fantasma de fuegos artificiales congelada en la tierra seca.

–¡Robert! –me llamó Margo desde la puerta–. ¿Vienes o no?

Miré las marcas de agua un momento más, luego di la

vuelta y caminé hacia la casa mientras Joe tomaba fotografías de esa nueva pista.

¿Cómo se había expandido el agua de ese modo? ¿Qué secuaz de Rain lo había hecho y qué método o herramienta había provocado la salpicadura? ¿Cómo y por qué se ahoga a alguien de ese modo?

Pensé por un segundo que podía haber sido la misma Shelley Jones, que le habían hecho control mental para asesinar a su propio esposo, pero en cuanto llegué a la puerta y la vi descarté la idea. Ella era pequeña y frágil y estaba usando un andador para moverse dolorosamente desde la cocina al sofá. Se sentó con cuidado y luego, con manos temblorosas, sacó un par de botellas de agua de una canasta al frente de su andador.

–Beban un poco –dijo–. Hace calor afuera.

Yo tomé las botellas y le entregué una a Margo.

–No sé qué haré ahora –afirmó Shelley.

–Encontrarás algo –respondió Margo y giró la tapa de su botella de agua. Ella se sentó en el sofá y yo me senté a su lado–. Todos lo hacemos.

–¿Cómo lo haces? Tu esposo falleció hace tanto tiempo y has estado tan sola.

–Tengo a Harold –Margo bebió un trago de agua–. Y a Jasmyn. Y a Robert aquí. Robert, ella es Shelley Jones.

–Hola –saludé.

–Buenos días –respondió Shelley. Sonrió, pero solo duró un momento y luego la felicidad volvió a desvanecerse de su rostro–. Él era todo lo que tenía, tú sabes.

–No es que valiera mucho tenerlo –comentó Margo.

Mis ojos se abrieron sorprendidos. ¿Realmente le había dicho eso a una viuda?

—Me ayudaba a recordar las píldoras. Con esta artritis ni siquiera puedo abrir las botellas yo misma; ¿qué voy a hacer ahora?

—Puedes vender el campo —propuso Margo—. Y la casa. No creo que valga mucho como negocio en estos días, y vivían más que nada de la seguridad social, de todas formas, pero el estado podría quererlo. No todos tienen conexiones de agua y electricidad tan adentrados en el desierto, y eso debe valer algo para alguien.

—¿Y vivir en un hogar? —preguntó Shelley—. Aquí es adonde pertenezco.

—Tendrías más compañía en una casa de reposo de la que tienes por aquí —insistió Margo—. El único momento en que realmente sales de este lugar es para ir a un funeral.

—Compañía —repitió Shelley. Sus ojos se humedecieron y las comisuras de sus labios cayeron—. La compañía va y viene y las enfermeras solo están ahí porque les pagas. No quiero compañía y nunca la quise.

—¿Qué es lo que quieres? —preguntó Margo.

—Matthew no era amable, pero era mío —respondió Shelley—. Y nunca tuvimos hijos, así que ya no queda nada mío que pueda tener.

Margo dejó su carpeta amarilla en la mesa de café y comenzó a discutir las decisiones para el arreglo del funeral: qué día, cuán grande, si quería un velatorio, si quería ceremonia en el cementerio, si quería entierro o cremación. Yo escuché, pero no estaba prestando atención; algo que Shelley había dicho me había disparado una idea. ¿Quiénes eran las víctimas de ahogamiento? Kathy, Crabtree y yo. Había pensado que no teníamos nada en común, pero sí lo teníamos: no la edad, no la ubicación, no la profesión, ni ninguno de los marcadores demográficos típicos que un asesino serial usaba para escoger a sus víctimas. Pero ese no era un asesino serial, era un Marchito, y los Marchitos tenían sus propias necesidades oscuras que los demás no podíamos imaginar. Las víctimas de ahogamiento no estábamos relacionadas por nada físico, pero teníamos una poderosa similitud emocional.

Todos estábamos solos.

Kathy Schrenk no había tenido familia, ni esposo, ni hijos. Una hermana y algunos amigos y eso era todo. Crabtree Jones había tenido una esposa, pero obviamente no eran muy cercanos y allí en el desierto no debían ver a muchas más personas. ¿Y yo? Yo no tenía a nadie más y mi única amiga estaba a miles de kilómetros, encerrada en custodia protegida. No tenía a nadie con quien pudiera hablar, o con quien pudiera quedarme, fuera de mi pequeño puñado de conocidos. Margo era mi empleadora, no una amiga, y Parker solo conocía el falso rostro que exhibía frente a los demás, y eso apenas un poco. Todos estábamos solos y nos habían atacado.

¿Acaso Rain escogía a las personas solitarias porque no tenían a nadie cerca para defenderlas? Yo solo había sobrevivido al ataque por la aparición de ayuda inesperada. Era posible que solo fuera cuestión de conveniencia, el escoger a víctimas lejos de testigos, pero había una diferencia entre personas que estaban solas y personas que estaban por su cuenta temporariamente. Cada asesino escogía víctimas cuando no había nadie alrededor; eso era una cosa. Rain estaba escogiendo víctimas que estaban profundamente, tal vez fundamentalmente, solas, y eso era algo por completo diferente. Pero ¿qué significaba?

La artritis de Shelley era tan grave que no podía sostener un bolígrafo, así que Margo completó el resto del papeleo por ella, mientras la guiaba por cada decisión respecto al funeral. El negocio de la muerte era, para muchos funebreros, solo un negocio: presionaban por las opciones más costosas, acumulaban accesorios y cargos extra y utilizaban a los seres queridos para maximizar sus ganancias personales. Y supongo que no podía culparlos, porque ese era su trabajo; todos intentan ganar dinero y alguien tiene que enterrar a los muertos, así que bien pueden hacer dinero también, ¿cierto? Esa siempre había sido la filosofía de mi padre. Pero mi madre nunca había sido así, y Margo tampoco lo era; ella guio a Shelley por el laberinto de opciones con calma y honestidad, le explicó todo claramente y la persuadió de no incluir los lujos más superficiales. Nos marchamos cerca de una hora más tarde, con un modesto funeral organizado en la pequeña pila de papeles, coronado con el número de la tarjeta de crédito de Shelley escrito en la cuidadosa letra de Margo.

Eché un último vistazo a la escena del crimen y me volví a preguntar de dónde había llegado el agua y cómo había salpicado tan alto, luego nos subimos al auto y regresamos a la funeraria.

Jasmyn y Harold ya estaban allí, limpiando, pero más que nada matando el tiempo; todavía faltaba un día para el funeral de Luke Minaker y no había tantos preparativos que hacer para él. Margo explicó nuestra visita a Crabtree y luego llamó al forense para intentar tener una idea de cuándo podríamos recibir el cuerpo luego de la autopsia. Yo me apoyé contra la pared de la oficina para dejarle la silla a Jasmyn, cuando de repente en mi mochila olvidada en una esquina comenzó a sonar el "Feliz Cumpleaños". Me tomó un momento darme cuenta de lo que significaba, pero entonces tomé la mochila y salí de prisa de la habitación.

–¿Robert? –preguntó Jasmyn–. ¿Estás bien?

–Es mi celular –respondí de lejos.

El "Feliz Cumpleaños" indicaba la puerta trasera, así que corrí a la puerta principal y miré afuera con cuidado. Cuando no vi ningún auto ni agentes tácticos del FBI armados, salí. El sensor del jardín me detectó y sonó un *ding-dong* en mi mochila; me mantuve pegado a la pared mientras corría por el costado del edificio hacia la esquina. Me sentí estúpido, pero tenía que tratar cada alarma como algo real, si no ¿qué utilidad tendrían? Si el FBI se presentaba para investigar el incendio misterioso, me capturarían y probablemente pasara el resto de mi vida en prisión; ahora que teníamos un patrón de ahogamientos improbables, como el policía había dicho, las posibilidades de que se involucrara el FBI estaban incrementándose. No podía dejar que me vieran. Honestamente, necesitaba dejar la funeraria por completo, pero estaba aprendiendo demasiado allí. Era la mejor manera que tenía de seguir el rastro de los cuerpos, porque pasaban inevitablemente por ese sitio.

Pero ¿cuánto tiempo pasaría hasta que se volviera demasiado peligroso quedarme?

Me asomé por la parte trasera del edificio y vi un solo auto en el estacionamiento; no podía distinguir la marca, pero era antiguo y extranjero y, casi con certeza, no era un vehículo de la flota del FBI. ¿Podía arriesgarme a volver a entrar? Caminé lentamente hacia la puerta trasera, presté cuidadosa atención y escuché a Margo y a Harold hablando con alguien. Lo pude ver entre los espacios de un árbol; mayor, probablemente de la edad de Margo, pero delgado como un palo y vestido de traje. Tenía gafas y un portafolios. Ella parecía estar hablándole amigablemente, como si lo conociera, pero sus respuestas eran extrañas; no rudas, sino distantes. Pero por sobre todo, él no *lucía* como del FBI; ellos tenían una forma de moverse que era muy fácil de identificar al haber pasado mucho tiempo con ellos. Observé un poco más, hasta que mi mochila volvió a hacer *ding-dong*. Alguien había entrado por la puerta principal o había salido buscándome. Regresé al frente del edificio y llegué a la esquina justo cuando Jasmyn estaba por dar la vuelta.

–¿Estás bien? –preguntó.

–Sí –respondí y di una palmada a mi mochila–. No es nada. Solo mi teléfono celular.

–Ayer tu tono era un villancico –comentó ella–. ¿Hoy es… tu cumpleaños?

–No, de mi amigo. De otro pueblo. Es un tono personalizado –miré detrás de mí, luego de regreso a Jasmyn–. ¿Sabes quién está en la puerta?

–Algún amigo de Margo –respondió ella–. El señor Connor; no dio su primer nombre. Nunca lo había visto.

–De acuerdo –asentí. Me quedé allí parado un momento,

luego volví a asentir–. Bien, mi llamada terminó, así que ¿deberíamos volver a entrar?

Jasmyn se encogió de hombros y dimos la vuelta a la puerta trasera. Mi mochila cantó el "Feliz Cumpleaños" mientras nos acercábamos, pero la ignoré.

–No es nada –le aclaré a Jasmyn–. Pueden dejar un mensaje.

Encontramos a Margo y al visitante en la oficina, hablando de dinero. Margo levantó la vista cuando entramos.

–Jasmyn, Robert, él es el señor Connor, un viejo amigo de antes de que me mudara a Lewisville. Está aquí para trabajar con nuestros libros y para instalarnos el software comoquiera que se llame.

–Quicken –aclaró Connor. Las arrugas en su rostro eran casi todas verticales, algo que lo hacía lucir solemne, como una pequeña catedral. Él rodeó a Margo, se acercó a la silla detrás del escritorio y se sentó sin pedir permiso–. Puedo comenzar ahora mismo si quiere.

–Gracias –respondió Margo–. Jasmyn, querida, ¿puedes traer algo de beber para el señor Connor? ¿Qué quiere, señor Connor, cola o lima limón?

–Agua está bien –respondió él. Ya estaba clickeando con el ratón.

–Ve, querida –ordenó Margo–. Robert, ven conmigo un momento.

Ay, no.

Margo me guio por el corredor hasta encontrar un punto apartado junto a un rincón cortinado y me miró seriamente.

–Pareces terriblemente nervioso.

–Lo siento.

–No quiero una disculpa, quiero una explicación.

–Mi teléfono celular sonó y tuve que salir a contestar.

–Eso no suena como ningún celular que haya escuchado jamás, aunque no puedo imaginar qué más podría ser. Y tiene una interesante costumbre de sonar cada vez que alguien se acerca a nuestra puerta.

–No lo había notado.

Me observó un momento, como si intentara leer un libro que estaba escrito en mi rostro.

–¿Sabes por qué te contraté? –dijo finalmente.

–Porque soy muy bueno en un trabajo que necesitas que se haga.

–Porque necesitabas ayuda. Lo vi con Jasmyn y todos los demás, y lo vi contigo. Sin hogar, vagabundo y adicto. Sales corriendo cada vez que ese teléfono suena. No sé de qué estás escapando, Robert, pero sé que lo haces.

–Yo... –no sabía qué decir. ¿Que estaba escapando de humanos y monstruos al mismo tiempo? ¿Que necesitaba ese trabajo para encontrarlos primero? ¿Algo de eso tendría importancia, aunque ella me creyera? Tal vez era tiempo de alejarme–. Puedo salir de tu camino.

–No estoy pidiéndote que te apartes de mi camino –afirmó ella–. Te digo que estás escapando de algo más y tu primer instinto es escapar de mí, y lo entiendo. No eres el primer vagabundo adolescente que he acogido y no serás el último, aunque ciertamente eres el único que ha podido hacer un trabajo milagroso con esa víctima de quemaduras de tercer grado el día de ayer. No quiero que te vayas. Lo que te estoy pidiendo, Robert, es un poco de confianza. No necesito saber todos tus secretos más de lo que tú necesitas saber todos los míos, pero no puedo ayudarte si al menos no me dices algo.

Yo la observé mientras intentaba decidir qué decir.

–Realmente no reacciono bien cuando las personas intentan ayudarme.

–Como si no lo hubiera notado.

¿Cuánto podía decirle? Si ella realmente tenía la costumbre de ayudar a jóvenes en problemas, ¿seguramente aceptaría algo un poco extraño? Estaba claro que no podía decirle toda la verdad, pero tal vez hubiera alguna parte que la calmara y me la sacara de encima.

–Dejé a mi familia –dije. Supongo que mi hermana contaba–. No quiero que me encuentren, así que... mantengo perfil bajo.

Ella me miró un momento antes de responder.

–Eso no es todo –afirmó finalmente.

–Pero es verdad. Los detalles pueden llegar después.

–De acuerdo –hizo un mohín mientras me analizaba–. Prométeme que no estás en las drogas ni nada por el estilo.

–Lo prometo.

–¿Y tienes dieciocho? ¿Ya no eres menor?

–Así es.

–Entonces, te cubriré. Pero tarde o temprano tendrás que decirme el resto de la historia, para que sepa qué es lo que estoy cubriendo y cuál es la mejor manera de sacarte de eso.

–Gracias.

–No sé cuánto tiempo ha pasado desde que alguien te contuvo, pero espero que te ayude a relajarte lo suficiente como para que pongas tus cosas en orden.

—Gracias —repetí—. Supongo que lo veremos.

Ella asintió, se alejó y yo pensé en todas las personas que me habían apoyado antes.

Solo quedaban unas pocas con vida, o cuerdas.

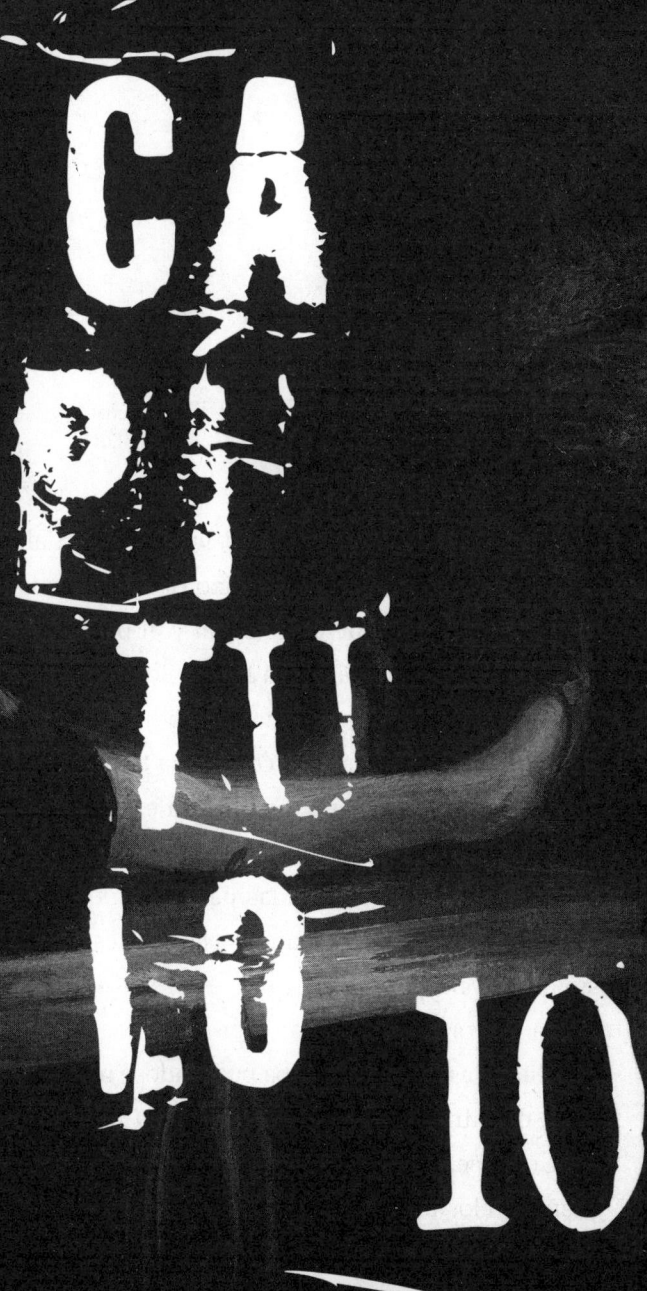

Si quieres ahogar a alguien, lo ahogas en algo, ¿verdad? Simon Watts, bajo el hechizo de la Dama Oscura, había intentado sumergirme en el canal y él o alguien más probablemente había sumergido a Kathy Schrenk en algo también. Y si alguien había llevado una cubeta hacia Crabtree (o probablemente algo más grande, como una tina o un barril) y luego lo había forzado a entrar, eso podría explicar las salpicaduras que habíamos visto en el polvo. Tal vez él se había resistido y había lanzado agua a todas partes. Así que algo era obvio: alguien estaba usando grandes cantidades de agua para asesinar personas.

La mayor pregunta era: ¿por qué?

Miré a Jasmyn, que estaba poniéndose un par de guantes de látex mientras nos preparábamos para trabajar en el cuerpo de Crabtree. Mi mochila había sonado y cantado ocasionalmente en los últimos días, pero Margo era comprensiva al respecto y les había asegurado a los demás que también podían serlo, así que la vida había seguido adelante y entonces el cuerpo estaba allí. Terminé de atar mi delantal y también me coloqué un par de guantes.

—¿Por qué está haciéndolo? —pregunté.

—¿Por qué está quién haciendo qué? —preguntó Jasmyn.

—La ahogadora serial —respondí—. ¿Por qué está ahogándolos?

—¿Por qué crees que es una mujer?

No podía precisamente explicarle mi información acerca de Rain, la Dama Oscura, así que en su lugar negué con la cabeza.

—Ya he tenido suficiente de tus estereotipos género normativos, jovencita —respondí. Ella alzó las cejas.

—El culpar de esto a una mujer sin un rastro de evidencia no es el orgulloso golpe de igualdad que crees que es.

—Discúlpame por intentar ser un aliado.

—¿Un aliado en qué? —preguntó Margo. Entró a la habitación vestida con una bata médica y con un barbijo en su rostro, lista para ponerse a trabajar.

—Robert piensa que nuestro asesino serial puede ser una mujer —Jasmyn mostró una sonrisa burlona.

—Y supongo que podría serlo —afirmó Margo—. Un asesino serial puede ser tanto una mujer como un hombre.

—¿Estás diciendo que los asesinos seriales pueden cambiar de género? —pregunté—. ¿O que los hombres en general pueden cambiar de género? Tu gramática fue confusa.

—Te quitaré la confusión de un golpe —dijo ella, y señaló la bolsa con el cuerpo—. Abre esto con los dientes si eso evitará que hables.

Jasmyn tomó el cierre y lo abrió.

—¿Creen que veremos baba negra en el cuerpo?

—¿Por qué preguntas eso? —Margo frunció el ceño.

—Robert dijo que las víctimas de ahogamiento la tienen.

Margo me miró y yo me encogí de hombros.

—Soy realmente malo para hacer conversación —respondí. Jasmyn miró el cuerpo dentro de la bolsa.

—¿Qué preferirían, que un cocodrilo los devorara, o un gorila? —preguntó Jasmyn, luego terminó de bajar toda la cremallera—. Yo preferiría que el cocodrilo se comiera al gorila.

—¿Qué demonios se les ha metido a ustedes dos esta mañana? —preguntó Margo.

—Gramática —afirmé. Margo frunció el ceño y desestimó el tema con un gesto desdeñoso.

—Preferiría que un cocodrilo se los comiera a ustedes dos —dijo—. Pero son todo lo que tengo, así que pónganse a trabajar. Robert, ayúdame a sacar esa bolsa de ahí abajo. Jasmyn, pon una toalla sobre sus partes íntimas —movimos el cuerpo para prepararlo para empezar el trabajo, luego extrajimos la bolsa de órganos—. ¿Jasmyn, querida, quieres esto otra vez?

—Preferiría la arterial. Necesito la práctica.

—Robert, entonces —indicó Margo—. Pero ayúdanos a limpiarlo primero.

Luego de asegurarse de que el cuerpo estuviera sin vida (que, otra vez, la enorme incisión abierta en forma de Y volvía innecesario), el próximo paso en un embalsamamiento era limpiar el cuerpo. Eso era incluso más importante luego de una autopsia, porque el cuerpo probablemente estuviera cubierto en una variedad de químicos reveladores. Margo fregó la parte inferior, Jasmyn la superior, mientras que yo trabajé en el cabello, que era mi parte favorita. Lo rocié libremente con el mismo desinfectante que habíamos usado para el refrigerador y usé un paño para frotarlo en su cuero cabelludo. Pensé en los asesinatos mientras trabajaba, y siempre me ayudaba pensar en voz alta.

—Entonces, ¿por qué? —pregunté—. Hombre o mujer, el pronombre que quisieran usar, ¿por qué el asesino los ahogó?

—Responder a esa pregunta no es nuestro trabajo —comentó Margo.

—Somos multifunción.

—Yo creo que lo hace porque está enfermo —propuso Jasmyn—. Yo he... querido asesinar personas antes, pero nunca personas mayores. Nunca a alguien inofensivo.

—Nadie es inofensivo —afirmó Margo—. Obviamente Crabtree no lo era, pero incluso Kathy tenía sus faltas.

O ellos sabían algo, pensé. La información equivocada en las manos equivocadas podía ser más peligrosa que cualquier arma, y sabía que yo, al menos, era ciertamente culpable de entrometerme en los asuntos de Rain. Debía ser por eso que había ido tras de mí. ¿Tal vez Kathy y Crabtree habían hecho lo mismo?

Pero, otra vez: ¿por qué los ahogamientos?

—De acuerdo. Pongámonos técnicos con esto. La pregunta principal en una perfilación criminal es: ¿qué hizo el asesino que no debió haber hecho?

Margo me miró, largamente y con dureza, pero no dijo nada.

—¿Perfilación criminal? —preguntó Jasmyn—. Tus pasatiempos son mucho más interesantes que los míos.

—Crecí en una funeraria. Vimos muchos asesinatos y me volví curioso por los detectives que los resolvían.

Margo alzó las cejas.

—El asesino está ahogando a sus víctimas —continué—. ¿Por qué?

—Ni siquiera sabemos cómo —dijo Jasmyn.

—El cómo no importa aún. El por qué nos dice más.

—Tal vez deberías preguntarte dónde —propuso Margo, con la mirada de regreso en las piernas que estaba frotando—. Ciertamente no había ningún lugar en donde ahogar a nadie en medio de ese deshuesadero.

—¿Y qué hay de Kathy? —pregunté.

—Kathy era mi amiga —afirmó Margo—. Preferiría no especular acerca de su muerte.

—El fregadero de la cocina —comentó Jasmyn—. Una cubeta con agua. La tina.

—¿Todo su cuerpo estaba mojado? —pregunté—. ¿Como el de Crabtree?

—Sip —Jasmyn asintió.

—Entonces, la tina es una posibilidad. Se necesita algo grande. Pero no la hallaron en la tina, la hallaron en la sala. Y allí no había nada que pudiera haberla ahogado.

—Así que la movieron —dijo Jasmyn.

—Exacto. Entonces: ¿por qué? No tenían que moverla, pero lo hicieron. ¿Intentaban llevarla a algún lugar y se rindieron? ¿Intentaban arreglarla? Algunos asesinos seriales hacen rituales con los cuerpos, pero el cuerpo de Kathy no estaba alterado; los policías ni siquiera pensaron que fuera algo extraño hasta que Crabtree apareció muerto del mismo modo.

—Te pediré más directamente que dejes de hablar de mi amiga esta vez —dijo Margo.

—Es justo —asentí—. Así que Crabtree, entonces. No lo movieron, pero también estaba mojado. Y no estaba cerca de un fregadero ni de una tina, así que no debió ser fácil —señalé el frágil cuerpo del anciano frente a nosotros—. Debe haber cien maneras diferentes de asesinar a un anciano decrépito como él, así que ¿por qué escoger la más difícil?

—No tiene sentido —afirmó Jasmyn.

—Siempre tiene sentido —insistí—. Es solo que no sabemos cuál hasta encontrar todas las piezas y unirlas.

—Crabtree era un bastardo —intervino Margo—, pero Kathy no lo era. Nadie la asesinaría deliberadamente, así que tal vez todo esto es una acumulación de accidentes.

Tal vez lo fuera; no todos los Marchitos disfrutaban de lo que hacían y algunos se esforzaban por vivir pacíficamente, pero los accidentes pasaban. El ataque de Simon Watts hacia mí no había sido ningún accidente. Aunque no podía decirles eso.

—Pensé que no querías hablar de Kathy —comentó Jasmyn.

—Nada salaz —dijo Margo—. Todo lo que digo es que ella era una buena mujer.

—¿Y qué si fue un accidente? —preguntó Jasmyn—. Alguien ahogó a Kathy accidentalmente y luego él, o ella, o quien sea, puede que ni siquiera sea la misma persona, decidió asesinar a Crabtree y se esforzó por usar el mismo método extraño, para hacer que las personas creyeran que era el mismo asesino serial de la primera muerte. Así que es más probable que no haya sido la misma persona, solo alguien que intenta quitarse a la policía del camino con un falso asesino serial —ella mi miró—. De acuerdo, ya veo cómo te metiste en esto; es divertido.

—No hay nada divertido en la muerte —intervino Margo.

—Dice la mujer que sostiene el tobillo de un cadáver —comenté.

—Esto es serio —protestó Margo—. ¿Por qué crees que hago esto?

—Has hecho bromas en la sala de embalsamamiento antes —dijo Jasmyn.

—Un poco de ligereza para calmar los ánimos es una cosa. Pero puedes arrojar lodo o enterrarte en él y todo lo que logras es ensuciarte.

—Haces esto porque alguien tiene que hacerlo —dije—. La funeraria, los funerales, las visitas a las viudas. Lo haces porque la muerte está en todos lados y nadie quiere lidiar con ella, pero si tú lo haces al menos se hace bien. Los cuerpos son respetados y las familias tienen algo de paz mental y Shelley Jones tiene la clase de flores correctas en el ataúd. Lo haces porque eres la única que puede hacerlo.

—¿Y tú por qué lo haces? —preguntó ella, y supe por su mirada que no solo estaba preguntando por la funeraria. Estaba preguntando por mis ideas, mi investigación, mi extraña mochila cantante, mi huida, mi escape y todo. Estaba preguntando como si supiera lo que significaba preguntarlo.

—Por la misma razón —respondí.

Nos miramos el uno al otro por un momento y luego Jasmyn rompió el silencio.

—Yo lo hago porque me gusta lavar a personas muertas. No se molesten en terminar sus partes del trabajo; mucho más cuerpo sin vida para que yo pase toda la tarde fregando con un diminuto cepillo.

—Lo siento —me disculpé—. Regresaré al trabajo.

Tomé un cepillo suave y lo pasé por el cabello de Crabtree, una y otra vez, lento y con calma, aunque no le quedaba mucho. Froté la mugre en la base del cabello (todos la tenemos, lo notemos o no) y luego rocié toda su cabeza con la manguera conectada al fregadero. El jabón corrió por los desagües de la mesa y Crabtree quedó más limpio de lo que debió haber estado jamás.

Tal vez Jasmyn tuviera razón acerca de la puesta en escena del asesino. No para intentar convencernos de que era un asesino serial, porque ¿qué interés podría tener Rain en eso? Sino para intentar convencer a alguien, en algún lugar, de que las muertes eran sobrenaturales. Simon Watts había recibido órdenes de ahogarme, pero ¿luego qué? ¿Me movería? ¿Habrían ahogado a Kathy en el canal también, luego la movieron hasta su sala, en donde ciertamente parecería fuera de lugar? La policía lo había considerado un accidente y había seguido su camino, pero yo me había dirigido directamente allí. ¿Qué había hecho el asesino que no tenía que haber hecho? Había hecho que un asesinato común y corriente, para usar palabras de Jasmyn, luciera como un ataque de Marchitos. Y la única razón para hacer algo así era para llamar la atención de alguien que supiera acerca de los Marchitos.

Rack había usado el mismo sistema básico: había ocultado la naturaleza de sus propios asesinatos para engañarnos y atraparnos. Estábamos cazándolo, así que él reunió un ejército y nos cazó a nosotros. Una guerra en las sombras.

Tal vez Rain estuviera haciendo lo mismo.

Ya había visto a Assu y sabía con certeza que los Marchitos estaban reuniéndose. Tal vez ella estuviera comenzando la guerra otra vez y esos ahogamientos eran su primer ataque.

"Feliz Navidad" sonó fuerte desde mi mochila, yo la tomé y corrí.

–¡Robert! –gritó Jasmyn.

–Silencio –ordenó Margo–. Deja que yo me encargue de hablar.

–¿Con quién? –preguntó Jasmyn.

Me detuve en el corredor, contuve la respiración y escuché. La puerta de la recepción se abrió y la voz de un hombre llamó.

–Pum, pum. ¿Puedo entrar?

–Depende de quién sea –respondió Margo.

–Mi nombre es agente Harris y estoy con el FBI. ¿Le importa si le hago unas preguntas?

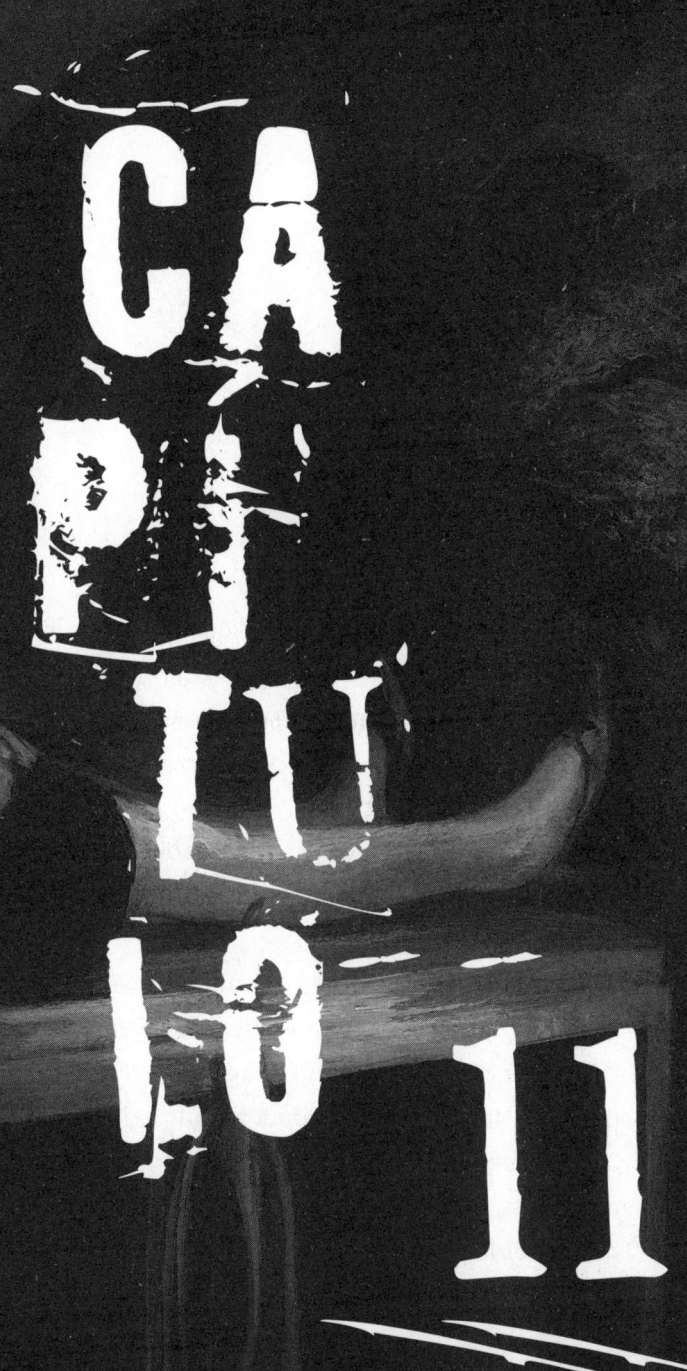

Yo no moví un músculo.

—El FBI —repitió Margo—. ¿Y qué quiere el FBI con la Casa Funeraria Hermanos Ottessen?

—Solo unas preguntas —respondió el agente. Como con Simon Watts, sabía que conocía esa voz de algún lugar, pero no podía terminar de ubicarla. Ninguno de los agentes del FBI que había conocido o con los que había trabajado se llamaba Harris—. Entiendo que han tenido un incendio bastante desagradable recientemente.

—Puede ver el daño en la pared detrás de usted —afirmó Margo—. ¿Está aquí para investigar el incendio?

—Entre otras cosas —dijo el agente—. ¿Por casualidad sabe quién ha sido el primero en descubrir el incendio?

—Mi cuñado lo hizo —respondió Margo—. Harold Ottessen, aunque supongo que técnicamente la alarma se activó antes de que él llegara y eso alertó al departamento. Ya le hemos dado toda la información al jefe de bomberos y a la policía.

—¡Lo hizo! —afirmó el agente. Su voz era animada, lo que contrastaba extrañamente con el hosco estereotipo que la mayoría de los agentes del FBI tendían a cumplir. Y era extrañamente familiar—. Definitivamente lo hizo —continuó él—, y no tengo motivos para dudar de ese informe. Solo estoy poniendo puntos sobre algunas íes y cruzando algunas tés. No pude evitar notar que tiene un pequeño apartamento junto al edificio; eso es común en las funerarias, ¿no es así? Un vestigio de los días del viejo negocio familiar. ¿Hay alguien viviendo allí en este momento?

—El señor Connor está ahí ahora —respondió Jasmyn—. Pero durante el incendio estaba…

—Vacía —intervino Margo—. El señor Connor solo se quedará por unos días. Antes del incendio, Jasmyn vivía ahí (ella es Jasmyn Shahi, por cierto, es mi asistente aquí), pero se mudó por su cuenta hace algunos meses.

No podía verlos, pero imaginé que Margo le había dado una señal sutil de algún tipo a Jasmyn para reforzar su orden de silencio. Jasmyn no dio más información.

—Ya veo —dijo Harris—. Y, durante el momento del incendio, ¿hay alguien que pudiera haber tenido acceso a la habitación o al edificio? ¿Alguien que pudiera haber entrado antes de que se presentaran los bomberos?

—¿Además de la incendiaria? —preguntó Margo—. ¿O ella misma?

—¿Ella? ¿Cree que es una mujer?

—Estoy usando un pronombre genérico —afirmó—. Las mujeres pueden ser incendiarias si quieren serlo.

Lo dijo bien en esta ocasión.

–Déjeme mostrarle por qué estoy preguntando –dijo Harris–. Tal vez esto aclare las cosas, tal vez estimule un poco su memoria. Esta es una fotografía que la policía local tomó del refrigerador quemado, luego de que el incendio fuera controlado. ¿Ve esto aquí en el...? Bueno, me temo que no sé cómo se llama. ¿Cómo llaman a esto?

–Es la placa –respondió Margo–. Es como una bandeja metálica que se desliza hacia adentro y hacia afuera; es donde va el cuerpo.

–Gracias –dijo Harris–. La placa. ¿Ve esto aquí en la placa? Esta clase de... patrón, supongo que así podría llamarse. ¿Cómo diría que luce esto?

–Ceniza –afirmó Margo–. Supongo que tiene sentido, dado que ha habido un incendio aquí.

–Ceniza, sí. Definitivamente, pero ¿qué forma tiene? Tú, em, ¿Jasmyn? ¿Cómo dirías que luce?

Jasmyn hizo una pausa antes de hablar.

–Una mancha.

–Una mancha –repitió Harris–. Eso es exactamente lo que yo pensé que parecía también: una mancha curva. Y eso me resultó muy extraño, porque una mancha no es un patrón que uno esperaría encontrar en la escena de un incendio, porque no es una forma que el fuego o las mangueras (que son las dos fuerzas dominantes que actúan en la escena de un incendio) típicamente crearían. Luce casi como si alguien hubiera frotado la placa, como si hubieran intentado limpiarla. Así que al ser un incendio intencional, más que un incendio natural, bien podríamos estar en busca de una tercera fuerza: intervención humana.

–¿Usted cree que alguien inició un incendio en mi refrigerador para cadáveres y luego lo limpió? –comentó Margo–. Ojalá todos nuestros criminales tuvieran tanta conciencia cívica.

–Dos testigos reportaron haber visto que un auto salía a toda velocidad de la escena –explicó Harris–, justo cuando los bomberos estaban llegando. Ahora tiene algo de sentido que un incendiario escogiera hacer fuego en lo que ahora usted me lleva a creer que se llama refrigerador para cadáveres: los cestos y contenedores de basura son los lugares más populares para incendios urbanos porque contienen las llamas y esto es solo una versión extraña, pero muy específica de contenedor. Pero noté de camino aquí que tienen un contenedor de basura atrás, lo que hace que la elección de un refrigerador sea mucho más difícil de explicar. ¿Qué clase de persona se metería en una funeraria para encender su fuego en este lugar específico y luego retrasaría su huida tanto como para limpiar antes de salir?

–No puedo decir que lo sé –respondió Margo y, por más malo que fuera interpretando las emociones en su voz, incluso yo podía decir que era fría como el hielo.

–Yo tampoco lo sé –dijo Harris–, aunque mi teoría es que fue alguien que tenía una conexión con la funeraria; funerarias en general, y con esta en particular, dado que la alarma de incendios fue la única que se activó. Usted dijo que tienen un sistema de seguridad, ¿cierto?

Margo hizo una larga pausa antes de responder.

–Sí.

–Y de todas formas la alarma de intrusos, las alarmas perimetrales, ninguna de esas se activaron. Eso implica que quienquiera que haya iniciado ese incendio tenía acceso al edificio.

Maldición.

La habitación quedó en silencio por un tiempo y yo me pregunté qué estaba sucediendo (todos estaban simplemente mirándose unos a otros incómodamente, supuse) pero no me atreví a echar un vistazo adentro. Tras un momento, Harris volvió a hablar.

—Solo dos preguntas más, señora, y luego podré dejarla tranquila. La primera es un favor: ¿le importa si reviso ese drenaje bajo sus pies?

—Me importa mucho —afirmó Margo.

—¿Qué cree que encontrará en el drenaje? —preguntó Jasmyn.

—Horrores más allá de la imaginación —respondió Harris—, dado que es el drenaje de una sala de embalsamamiento. Resulta que tengo una orden, así que el pedirle permiso fue solo una formalidad —escuché ruido de papeles, Margo balbuceó algo y luego todos se quedaron en silencio por un momento. Imaginé que Harris estaba de rodillas, retirando la rejilla del drenaje, así que me arriesgué a asomarme mientras él estaba distraído. Estaba de hecho de rodillas, de espaldas a mí, con su cabeza agachada sobre el drenaje del suelo. Desde ese ángulo no podía ver lo suficiente como para identificarlo claramente, aunque al menos podía confirmar que era joven. Margo y Jasmyn estaban concentradas en su trabajo, así que ninguno de los tres me vio. Volví a ocultarme y, un momento más tarde, escuché un golpe metálico cuando Harris levantó la rejilla y la apoyó sobre las baldosas. Escuché el chasquido de un guante de goma y el gemido de disgusto de Jasmyn.

—Esa es la sustancia —dijo el agente—. Perfecto. ¿Jasmyn, serías tan amable de abrir esa bolsa de evidencia que está junto a mí en el suelo? No quiero que esto se embarre en el exterior.

Solo podía estar buscando una cosa en el drenaje: materia del alma. Quienquiera que fuera sabía acerca de los Marchitos y sabía que uno de ellos había muerto allí. Probablemente lo hubiera llevado allí la mancha de la placa; me golpeé mentalmente por haber hecho un trabajo tan malo al limpiarla. Escuché cómo se sacó su guante y sostuvo la bolsa; probablemente colocó el guante, la materia del alma y todo dentro de la bolsa y la selló.

—Listo. Ahora, la pregunta número dos. ¿En qué bolsillo lo puse? Ah, aquí está. ¿Conoce a este joven? Podría estar usando el nombre John, o David, o supongo que cualquiera en realidad. Lo cambia con mucha frecuencia.

Maldición. Maldición, maldición, maldición, de vuelta al estacionamiento y de regreso por otra maldición.

—Él no luce familiar —afirmó Margo—. ¿Es un pirómano?

—Y un funebrero —respondió Harris—. Así que esto encaja precisamente dentro de su territorio. ¿Está segura de que no lo ha visto?

—Bastante segura.

—¿No le ha... dado un trabajo y una habitación atrás?

Otra maldición. ¿Quién podía habérselo dicho? La policía; yo podía ser parte de la declaración que Margo le había dado a la policía. Y, ya que Harris ya había estado en la corte local, ya que tenía una orden, tenía sentido que hubiera hablado con la policía local también.

—Tuvimos a un muchacho por un día o dos —comentó

Margo–, pero él no estaba aquí en la noche del incendio. Y ya se ha ido.

–¿Y él no lucía así?

–Estos viejos ojos ya no funcionan muy bien –dijo Margo.

–¿Y qué hay de ti? –preguntó Harris–. ¿Este es el muchacho?

–Ustedes los blancos se ven todos iguales para mí –respondió Jasmyn, y nunca deseé tanto chocar los cinco con alguien en toda mi vida.

–Ya veo. Bien, entonces. Gracias por el fango del drenaje, seguiré mi camino. Si llegaran a recordar algo más, aquí tienen mi tarjeta. Por favor, llámenme.

–Puede contar con eso –respondió Margo–. Gracias por venir.

Me di cuenta, con repentino horror, de que la alarma en mi mochila haría un fuerte sonido en el momento en que él diera un paso afuera, y yo estaba lo suficientemente cerca como para que pudiera escucharla. Comencé a alejarme arrastrándome lo más silenciosamente posible, preguntándome cuán rápido podía avanzar sin hacer crujir una madera del suelo o dar un paso audible, y aterrado de no estar yendo lo suficientemente rápido. Intenté llegar lo más lejos posible, una imposible combinación entre rápido y silencioso, todo eso mientras luchaba por abrir mi mochila y apagar la alarma. Abrí el cierre y miré adentro, entonces me di cuenta de que no tenía idea de cuál alarma era cuál, ni de qué sonido harían cuando las apagara. La mochila sonó repentinamente con el "Feliz Navidad", y yo recé por que el agente no la hubiera escuchado. Si él ya estaba afuera, ya no necesitaba ocultarme, así que corrí a toda velocidad y llegué a la ventana justo a tiempo para ver al hombre caminando hacia su auto: una camioneta negra con una placa de Nebraska. El agente volteó una vez más y tuve una clara visión de su rostro antes de ocultarme.

El agente Mills.

O al menos así era cómo se había presentado conmigo, pero en ese momento supe que debía ser un nombre falso. Harris también debía ser falso. Él era el agente que nos había encontrado a Brooke y a mí en Dillon; un analista del FBI especializado en asesinos seriales y, más recientemente, en los Marchitos. Y en mí, por extensión. Nadie había sido capaz de encontrarme antes, pero entonces Mills lo había hecho dos veces. Si él estaba allí, la única alternativa que me quedaba era huir.

Pero ¡estaba tan cerca! No podía simplemente marcharme. En especial si el FBI estaba en Lewisville; las últimas dos veces que habían estado tras los Marchitos se habían sobrepasado, habían llenado la ciudad de policías, SWAT, soldados y armas y había terminado mal las dos veces. Si Rain y su ejército de monstruos realmente estaban por comenzar una guerra en las sombras, una enorme respuesta militar podía sacarla a la luz del día.

La camioneta se alejó y casi de inmediato escuché a Margo llamándome.

—¡Robert! —la ignoré y corrí por el pasillo hacia la puerta principal; tenía que ver en qué dirección giraba Mills al salir de la funeraria.

Él obviamente ya había hablado con la policía local; tenía sus fotografías de la escena del crimen y una orden de inspección. Eso significaba que tenía tres pistas obvias que seguir si quería encontrarme: Kathy Schrenk, Luke Minaker y Crabtree Jones. Las tres víctimas de Marchitos. Si él giraba a la derecha, se dirigiría a la autovía, a casa de Crabtree; si giraba a la izquierda, entonces se dirigiría a la de alguno de los otros dos. Las únicas personas, además de las de la funeraria, que me habían visto eran los hombres del bar y los amigos de Jasmyn, y Mills no tenía forma de relacionarme con ellos. Llegué a la puerta con pocos segundos y vi a Mills girar a la izquierda, hacia el centro del pueblo.

–¡Robert! –exclamó Margo, y apareció detrás de mí–. ¿Quieres decirme qué está pasando?

–Gracias por cubrirme. Me marcharé ahora.

–Ese hombre tenía una fotografía tuya –agregó.

Jasmyn apareció a su lado.

–¿Tú comenzaste ese incendio? –preguntó Margo.

–No lo hice –observé cómo se alejaba el auto de Mills, cómo desaparecía detrás de una hilera de casas. Y luego miré a Margo–. Sí, él estaba buscándome, pero no, no he hecho nada de lo que dijo que hice.

–¿Y qué has hecho?

–Es mejor que no lo sepas.

–¿Cuál es tu nombre real? –preguntó Jasmyn.

Yo la miré, aterrado de decir la verdad...

... pero no logré mentirle.

–John –esa sola palabra tenía el poder de arruinar todo por lo que había trabajado, si ella quería.

–¿Has lastimado a alguien, John? –su voz fue tranquila. Yo la miré por demasiado tiempo antes de responder.

—A nadie que no lo mereciera —Margo comenzó a hablar, pero yo la interrumpí—. No volverán a verme. Y probablemente deberían dejar el pueblo.

—Tengo un funeral que organizar —dijo Margo.

—El hombre que acaban de conocer es… bueno, no es un hombre malo. Pero es un mal augurio —intenté encontrar las palabras correctas para hacer que me creyeran; lo que implicaba que no podía ser la verdad, pero tenía que ser una versión de ella—. Voy a ponerlo de este modo: hay un grupo en Lewisville. Piensen en él como un cartel, aunque no se trata de drogas. El agente Harris está detrás de ese grupo y a ese grupo no le gusta ser perseguido. Habrá *problemas* y, por favor, entiendan que mientras que esa palabra es cien por ciento adecuada en su significado, es apenas solo un dos por ciento adecuada en escala. Muchas, muchas personas saldrán lastimadas y no quiero que ustedes estén entre ellas. Son buenas personas.

—Vas a hacer algo estúpido —afirmó Margo—. Puedo verlo en tus ojos y sé cómo lucen los ojos problemáticos.

—Tal vez. Eventualmente. Pero primero lo primero: haré exactamente lo que dije. Desaparecer.

Abrí la puerta y mi mochila sonó cuando salí.

CAPITULO 12

Mills podía estar yendo a uno de dos lugares: con la familia de Schrenk o la de Minaker. ¿Con cuál? No sabía mucho acerca de Mills, pero sí sabía que era listo; lo suficiente como para deducir que un Marchito ya estaba muerto. Él había encontrado la materia del alma y la había conectado con el incendio, así que podía suponer que el Marchito muerto era el del fuego. Además, habíamos tenido otro ahogamiento, así que él debía saber que el ahogador seguía activo. Querría hablar con la familia de la primera víctima, así que Schrenk sería.

Debería escapar, me dije a mí mismo. *Debería dirigirme directamente a la autovía y salir del pueblo, esperar hasta que todo se enfríe antes de volver a meter mis narices en medio de Lewisville. Eso sería lo más sensato.*

Pero entonces morirían personas y no puedo dejar que eso pase. No si estoy aquí para hacer algo al respecto.

Giré a la izquierda y seguí a Mills al pueblo.

La casa de Kathy Schrenk estaba vacía y tal vez hasta la

hubieran vendido, pero su hermana Carol seguía viva y era la única familia que Kathy tenía. Vivía apenas a unos dos kilómetros de la funeraria, junto a una colina, y el canal de Lewisville hacía que el camino para llegar allí fuera mucho más largo que eso. Si cortaba camino por jardines y saltaba algunas cercas, podía llegar antes que Mills. Comencé a correr mientras me ataba la mochila con fuerza y abrochaba la correa de la cintura para evitar que rebotara arriba y abajo al correr. Intenté mantener la imagen aérea mientras avanzaba, para recordar qué calles y cruces iban a qué lugares, y las rodeé a casi todas abriéndome camino por parques y jardines. Llegué al canal y escondí mi mochila junto a una alcantarilla (podía regresar por ella más tarde) y luego me sumergí, lo atravesé nadando mientras intentaba no pensar qué podía haber en el agua. Del otro lado me perdí en un laberinto de casas suburbanas idénticas, pero solo por unos minutos. Encontré la casa de Carol Schrenk en el mismo momento en que el agente Mills golpeaba a la puerta, y observé por la esquina de una cerca cómo Carol lo dejaba pasar.

Esperé hasta estar seguro de que no me vería, luego crucé la calle y subí hasta la casa. Encontré una ventana abierta, con la mitad tapada por un ventilador, y me oculté debajo de él para escuchar.

–… qué haré –decía Carol–. Katy era todo lo que tenía.

–Lamento mucho su pérdida –dijo el agente Mills–. He escuchado grandes cosas sobre ella.

–¿Qué día es hoy? –preguntó ella–. ¿Lunes? Kathy solía venir todos los lunes por la noche. Tejíamos juntas. Yo estaba trabajando en una manta afgana, pero ahora supongo que no tiene caso terminarla.

–¿Era para Kathy?

–En realidad no era para nadie precisamente. Supongo que debe haber alguien en el vecindario que podría quererla, pero creo que nadie la extrañaría de todas formas, si nunca la hiciera.

–Señora Schrenk, ¿puedo mostrarle una fotografía? Me preguntaba si ha visto a este muchacho en algún lugar. La policía dice que tiene un trabajo en la casa funeraria.

Maldición. Así que él sabía que Margo y Jasmyn estaban mintiendo.

–Ah, no lo sé –respondió Carol–. No quiero meterme en problemas.

–Él no está en problemas, señora, él está desaparecido.

Yo negué con la cabeza, maravillado con la velocidad con la que Mills había descubierto qué haría caer a Carol. Ella no quería decir nada (era posible que Margo ya la hubiera llamado para advertirle que se quedara callada), pero cuando Mills me presentó como un chico desaparecido y no como un fugitivo, eso presionó todas sus alarmas de persona solitaria. Él lanzó un golpe rápido al final, solo para estar seguro:

–Su hermana lo está buscando por todas partes. Su madre murió hace algunos años y él es todo lo que tiene.

–Eso es terrible –comentó Carol–. ¿Son de Lewisville?

–No lo son, pero tenemos fuerte evidencia de que él podría estar aquí ahora. En la casa funeraria, como le dije. ¿De casualidad lo ha visto durante el funeral de su hermana?

–Eso creo –respondió Carol–. De hecho, ahora que lo pienso, estoy segura de que estaba en el funeral de mi Kathy. Estaba atrás con Jasmyn y lo vi una vez más en el entierro.

–¿Con Jasmyn? –preguntó él. Así que entonces estaba más seguro de que Jasmyn le había mentido–. ¿Él está saliendo con ella?

¿Por qué todos pensaban que estaba saliendo con ella?

–Sería un tonto de no hacerlo. Ella es una chica tan dulce y adorable.

–¿Conoce bien a Jasmyn Shahi?

–Solo por Kathy. Mi hermana trabajaba en la funeraria, usted sabe, y algunas veces yo la visitaba y hablaba con los otros empleados. Jasmyn es callada, pero es un encanto.

–¿Por casualidad usted sabe dónde vive? –inquirió el agente Mills–. Me encantaría hablar con ella.

–Me temo que solo he hablado con ella un par de veces y solo al pasar. No soy buena para hablar con las personas, y ella es tan joven. ¿Qué le diría a una muchacha tan joven?

–¿Con quién habla usted?

–¿Ahora que Kathy ya no está? Con nadie.

Se me ocurrió, al escuchar a Carol Schrenk hablar, que ella estaba incluso más sola que su hermana. Al menos Kathy había tenido un trabajo, amigos y cosas que hacer; Carol no tenía nada. Yo había formado la teoría de que Rain estaba asesinando a personas solitarias, pero si eso era cierto entonces había escogido a la hermana equivocada. Y Shelley Jones también; al menos Crabtree, odiado como era, veía gente. Él iba al pueblo de compras y lo que fuera que hiciera. Shelley nunca había ido a ningún sitio. ¿Acaso Rain estaba asesinando a las *familias* de personas solitarias, en lugar de a las propias personas solitarias? ¿Acaso intentaba hacer que estuvieran más solas? ¿A quién intentaba lastimar al asesinarme a mí?

–¿Tiene alguna de las pertenencias de Kathy? –preguntó Mills–. ¿Un calendario, tal vez, o una agenda o algo? ¿Un teléfono celular?

–Tengo algunas cosas. ¿Una caja de fotografías ayudaría?

–Idealmente necesitaría algo con notas, ¿tal vez un libro de direcciones? ¿Un… Rolodex? No lo sé, cualquier cosa que pueda tener nombres o números telefónicos.

–Ella llevaba una agenda –dijo Carol–, pero estaba en su casa y el banco está encargándose de eso. De la propiedad y todo.

–¿Usted tiene acceso a eso?

–Nunca lo pregunté. Solo me entristecería revisar sus cosas de ese modo.

Mills protestó, un suspiro bajo que fue casi como un gruñido.

–¿Puede darme el nombre el banco? Y supongo que bien podría ver ese álbum de fotografías entonces, si eso es todo lo que tiene.

–Las tengo justo aquí –respondió Carol, y escuché su silla rechinar mientras se levantaba y se arrastraba lentamente por el suelo. Las fotos serían inútiles (él solo estaba siendo amable en ese punto), pero tarde o temprano encontraría algo y a través de eso me encontraría a mí. El banco le daría las cosas de Kathy o él presionaría más a Jasmyn y lograría que ella le diera información. Yo no quería dejar el pueblo, pero tal vez tenía que hacerlo. Con todo el peso del FBI con él, ¿cómo podría Mills *no* encontrarme?

–¿Quién es ella? –preguntó Mills–. ¿La chica junto a Jasmyn?

–Una de sus amigas de la universidad. Olvidé su nombre, porque es difícil de escribir. Algo con un signo de exclamación. Eso solo seguía empeorando.

–¿Un signo de exclamación en su nombre?

–Reemplazando una de las "i" –explicó Carol–. ¿L!sa? ¿El!sa? Al!cia, eso es. Los niños de hoy.

–Hábleme de ella –insistió Mills.

Si él podía encontrar a Al!sha, entonces podría encontrar a Parker y, eventualmente, descubriría dónde estaba quedándome. Ellos no me cubrirían como lo había hecho Jasmyn; ellos lo dirían todo, y con gusto, en especial si pensaban que estaban protegiendo a su amiga de un vagabundo peligroso con el que se había enredado. Tenía que marcharme.

No esperé a que Mills terminara su conversación con Carol. Salté la cerca trasera hacia el jardín del vecino, fui hasta la alcantarilla para recuperar mi mochila y luego caminé de regreso al límite del pueblo. La autovía hacia el Deshuesadero Crabtree iba al oeste, así que yo fui al este. Podría regresar más adelante, cuando la búsqueda se hubiera calmado.

En el Medio Oeste, un pueblo como este se desvanecería de a poco, rodeado de tierras rurales, ranchos o de algún otro negocio que intentara hacer uso de la pradera. Arizona no tenía una pradera que usar, así que cuando la ciudad acababa, lo hacía abruptamente: las casas se acababan, comenzaba el desierto y el camino serpenteaba lentamente hacia los cañones de rocas coloradas. Caminé por una media hora, rodeando algunas colinas bajas, y luego me detuve a la sombra de un cactus saguaro para intentar conseguir un aventón. Nadie se detuvo. Saqué un gorro de mi mochila y lo bajé sobre mis ojos para intentar proteger mi cabeza del sol, y deseé haber llevado algo de agua conmigo.

El camión que me había llevado al llegar a Lewisville había pasado por algunos restaurantes y por una gasolinera a unos kilómetros del pueblo, al comienzo del camino hacia uno de los cañones, así que empecé a caminar otra vez mientras pensaba cómo podría conseguir un aventón con más facilidad por allí. Llegué en alrededor de una hora y bebí agua con voracidad del lavabo del baño. Algunas personas se detuvieron por gasolina, pero todos habían salido de Lewisville a pasear por el día, para caminar y luego regresar a casa. Inútiles como transporte para mí. Me quedé lo más que me atreví y, cuando los empleados comenzaron sospechar, volví al camino, hacia el este por el desierto. Si no lograba conseguir un aventón para el anochecer... Bien, no sería la primera vez que durmiera a la intemperie. El camino se reunió con el canal, o con algún otro canal que lo alimentaba o que se alimentara de él, y caminé por un tiempo a la sombra de los árboles que crecían en la orilla.

La luz estaba apenas comenzando a caer cuando vi a una chica caminar en las sombras delante de mí.

Estaba moviéndose de manera extraña, casi furtivamente, como si fuera un animal salvaje rastreando predadores en el viento. O a una presa. Vestía una falda y alguna clase de blusa y, cuando me acerqué más, vi que estaba andrajosa. Casi de inmediato la reconocí: la vagabunda del velatorio. *Corre de Rain.* No vestía una falda y una blusa, sino un elegante vestido viejo, tan fuera de moda que hasta yo podía decir que era extraño. Su cabello era salvaje y enmarañado y sus pies estaban descalzos.

Ella levantó la vista repentinamente y me miró desde unos veinte metros de distancia. Yo dejé de caminar y me quedé quieto. Ella inclinó la cabeza y se meció suavemente, sin apartar sus ojos de mí.

–Hola –exclamé–. ¿Me recuerdas? –ella antes me había preguntado si yo la conocía o si ella me conocía. No podía recordarlo exactamente. Al verme en ese momento, ¿me recordaría del velatorio? ¿O recordaría quién había creído que era?

No dijo nada.

Yo me acerqué un poco más.

–Yo estaba en el velatorio –continué–. De Kathy Schrenk. ¿La conocías o solo entraste?

Ella volvió a olisquear, tres respiraciones rápidas por la nariz. Yo dejé de caminar y ella me rodeó cautelosamente. Lucía como de treinta años, deteriorada por el clima, pero no tanto como había esperado. ¿Cuánto tiempo llevaría sin hogar? ¿Y por qué estaba allí, tan lejos de la ciudad?

–¿Estás bien? –le pregunté–. ¿Cómo te llamas?

Ella abrió la boca y siseó.

La mujer del velatorio había estado desaliñada, pero lúcida; parecía incómoda en el lugar, pero no asustada. Nuestra conversación había sido corta y confusa, pero había sido inteligible. Ella había parecido lista, alerta y humana. Esta mujer parecía completamente feroz.

–¿Estás bien? –volví a preguntar–. ¿Cuándo fue la última vez que comiste? –¿habría estado allí afuera sola en el desierto todo ese tiempo? ¿Sufriría de un golpe de calor o estaría deshidratada? ¿Qué le había sucedido a su mente?

Siguió rodeándome, moviéndose sobre la autovía como si

la barrera entre el camino y la tierra no significara nada para ella. Yo bajé mi mochila de uno de mis hombros y ella se quedó congelada, mientras me observaba curiosamente, aunque no podía saber si estaba preparándose para correr o para atacar. Abrí despacio la cremallera de mi mochila y busqué dentro un paquete de frutas secas. Aún me quedaba un poco de mi última vez en el camino, la bolsa estaba cuidadosamente doblada alrededor de los pocos trozos que quedaban. Cuando la saqué, ella volvió a olisquear, tan parecida a un animal que no pude evitar fruncir el ceño y dar un paso atrás. ¿Quién era? ¿*Qué* era? ¿Y qué le había sucedido?

Sus ojos se fijaron en la bolsa de fruta y se acercó, con las rodillas flexionadas y la postura baja. Yo desdoblé la bolsa, saqué un trozo y se lo ofrecí tan lejos como mi brazo me lo permitió.

–No tengo agua, pero si necesitas comida puedes tomarla –ella dio unos pasos más, hasta que su brazo extendido pudo alcanzar el mío, y arrancó la fruta de mi mano. La olió, pero mantuvo sus ojos en mí. No comió.

¿Eso era lo que Rain les hacía a las mentes que controlaba? ¿Las usaba tanto que se volvían completamente inútiles? ¿Eso era lo que le esperaba a Simon Jacob Watts, tras años, meses o incluso solo días de control mental? ¿Un cerebro atrofiado que no pudiera controlarse a sí mismo sin la poderosa inteligencia de un Marchito que guiara todos sus movimientos?

Saqué otro trozo de fruta de la bolsa.

–Es fruta. Puedes comerla. Adelante –señalé hacia ella y sus ojos pasaron de mí a la fruta–. Mira, así –la coloqué en mi boca, para intentar cortar un pedazo y mostrarle. Y de pronto

ella saltó, aullando como un gato y gruñendo en un gesto violento que dejaba ver cada uno de sus mugrientos dientes quebrados. Yo caí hacia atrás, pero ella ya estaba sobre mí, rasguñando mis manos y mi boca con sus uñas quebradas, mientras enseñaba sus dientes, siseaba y lanzaba manotazos a la fruta y a la bolsa con aterradora furia. Dejé ambas cosas, para intentar solo evitar que me mordiera y gritarle que se detuviera, mientras sus uñas penetraban más profundo y dejaban marcas sangrientas en mis brazos. De repente se encendió, como si una luz brillara en ella, y levantó la vista con esa misma alerta animal. Una camioneta estaba acercándose a nosotros por la autovía. Ella me soltó y salió corriendo hacia el canal, allí desapareció entre los árboles y la maleza. Yo volví a ponerme de pie, con la mirada fija en los arbustos, e hice señas frenéticas a la camioneta para que se detuviera. Estaba parado en medio del camino, así que lo hizo. El conductor bajó la ventanilla del acompañante.

—Necesito salir de aquí —dije, con la mirada aún en los arbustos—. Ella me atacó —levanté mi mochila del lugar donde había caído durante la pelea—. No me importa a dónde vaya. Solo déjeme ir atrás, necesito salir de aquí.

—Ah, vamos, John, ¿hace cuánto que nos conocemos? Puedes venir al frente conmigo.

Giré lentamente, ya había reconocido su voz. Él estaba en el asiento del conductor y lucía demasiado complicado.

—Agente Mills.

—¿No me escuchaste? —preguntó él—. Es agente Harris ahora.

—¿Cómo me encontraste?

—Soy un perfilador psicológico, John, dame algo de crédito.

Sabías que estaba buscándote y sabías lo que ocurriría cuando te encontrara. Obviamente huirías a la primera oportunidad que tuvieras y solo hay una autovía principal que entra y sale de la ciudad, y la ruta oeste conduce a una escena clave de crimen. Este es el camino en el que es menos probable que te vieran por accidente, así que este es el camino en el que busqué.

–No me agrada ser predecible.

–No te gustará lo que sucederá en los próximos días –dijo Mills–. Será mejor que te acostumbres a eso ahora.

–Podría correr.

–Hazlo: tengo una picana eléctrica que estoy ansioso por probar.

Yo suspiré. Estaba exhausto, asustado y exaltado por la adrenalina, sin mencionar que sangraba por quién sabía cuántos cortes en mis antebrazos.

–¿Tienes agua?

–Y patatas fritas –respondió Mills–. Me detuve en esa gasolinera a unos kilómetros para preguntar si alguien te había visto.

–¿De salsa barbacoa? –pregunté luego de reír hoscamente.

–Ranchera.

–Inculto –miré atrás a los arbustos. ¿Quién era ella? ¿Cómo encajaba en todo eso?

Había intentado matarme y, por lo que sabía, comerme. Era demasiado.

–Muy bien –dije y abrí la puerta–. En la celda que sea que me arrojes, asegúrate de que tenga una cama. No he dormido en días.

–Todo lo mejor para mi fugitivo preferido –bromeó Mills. Yo subí, cerré la puerta y él giró la camioneta en tres lentas maniobras–. Pero primero regresaremos a Lewisville. Tenemos asuntos sin terminar.

CAPÍTULO 13

Me apoyé en el asiento del pasajero, demasiado exhausto para seguir escapando. El aire acondicionado estaba al máximo, así que me acerqué y lo apagué.

–¿Estás loco? –preguntó Mills–. Hace como un millón de grados ahí afuera.

–Lo sé –dije y cerré los ojos–. Acabo de entrar. Deja que me adapte antes de morir congelado.

–Bebe algo de agua –me indicó y señaló un par de botellas de plástico que había en los portavasos. Una todavía estaba sellada, así que desenrosqué la tapa y bebí con ganas–. ¿Quién era la chica?

–¿La viste?

–Claro que la vi, ¿creíste que era una visión?

Levanté mis brazos lacerados, que comenzaban a arder tanto que sentí que me quemaban.

–Sabes, me preguntaba de dónde habían salido estas heridas. Todo tiene mucho más sentido ahora.

–¿Ella es otra víctima?

–¿Sabes de eso también? –abrí un ojo y lo miré.

–¿Con quién más estarías peleando en medio de la nada? –Abrí el otro ojo y me senté derecho.

–Así que, si sabías que era parte del caso, ¿por qué no te detuviste para intentar encontrarla?

–Prioridades operativas –respondió–. Encontrar y retener a John Cleaver antes que nada.

–No puedo ser tan importante.

–No lo sé. ¿A cuántas personas has asesinado?

–¿Personas o Marchitos?

–¿Qué hay de personas que creías que eran Marchitos?

–A todos los que he asesinado se disolvieron en lodo. Así que soy inocente o profundamente psicótico.

–Ya estás sentando las bases para alegar insania –comentó Mills y se limpió una lágrima falsa–. Crecen tan rápido.

–Hablo en serio. Sabes que no lastimo a personas reales –hice una pausa, luego negué con la cabeza–. Obviamente sin contar a Nathan, pero eso fue en defensa propia.

–Deliberadamente –comentó Mills.

–¿Qué? Te he dicho antes que fue en defensa propia.

–No estoy hablando de Nathan –afirmó Mills–. Al diablo con él. A nadie en la agencia le agradaba, de todas formas. Solo estoy diciendo que no lastimas a las personas *deliberadamente*.

–¿Así que ahora piensas que he asesinado a alguien accidentalmente?

–Lo que creo es que Brooke Watson pasará el resto de su vida en una institución mental.

—Eso no es mi culpa.

—No directamente. Esos chicos muertos en Dillon tampoco fueron tu culpa directa. Y tampoco lo fue Fort Bruce. Y tampoco lo fueron Marci o tu madre.

—Déjame salir —le ordené mientras desabrochaba mi cinturón en la camioneta acelerada—. Prefiero probar suerte con la picana eléctrica.

—Sé que ese fue un golpe bajo y lo lamento, pero es la realidad.

—Dije que me dejes salir.

—Eres peligroso.

—Estaba intentando salvar personas. He salvado personas.

—Solo indirectamente.

—¿Y eso no cuenta?

—¿Por qué deberías contar las cosas buenas indirectas cuando no quieres contar las malas?

Lo fulminé con la mirada, pero volví a sentarme. Mis acciones, al matar a los Marchitos, habían evitado que esos Marchitos asesinaran a nadie más, y eso era bueno; había salvado vidas. Pero esa decidida cruzada también había puesto en peligro a muchas otras personas y había acabado con la vida de algunas de ellas. Las matemáticas estaban a mi favor (algunos espectadores muertos contra miles de futuras víctimas) pero ¿eso realmente importaba? ¿Eso realmente hacía que estuviera bien? Al final del día, las personas aún morían por mi culpa.

—No intento hacerte daño —dijo Mills.

—Bueno, entonces eso hace que todo esté bien.

—La sociedad no puede funcionar del modo en que tú

lo quieres. Tenemos reglas, procedimientos y equilibrios y, cuando es necesario asesinar monstruos (porque los monstruos son completamente reales y algunas veces hay que asesinarlos), tenemos personas para que lo hagan. Tenemos policías, detectives, militares, agencias de inteligencia, gobiernos y leyes para controlar su uso.

–Y antes de que yo apareciera, ninguna de esas cosas era ni remotamente efectiva contra los monstruos.

–Me doy cuenta de eso.

–La agente Ostler me dijo que en toda la historia del FBI nunca habían asesinado a uno en realidad. Yo asesiné a uno la *semana pasada* y ni siquiera era al que estaba buscando.

–Ser bueno en algo que no se supone que hagas no hace que sea algo bueno.

–Suenas como mi madre.

–Bueno, alguien tiene que hacerlo.

–¿En serio estás diciéndome que es mejor dejar que los Marchitos acechen a la raza humana antes que romper algunas reglas para detenerlos?

–Estoy diciendo que puedes trabajar dentro de las reglas y obtener los mismos resultados.

–Intentamos eso antes –afirmé–. Acabó en Fort Bruce. ¿Cuál fue el resultado final?

–Eres tan malo como ellos –comentó Mills en voz alta–. Ahí lo tienes, me has hecho decirlo. ¿Estás feliz ahora? ¿Eso lo aclara todo? Estás corriendo por ahí, suelto y sin supervisión, dejando muerte, locura y caos a tu paso, y el gobierno de los Estados Unidos no puede permitir que eso suceda. Evitar que suceda es, de hecho, todo nuestro trabajo. Y no importa si tienes una excusa, o si eres efectivo, o si eres el menor de dos males. Sigues siendo uno de los males –él hizo una pausa, con la vista en el camino–. Ni siquiera vine a Lewisville buscándote a ti, estaba investigando una cantidad de muertes misteriosas estadísticamente significativa. Estaba buscando monstruos y te encontré a ti. Y eso debería decirte algo.

–Están reuniendo un ejército –afirmé.

–Eso fue lo que nos dijiste antes.

–Comenzarán una guerra.

–También dijiste eso antes.

–Y tenía razón. Y sabes que la tenía.

–Esa guerra ha ido y venido. Te deshiciste de Rack y de sus secuaces, y cualquier manojo de Marchitos que quede no es capaz de iniciar una guerra.

–No los has conocido aún.

–¿Quién podría quedar? –preguntó Mills–. Rack reclutó a todos los útiles, o al menos a la mayoría. Nunca consiguió al señor Quemaduras, pero ahora tú te has encargado de él, así que ¿quién queda?

–¿Señor Quemaduras?

–El tipo del fuego –respondió Mills–. Sobrenombre de la agencia.

–Eso es muy figurado.

–No todos pueden ser el Hijo de Sam. Algunas veces tienen buenos nombres y otras, señor Quemaduras.

–Entonces, ¿cuál es el plan? –pregunté–. ¿Traer otro ejército, como han hecho en Dillon?

–¿Y cuál es tu respuesta? –refutó Mills–. ¿Decirnos que es demasiado peligroso por un Marchito con control mental?

–Sí, maldición, pero eso es… no… –puse los ojos en blanco.
–Genial –dijo Mills–, otro monstruo con control mental.
–No es el mismo.
–No es *ninguno*. El Marchito de Dillon no tenía control mental, era como un gran yeti.
–Así que, estaba equivocado. Aún me queda ella y sigo teniendo razón sobre esto. Esa mujer feroz que no has querido buscar era una de sus víctimas; su mente estaba tan perturbada por el control que ya apenas le quedaban sentimientos.
–Y naturalmente no tienes prueba de esto.
–Es mi teoría actual. Hasta ahora parece sostenerse.
–Eso no es una teoría –afirmó Mills–, es una suposición. Sabrías la diferencia si alguna vez, tú sabes, hubieras tenido entrenamiento formal en investigación, o realmente cualquier educación, más allá del décimo año.
–Fui atacado. Por un hombre que desvariaba acerca de una mujer llamada la Dama Oscura; dijo que ella lo estaba forzando a asesinarme y que él no quería hacerlo, pero que no había nada que pudiera hacer al respecto.
–Coerción no es control mental.
–Eso no fue coerción.
–¿Es otra suposición?
–¡Él intentó ahogarme! –exclamé–. Al igual que él, o alguien más, ahogó a Kathy Schrenk y a Crabtree Jones. Tal vez esa mujer de allí, tal vez alguien más, pero algo en este pueblo está alterando las mentes de las personas.
–Y tú crees que se trata de esta "Dama Oscura".
–Obviamente se trata de la Dama Oscura, y eso es obviamente… –entonces, me detuve.

–¿Es obviamente qué?

–Lo siento. Solo recordé que soy un prisionero, no un colega agente.

–No te vuelvas un fastidio con esto.

–No quieres mi ayuda, de todos modos. Nunca tuve entrenamiento en investigación formal.

–¿Eso es? ¿Lastimé tu orgullo?

–No tanto como yo lastimé el tuyo, al parecer. Lamento ser mucho mejor que tú en tu trabajo.

–Aún puedes decirme lo que sabes.

–¿A cambio de una sentencia menos dura? –pregunté–. ¿No es así cómo funciona esto?

–John...

–Me perdí la última temporada de *CSI: Cazadores de demonios*, pero estoy seguro de que puedo hablar con un abogado.

–Y aquí vamos –suspiró él.

–¿Tienen abogados sobrenaturales? ¿Con poderes de abogacía sobrenaturales? Tal vez un Marchito que renunció a su poder de decir la verdad y ahora puede forzar a otras personas a ser sinceras en el estrado...

–Brooke está bien –afirmó Mills. Yo me detuve.

–¿Qué?

–Brooke está bien –repitió–. Está en una institución, bajo cuidado las veinticuatro horas, y tiene a su familia, y todos están saliendo adelante.

–¿Por qué estás diciéndome esto?

–Porque te has puesto en modo sabelotodo y estoy cansado de discutir contigo. Iremos de regreso a mi motel, nos reuniremos con el resto de mi equipo y luego iremos a casa, a D. C. Te interrogarán, te procesarán y te encarcelarán; todo en reuniones privadas, por supuesto; esto es secreto. Y Brooke querrá verte y probablemente tú querrás verla, pero no te dejaremos y ni siquiera le diremos a nadie que te encontramos. Así que, estoy diciéndote esto ahora, como el único destello de luz en todo este desagradable embrollo: Brooke está bien. La terapia está funcionando y las medicaciones también, y ella estará bien. Será un camino lento, pero sucederá.

Miré por la ventanilla, todo el ánimo de pelea desapareció.

–Gracias.

–Has tomado la decisión correcta al llevarla a casa. Entre todo lo que has hecho, eso estuvo bien.

Asentí. La adrenalina se desvaneció y me sentí vacío y exhausto otra vez. Cerré los ojos.

–¿Qué hay de…? –me detuve a mí mismo. Estuve a punto de decir "Marci", pero sabía cuál sería la respuesta. Si Brooke estaba mejorando en su terapia, eso significaba que sus otras personalidades desaparecerían. Marci estaba desapareciendo, día tras día y píldora tras píldora, como un peñasco de arena al borde del mar.

–¿Qué hay de quién? –preguntó él.

–Boy Dog –dije en su lugar–. Dijiste que cuidarías de él.

–Y lo he hecho. Él está en una perrera, esperando a que regreses.

–No me dejarán verlo –Mills condujo en silencio antes de responder.

–No, no lo harán.

Ya estaba totalmente oscuro y Lewisville brillaba como brasas al otro lado de las colinas bajas del desierto, iluminando el cielo mucho antes de que pudiéramos ver la ciudad en sí misma. Observé la aparición de las luces de las farolas una a una mientras dábamos el último giro, el pequeño pueblo iba desplegándose como un manto de estrellas. Avanzamos por las calles hacia un rincón del pueblo que yo no conocía bien, y aparcamos en el estacionamiento de un lugar llamado Motel Moonbeam.

Mills detuvo el auto en medio del estacionamiento, no lo apagó, solo… se detuvo.

–¿Mills?

Él estaba mirando algo, con los ojos entornados y expresión de sospecha; seguí su mirada y vi una de las puertas de la planta baja abierta. ¿Esa sería su habitación? ¿O sería otro el problema?

Dejó el auto detenido, ni siquiera activó el freno de mano, y sacó su teléfono celular. Lo acercó a su oído, pero negó con la cabeza.

–Él no contesta.

–¿Quién? –le pregunté.

–Espera –terminó la llamada, luego marcó otro número y volvió a llevar el teléfono a su oído. Yo miré por la ventanilla, no la puerta abierta, sino todo lo demás. La mayor parte del lugar estaba iluminado, pero partes de la periferia estaban cubiertas en sombras. Creí ver una figura junto a la cerca, pero debió ser solo una rama moviéndose por el viento.

»¿Oye, Sutton? –preguntó Mills al teléfono–. ¿Sabes dónde está Murray? No está contestando su teléfono.

El auto estaba detenido. Yo ni siquiera tenía el cinturón.

Volvía a ver movimiento en las sombras; definitivamente

había una persona. Quienquiera que fuera, estaba meciéndose hacia adelante y hacia atrás, tan semejante a cómo se mecía la vagabunda junto al canal que no pude evitar preguntarme, solo por un segundo, si sería ella. Pero no podía ser, habíamos viajado demasiado rápido.

–La puerta de mi habitación está abierta –dijo Mills al teléfono–. Probablemente sea solo un error, como que la mucama olvidó cerrarla luego de terminar, pero está activando mi sentido arácnido y no logro comunicarme con Murray y todo este asunto está poniéndome nervioso.

Yo abrí la puerta del auto y Mills gritó al teléfono.

–Ahora John está yéndose. ¡John! ¡Regresa aquí! ¡Sutton, ven aquí, está alejándose!

Mills aceleró el motor para lanzar la camioneta hacia el frente, pero yo salté y logré caer sin perder el equilibrio. Él volvió a gritar, pisó el freno y detuvo el vehículo. Yo caminé hacia la figura en las sombras y pude escuchar a quienquiera que fuera en los silencios entre los gritos enfadados de Mills, que caminaba detrás de mí; la figura estaba balbuceando algo, una y otra vez:

–Quédate aquí. Quédate aquí.

Mills me agarró de atrás y yo sentí que una fría esposa se cerró en mi muñeca.

–¡Dije que te quedaras en el auto!

–Shh –no me aparté de él, solo lleve mi mano libre a mis labios y luego señalé al hombre que se tambaleaba y balbuceaba.

–Es un drogadicto –comentó Mills.

–Escucha –susurré.

–Quédate aquí –repetía el hombre–. Quédate aquí. La Dama Oscura dijo que te quedes aquí.

–¿Qué está sucediendo aquí? –susurró Mills. Había sacado su picana eléctrica antes de que yo me diera cuenta de que la había buscado.

–No tengo idea –susurré en respuesta.

–¿Ese es el hombre que te atacó?

Avancé, jalando de la esposa en mi muñeca derecha; Mills la aferraba con fuerza, pero me dejó avanzar. Me acerqué más y reconocí el abrigo de la figura misteriosa. Asentí para responder a Mills y luego alcé la voz, apenas lo suficiente como para que me escuchara.

–¿Simon Watts?

El hombre en las sombras levantó la vista.

–¿Simon Watts? –pregunté–. ¿Puedes decirme qué sucedió?

–No debo hablar contigo –respondió él, meciéndose adelante y atrás otra vez–. No quiero hablar contigo.

–¿Quién es la Dama Oscura? –pregunté.

–Todos –Watts negó con la cabeza.

Mills bufó, luego él hizo una pregunta.

–¿Qué te dijo la Dama Oscura que hicieras?

–Quedarme aquí.

–Quiero decir, antes de eso –insistió Mills–. ¿Qué has hecho en la habitación del motel?

–Nada nada nada nada nada nada...

–Simon –di un paso más al frente–. ¿Me reconoces?

Él nos miró otra vez y se inclinó al frente para vernos mejor. Analizó mi rostro y luego sus ojos se ampliaron, luego gritó con todas sus fuerzas.

Mills disparó su picana eléctrica y Watts cayó al suelo, retorciéndose.

–Necesitaré mis esposas de regreso ahora –me dijo, pero no me las quitó en realidad. Miramos el cuerpo por un momento antes de que él volviera a hablar–. ¿Huirás de mí, John?

–Me conoces tan bien. Tú dímelo.

–Un ancestral monstruo sobrenatural forzó a este hombre a hacer algo en mi habitación. Quieres ver lo que fue tanto como yo. Así que no, no lo harás.

Yo lo miré, luego al cuerpo inconsciente de Watts. Luego de un momento volví a mirar la hilera de viejas puertas del motel.

–Me reservo el derecho de huir más adelante.

–Y yo me reservo el derecho de dispararte cuando lo hagas.

Yo asentí y extendí mi mano.

–Aliados hasta entonces.

–No lo pongas de ese modo –dijo él–. Hace que yo suene estúpido.

–Ese barco ha zarpado.

Él frunció el ceño, pero estrechó mi mano y guardó su picana. Luego sacó la esposa de mi muñeca, la colocó en la de Simon, arrastró el cuerpo inconsciente hasta la cerca y lo esposó a un grueso poste metálico. Una vez que estuvo seguro, Mills sacó su verdadera arma.

–Quédate detrás de mí –susurró y yo me retrasé medio paso mientras caminábamos cuidadosamente hacia la puerta abierta de la habitación. Pudimos oler la sangre antes de haber llegado a la puerta siquiera.

Mills empujó la puerta con una mano, su arma en alto y lista en la otra, pero, cuando vio el interior de la habitación, toda la formalidad desapareció.

–Agente Fletcher Murray –susurró.

El cuerpo del hombre en un traje negro estaba tendido en el suelo de la habitación, rodeado de un charco de sangre que embebía la alfombra y llenaba el aire de un aroma fuerte y nauseabundo. Le habían abierto el pecho con una incisión en forma de Y, como la de una autopsia, su esternón estaba quebrado y las costillas estaban abiertas como el tríptico de una antigua catedral. Le habían arrancado los brazos del cuerpo y los habían metido dentro de la cavidad torácica, acomodados entre los órganos para que se mantuvieran derechos y parecieran estar extendiéndose hacia el techo. Incluso los dedos estaban acomodados cuidadosamente, congelados por el rigor mortis como si estuvieran intentando atrapar algo distante y efímero. No tenía sus zapatos y algo brillaba húmedo en las plantas de sus pies. Me acerqué para verlo mejor y noté que eran los ojos del hombre, extraídos del cráneo y adheridos de algún modo a la piel suave de los arcos sobre sus talones.

–¿Qué significa esto? –preguntó Mills.

–Significa que la Dama Oscura ya no está ocultándose –respondí.

–Por supuesto –afirmó Mills–, pero míralo. *Significa* algo. No es solo un mensaje, es… arte. Hasta el charco de sangre parece arreglado.

Sabía lo que él quería decir. El cuerpo parecía estar… escrito, casi como si estuviéramos leyendo un antiguo jeroglífico en un lenguaje que ni siquiera nos habíamos dado cuenta de que conocíamos. Sentí casi como si pudiera ver su significado, justo en los márgenes de mi entendimiento. Justo en la punta de mi lengua.

–Hay algo en su boca –dije.

–Sí –respondió Mills. Ninguno de los dos podía verlo, pero sabíamos que había algo allí. Él se acercó con cuidado, tomándose de la cama cercana para no tropezar y alterar la escena, y pasó un dedo por los dientes del hombre sin vida. Torció su dedo, frunció el ceño y sacó un pequeño anillo metálico.

–¿Es de la cortina de la ducha? –me pregunté.

–No, es la forma lo que importa. Un círculo. Un ciclo. Un... anillo, un brazalete, un hoyo, un agujero, un portal, un ojo. Una rueda.

–Un plato vacío –propuse yo–. Un huevo vacío. Algo vacío. El fin de la vida.

–Los ciclos no tienen fin –reflexionó Mills.

Asentí, como si todo se hubiera vuelto más claro de lo que había sido jamás.

–Entonces, los asesinatos continuarán por siempre.

Mantener la escena del crimen limpia fue la parte más difícil; no solo necesitaban analizar la habitación, necesitaban también la esquina del estacionamiento en donde habíamos dejado a Simon Watts y todo el espacio en medio. Mills y otra agente llamada Rebecca Sutton estaban trabajando con la policía local para recabar toda la evidencia posible, pero los huéspedes y moradores asomaban sus cabezas de las otras habitaciones del motel, preguntando qué estaba sucediendo, si podían marcharse, quién había muerto, si estaban en peligro y otras millones de preguntas. Si la policía no los alcanzaba rápidamente, simplemente se acercaban caminando, atravesaban la cinta de la escena del crimen y exigían saber si estaban bajo arresto. Mills y Sutton habían puesto a la policía local a interrogarlos lo más rápido posible, para obtener sus identificaciones y declaraciones, mientras los dos hablaban con el encargado del motel para obtener información de contacto de otros huéspedes que no estaban en sus habitaciones. Yo, mientras tanto, estaba indecorosamente esposado a una tubería en el baño de la agente Sutton. Habría estado ofendido luego de haberle prometido al agente Mills que no huiría, pero, otra vez, él me conocía demasiado bien. Yo había estado mintiendo entre dientes.

La tubería a la que me habían esposado iba desde el suelo hasta el lavabo del baño y era tan sólida que dejé de intentar moverla o romperla. En su lugar, tomé ventaja de mi situación y estudié lo más que pude la habitación. No estaba realmente en el baño en sí, más bien al lado; habitación tenía un pequeño cuarto azulejado con un retrete y una ducha junto a una especie de rincón con un lavabo y un espejo. Junto a ella se encontraba un pequeño armario sin puerta, que llevaba a la habitación principal. Si me estiraba lo más que pudiera podía ver por la esquina de la pared un pequeño escritorio, un tocador con un televisor de pantalla plana y, más allá, la puerta y una ventana con cortina. Había dos camas también, pero no podía ver más que un centímetro de cada una. Sabía, por el momento en que me habían llevado allí, que la agente Sutton había dejado su maleta sobre una de las camas, aparentemente prefería eso a dejar su ropa en el armario.

El lavabo y el baño, por otro lado, tenían algunos recursos que podía llegar a usar. Sutton se había llevado sus efectos personales, incluso una rasuradora; no sé qué pensaban que podría hacer con una rasuradora, pero habían insistido bastante con eso, así que, como sea. Su cepillo de dientes, si lo hubiera dejado, habría sido mucho más útil: podría haberlo usado para desarmarlo o romperlo a la mitad para formar una punta afilada, no como para apuñalar a alguien, sino para forzar la cerradura de las esposas. Dudo que cualquiera de las dos cosas hubiera funcionado, dado que no soy un ladrón experto. Realmente necesito aprender a forzar una cerradura.

De los objetos que no habían alejado de mí, quedaba poco que pudiera usar. Tenía dos vasos plásticos, envueltos individualmente en bolsas plásticas. Tenía botellas de shampoo y acondicionador de viaje y una pequeña barra de jabón blanco. Tenía un cesto de basura negro, vacío, como del tamaño de una bolsa de comida rápida; era de un plástico bastante ligero y probablemente no funcionaría bien como un arma, pero nunca se sabía. ¿Tal vez podía romperlo en trozos afilados que pudiera usar? Quizás, pero no sabía cómo podía ayudarme eso. A menos que planeara asesinar directamente a los dos agentes (y de algún modo lograra asesinar al primero sin alertar al segundo), lastimarlos de cualquier modo solo haría mi vida más difícil, no más sencilla. Y no quería asesinarlos, de todos modos. Solo estaban haciendo lo que creían correcto.

¿Qué quería yo? No podía volver a intentar dejar Lewisville, ¿a dónde iría? Y ya no deseaba irme. Sí, antes había decidido hacerlo, pero Mills me había encontrado y había dicho que sabía que

huiría y eso no me agradaba. Me hacía sentir sucio pensar que tenía reputación de huir de mis problemas. Huía del FBI y de una docena de otras agencias y grupos que me gustaban, pero no pensaba en mí mismo como un fugitivo. Yo arreglaba las cosas, ¿o no? Las mejoraba, sin importar cuánto me lastimara en el proceso. Y de todas formas era el chico que escapaba de las cosas. No quería ser el chico que escapaba de las cosas.

Pero tampoco quería precisamente ser el chico que vive por

siempre en custodia gubernamental ultrasecreta. Debía haber un término medio. "El chico que escapa de los federales, pero se queda cerca para detener a los Marchitos", se sentía como algo bueno, pero no tenía idea de cómo serlo realmente. Ni siquiera sabía dónde se encontraba la Dama Oscura, mucho menos cómo asesinarla. Y quién sabía a cuántos otros Marchitos había podido reunir. Assu podía no ser el único.

Pensar en otros Marchitos me recordó a la feroz mujer en el desierto y, con ese pensamiento, mi brazo pareció volver a palpitar y me di cuenta de que nunca me había lavado las heridas. Agua y jabón era lo único que tenía, pero en ese momento casi era lo único que necesitaba. Abrí el agua hasta que estuvo al límite de estar demasiado caliente como para tocarla, luego metí mi brazo derecho debajo y me estremecí por el dolor. Mi brazo izquierdo, esposado a la tubería, estaba demasiado lejos como para llegar, pero eventualmente logré lavar los largos y sangrientos arañazos en ambos brazos mojando uno y luego agachándome para frotar los dos brazos juntos. Tomó un tiempo y me mojé bastante, pero al menos estaba razonablemente seguro de que no tendría una infección. Cerré el agua y me senté en el suelo, en donde solté un largo y exhausto suspiro y observé a una cucaracha que se escabullía por el linóleo frente a mí. De acuerdo, así que tal vez aún no estaba del todo limpio. Al menos sentía mi mente un poco más clara.

No aplasté a la cucaracha; la mayoría de las personas lo habrían hecho, pero yo tenía una regla. No lastimar a seres vivos, aunque esos seres fueran cucarachas. Lo siento si eso es asqueroso. Todos hacemos lo necesario para sobrevivir.

Volví a estirarme completamente, mirando la habitación

con esperanzas de ver algo que me hubiera perdido. El escritorio tenía un teléfono, pero estaba a algunos metros fuera de mi alcance y ¿a quién llamaría, de todas formas? La policía ya estaba allí y no estaba de mi lado, y yo no conocía el número de nadie más. Tal vez si pudiera alcanzar la lámpara, podría usarla como arma, pero otra vez: ¿cuál sería el punto? Necesitaba escapar, no lastimar a nadie. Miré los demás elementos en el escritorio: una pequeña carpeta con información del hotel; una tarjeta plástica que explicaba cómo usar la televisión prepaga, un anotador y un bolígrafo; una cafetera…

… esperen. Un bolígrafo. Lo primero que veía que podría usar para forzar la cerradura de mis esposas. Pero el escritorio estaba fuera de mi alcance. Volví a estirarme, llevé mi brazo lo más lejos posible, con mi rostro pegado a la pared para ganar un centímetro más, pero no funcionó. Mi brazo no era lo suficientemente largo… pero mi pierna lo era. Miré alrededor en busca de la cucaracha, no la vi por ningún lugar, así que me acosté en el suelo, con las piernas estiradas hacia el escritorio. Apenas llegué a enganchar mi pie en la pata más cercana del escritorio y jalarlo hacia mí, con esperanzas de que no estuviera anclado al suelo ni adherido a la pared. Se acercó unos treinta centímetros hasta que algo lo detuvo; probablemente el cable del teléfono, la lámpara o la cafetera, o tal vez de los tres. Logré enlazar mis dos pies a su alrededor, aferrada entre mis tobillos, y lo jalé con todas mis fuerzas. Cedió abruptamente y voló hacia mí como si lo que estuviera conteniéndolo se rompiera o soltara repentinamente; la lámpara cayó por el extremo opuesto, colapsó contra el suelo y la bombilla estalló.

Tenía que ser rápido. Me puse de pie, tomé el bolígrafo

del escritorio y comencé a separar todas las partes útiles del interior. Era un bolígrafo con pulsador, lo que significaba que tenía un resorte y varias piezas plásticas; el resorte era demasiado débil para funcionar, el plástico demasiado grueso o demasiado corto. Miré todas las piezas por un segundo, luego lancé el tubo exterior al suelo y lo pisé, una y otra vez, hasta que logré romperlo. Se separó en fragmentos irregulares del largo del bolígrafo y, con mis dientes y uñas, logré tallar uno lo suficientemente delgado y puntiagudo como para que entrara en la cerradura de mis esposas. Probé la cerradura con cuidado, intentando sentirla, mientras deseaba saber más sobre eso. Las personas en las películas forzaban cerraduras todo el tiempo; ¿era realmente posible o era solo algo de Hollywood? Sentí resistencia en varios lugares, pero no pude lograr que ningún mecanismo interior se moviera.

La puerta de la habitación se movió; alguien estaba entrando. Escondí mi herramienta artesanal en la cintura de mis pantalones y comencé a manipular los fragmentos del bolígrafo roto en su lugar; no había forma de ocultar lo que había hecho y, quien estuviera entrando, obviamente me sustraería aquellos elementos, pero si yo me enfocaba en las herramientas equivocadas, probablemente ellos lo harían también.

El agente Mills estaba hablando mientras ingresaba a la habitación:

–... llamar a la central otra vez y solicitar; ah, por favor, ¿John? ¿Qué demonios haces?

–No vengan aquí –dije con calma–, es una sorpresa.

Uno de los agentes alejó el escritorio de la entrada a mi

recinto y luego Sutton se acercó con su arma directamente apuntada al centro de mi cuerpo.

–Déjalo.

–Dije que no vinieran aquí. Al menos el agente Mills me escucha.

–Está intentando forzar la cerradura con un bolígrafo –anunció Sutton en voz alta y luego me señaló con su arma–. ¡Dije que lo dejaras!

–Bájalo, John –ordenó Mills desde el otro lado; la entrada era demasiado pequeña para que entraran los dos–. No puedes abrir unas esposas con un bolígrafo.

Yo seguí trabajando en la cerradura, aunque el fragmento en mi mano era demasiado grande como para lograr algo realmente.

–Ella no puede dispararme, soy muy importante.

–Uf –protestó Sutton–. Ya lo estoy odiando.

–Usa tu picana –propuso Mills. Sutton sonrió, guardó su arma y sacó la picana en su lugar.

–¿Realmente me electrocutarás? –yo dejé de trabajar.

–¿Realmente dejarás que lo haga?

–¿Dejarte o hacerte que lo hagas? –pregunté con las cejas en alto.

–Definitivamente es "dejar" –respondió Sutton–. Estoy de un humor muy malo y realmente me encantaría presionar este gatillo.

–¿Qué sucede con ustedes y las picanas eléctricas? –me detuve y levanté las manos.

–Buena elección –dijo ella–. Ahora, pon todos esos fragmentos de bolígrafo en el cesto de basura y, mientras lo haces,

todas esas cosas de la mesada también. Luego entrégame el cesto.

Recogí los fragmentos del bolígrafo roto, mientras sentía que el trozo oculto pinchaba mi cintura al moverme, y los dejé en el cesto de basura; luego me levanté y tiré también los vasos plásticos. Puse la mano sobre el jabón, me detuve y la miré con una pregunta:

–¿Puedo conservar el jabón?

–No puedes conservar nada que realmente quieras.

–Odio el jabón.

–Déjalo en el cesto.

–Ustedes los federales se vuelven muy estirados cuando asesinan a uno de los suyos, Dios –puse los ojos en blanco. Arrojé el jabón al cesto, hice todo un espectáculo de estar buscando cualquier otra cosa y luego le entregué todo a ella. Sutton lo tomó con cuidado, con la picana apuntada hacia mí con la otra mano. Yo levanté las manos para mostrarle que no tenía nada más y ella negó con la cabeza. Toda la paciencia que le quedara, ya se la había agotado.

¿Por qué siempre hacía eso?

–No puedes abrir esposas con un bolígrafo, de todas formas –comentó Mills–. Necesitarías una horquilla de cabello.

–Oye, ¿me prestas una horquilla?

–¿Puedo dispararle? –preguntó Sutton.

–Solo ignóralo –dijo Mills–. Intenta meterse bajo tu piel.

–Por favor, no lo digas de ese modo –protestó Sutton.

–Lo siento. No estaba pensando.

Sutton salió de mi campo visual y yo pensé en el agente sin vida apenas a unas puertas de distancia, en el otro cuarto.

—¿Lo conocían muy bien? —suavicé mi voz.

—No hables —ordenó Sutton.

—El agente Murray —dije—. Lo lamento mucho. Él parecía... bueno, supongo que nunca lo conocí. Pero estoy seguro de que él era... ¿agradable?

—¿Es tu forma de ser compasivo? —preguntó Mills.

—Sí, apesto en eso —sonreí, aunque nadie podía verme.

—¿Por qué estás hablando con él? —preguntó Sutton.

—Porque él ha estado aquí más tiempo que nosotros y de verdad es aterradoramente bueno en nuestro trabajo.

—¿Qué tan bueno? —preguntó Sutton.

—De acuerdo con la línea temporal que delineé, él llegó al pueblo al mismo tiempo que nosotros. Y, mientras que nosotros perdíamos el tiempo, encontrábamos algunas pistas y eso, él encontró y asesinó a un Marchito, por su propia cuenta.

Sutton silbó.

No pude evitar volver a sonreír, aunque eso no fuera totalmente cierto.

Escuché cómo se sentaron (el crujido de una silla y la presión de una cama) así que saqué mi herramienta oculta y comencé a trabajar otra vez, lo más silenciosamente posible.

—Lamento lo de su amigo —dije—. ¿Me dejarán ir para que pueda evitar que alguien más sea asesinado junto con él?

—El agente Fletcher Murray era un amigo nuestro —afirmó Mills—. Yo apenas lo conocí hace unas semanas, pero Sutton lo conoció por mucho más tiempo. Él era un buen agente y un buen hombre.

—Entonces, déjenme ir —repetí.

—¿Qué puedes decirnos acerca de la Dama Oscura?

–Tomaré eso como un no –suspiré.

–Lo lamento.

–Entonces, ¿por qué los ayudaría, si solo resultaré encarcelado? ¿No debería ganar algo de esto?

–Ganarás el saber que el asesino fue detenido –respondió Sutton–. Si el perfil que él ha escrito sobre ti es correcto, eso debería ser suficiente.

Alcancé una nueva zona de la cerradura y la probé cuidadosamente para ver si funcionaba.

–Ah, Mills, ¿hiciste un perfil sobre mí? Eso es muy dulce.

–¿Quién es Mills? –preguntó Sutton.

–Así es cómo me llama –respondió Mills.

Me detuve, levanté la vista, luego negué con la cabeza.

–*Sabía* que me habías dado un nombre falso –afirmé–. Agente Sutton, ¿cuál es su verdadero nombre?

–¿Por qué le darías un nombre falso? –insistió Sutton.

–Solo para molestarlo.

–Son dos idiotas –dijo Sutton–. Tenemos un verdadero trabajo de adultos aquí, ¿se dan cuenta de eso?

–Déjame adivinar –propuse–. Eres... Max Grit. Wally Washington. Jehoshphat... Hamsterlicker.

–¡Fletcher está muerto! –gritó Sutton–. ¿Puede alguno comenzar a pensar en esto con seriedad, por favor?

–Mi nombre es Sam –dijo Mills. La habitación quedó en silencio–. Sam Harris. No quería que él lo supiera porque ese es el nombre de su padre.

Sentí cómo mi rostro quedaba inerte.

–John solía llamarse a sí mismo el Hijo de Sam –explicó Mills, o Harris, supongo–. No era gran cosa, no es que intentara emular a David Berkowitz ni nada, él solo... tenía esa conexión con su padre. Y es virtualmente la única conexión que tiene. Y los nombres tienen poder, así que pensé que era mejor dejar el mío fuera de esto.

—No tienen poder sobre mí —afirmé, pero fue solo un murmullo. Era impactante, vergonzoso, cuán profundamente podía afectarme la sola mención del nombre de mi padre. No lo había visto en años, así que, ¿por qué me molestaba tanto?

Algunas veces pienso que la única forma de que tenga paz alguna vez sería encontrando a mi papá y asesinándolo.

—Debiste haberme dicho que le habías dado un nombre falso —dijo Sutton.

—Lo sé —respondió—, pero no quería que fuera gran cosa. Volví a trabajar con mi vara plástica.

—John, puedes llamarme como quieras —dijo él.

—Estoy bien.

—¿Estás listo para hablar?

—Dije que estoy bien —repetí. Ya había pasado la medianoche y aún no había dormido, pero no quería hacerlo. No había sido capaz de resolver eso por mi cuenta, pero siempre trabajaba mejor con alguien que me diera ideas. Max, Marci o Brooke. Si podía hacer que ellos hablaran y descifraran eso, tal vez pudiera obtener la información que necesitaba y luego escapar cuando nadie estuviera viendo. Inhalé—. Hagan sus preguntas.

—Queremos saber de la Dama Oscura —afirmó Sutton—. El hombre del estacionamiento, Simon Watts, no dejaba de hablar de ella. Prácticamente era todo lo que podía decir.

—Él no asesinó a su amigo —dije.

—¿Ah, no? —preguntó Sutton—. ¿Y cómo sabes eso?

—No tenía manchas de sangre. Cualquiera que le hubiera causado tanto daño a alguien estaría cubierto de sangre, pero él no tenía ni una gota.

—Tenía sangre en sus zapatos —afirmó el agente Harris—. El resto pudo haber sido contenido por un guardapolvo o un overol.

—¿Encontraste alguno? —pregunté—. Asumo que has revisado su auto, la basura y todo lo demás.

—No lo hemos encontrado aún —respondió Sutton—, pero eso no significa que no lo haremos y tampoco significa que él sea inocente.

—Simon Watts intentó ahogarme hace unos días —confesé—. Puede que también haya ahogado a Kathy Schrenk. Esta clase de cuerpo ritualizado no es su *modus operandi* y tampoco el de la Dama Oscura.

—Entonces, ella le dijo que se quedara aquí para despistarnos —arriesgó el agente Mills.

—Él es definitivamente alguna clase de mensaje —continué—. Solo depende de lo que ella sepa de quiénes están tras ella.

—Bueno, nosotros sabemos acerca de los Marchitos —dijo Sutton.

—Sí —asentí, mientras seguía trabajando en las esposas—, pero ¿*ella* sabe que lo saben? Si piensa que no saben nada, entonces probablemente intenta ofrecerles un caso cerrado: sangre en sus zapatos, actitud perturbada, *voilà*. Otro asesino visionario encerrado y todos ustedes siguen su camino y ella sigue sin interrupciones.

—Pero ¿cuáles son las probabilidades? —preguntó Sutton—. Es más probable que ella sepa todo.

–¿Todo, todo? –pregunté. Encontré una parte de la cerradura que pareció moverse y presioné el fragmento del bolígrafo contra él y lo probé con cuidado–. Si ella sabe todo, entonces esta es una declaración de guerra. No podría estar entregándonos a un sospechoso porque sabe que sabemos que no puede ser realmente uno de los sospechosos evidentes: no es Watts ni la Dama Oscura misma.

–¿Cómo sabemos que no es la Dama Oscura? –preguntó el agente Harris.

–Porque me tienen a mí –afirmé–. Y yo sé cómo ella y sus... marionetas, o lo que sea... funcionan en verdad. Como les dije; ya han ido detrás de mí una vez. Así que, como yo estoy aquí, puedo decirles lo que sé, y ella no se molestaría intentando darnos señales confusas después de eso. Lo que significa que está retándonos.

–Como Rack hizo en Fort Bruce –dijo Sutton–. Encontró a los investigadores y fue contra ellos directamente.

–Es por eso que pedí refuerzos –intervino el agente Harris–. Necesitamos toda la ayuda que podamos.

–No, no es así –dije. El mecanismo de la cerradura se sintió como si pudiera funcionar; todo lo que tenía que hacer era presionarlo y se abriría. Lo que probablemente provocaría un sonido audible, así que tenía que esperar al momento correcto. Mantuve el trozo de plástico en el lugar preciso mientras esperaba y seguía hablando–. No estás pensándolo bien. Ese era el escenario en el que asumimos que ella sabe todo, pero no creo que lo sepa. No creo que sepa que me tienen a mí.

–Vamos –respondió el agente Harris–, ¿cómo puede no saber eso?

—Asumiendo que ella ha hecho su tarea. Ella sabe acerca de Rack y Fort Bruce. Obviamente sabe que existo porque envió a Watts a ahogarme. Y definitivamente sabe de ustedes porque: a) el FBI ha estado cazando a los Marchitos por décadas y b) han estado preguntando por mí por todo el pueblo. Si tiene al menos una marioneta con control mental en la policía, sabe que están aquí y que (esta es la calve) ustedes y yo no trabajamos juntos. Y, para cuando nos unimos, el agente Murray ya estaba muerto. Aunque esa mujer vagabunda en el desierto sea una de sus esclavas y de algún modo esté reportándole a ella, un asesinato como ese toma mucho tiempo y, cualquier mensaje que la Dama Oscura quisiera enviarnos, ya estaba en su lugar.

—Sí —afirmó Sutton—. Veo a dónde vas con esto. Si la Dama Oscura no sabía que teníamos acceso a tu información, entonces el dejar a Watts aquí nos desvía hacia el escenario más probable. Él nos dice que lo hizo bajo sus órdenes y nosotros no tenemos razón para dudarlo. Lo que significa que ella intenta hacer parecer como si lo hubiera hecho, lo que… significa que probablemente no sea así. ¿Qué?

—Así que hay otro Marchito —dijo el agente Harris—. La Dama Oscura está cubriendo a alguien más.

—Exacto —asentí—. Pero ¿por qué? ¿Por qué intentar esconder que hay otros Marchitos en Lewisville?

—Porque el guardarse información siempre es útil —respondió Sutton—. ¿Por qué Jehoshphat Hamsterlicker aquí intentó ocultarte su verdadero nombre? El engaño es valioso en sí mismo, en especial en una guerra.

—Primero, te quiero —respondí—. Segundo, no pienso que

sea tan fácil. Y aunque lo sea, no deberíamos conformarnos con una respuesta sencilla. Sí, ella está reuniendo un ejército, pero ¿realmente está lista para comenzar una guerra? Al único otro Marchito que estamos seguros de que ha traído aquí era Assu, el del fuego, y él está muerto. Esto... esto casi parece como si Rain estuviera intentando distraernos mientras encaja algunas piezas más en sus lugares.

–¿Rain? –preguntó el agente Harris.

–La Dama Oscura –respondí–. Ese es su nombre, o al menos el nombre por el que se la conoce.

–¿Por qué intentaría distraernos volviéndose un blanco ella misma? –preguntó Sutton–. No hay manera.

–Pero lo hizo. Y tenemos que considerarlo. Perfilar a un asesino no se trata de negar lo que no tiene sentido, se trata de encontrar las circunstancias en las que las partes que no tienen sentido realmente lo tendrían –hice una pausa–. ¿Y qué si el otro Marchito al que está cubriendo no estuviera actuando bajo sus órdenes?

El agente Harris resopló.

Yo asentí, pero ellos no podían verme. Eso tenía sentido.

–Si ella realmente quería que pensáramos que se trataba de ella, hubiera intentado hacer que luciera como uno de los demás asesinatos; como un ahogamiento. Eso fue lo que los trajo a Lewisville en primer lugar. Pero no lo hizo, lo que puede significar que el asesinato no fue ordenado, al igual que el de Minaker. Fue otro Marchito que actuó sin supervisión y atrajo atención indebida adonde no debía. Ella tenía que hacer algo para despistarnos y Simon Watts fue una medida desesperada; lo mejor que pudo hacer dadas las circunstancias. Así que hay un Marchito descontrolado en la mezcla y eso es muy, muy malo.

–¿Preferirías que estuvieran trabajando juntos? –preguntó el agente Harris.

–La Dama Oscura está reuniendo un ejército. Dos Marchitos trabajando juntos serían aterradores, te lo aseguro, pero quién sabe a cuántos tendremos una vez que ella termine. Y, si ella no puede controlarlos, quién sabe qué sucederá. Assu vino porque ella lo llamó, pero no tenía ningún apuro en atarse a ella y seguir órdenes. Podría haber otras docenas, todas en un solo lugar, y todos tan descontrolados y peligrosos como quienquiera que haya asesinado al agente Murray.

–Así que, ¿qué más sabes sobre ella? –preguntó Sutton–. Todo lo que estamos haciendo es asustarnos a nosotros mismos; necesitamos información sólida con la que podamos actuar realmente –yo volví a asentir.

–Su nombre es Rain, como dije. "Corre de Rain".

–"Corre de Rain" –repitió el agente Harris.

–¿Has escuchado eso antes? –levanté la vista.

–¿Qué? –reaccionó él–. No, yo solo... estaba pensando en otra cosa. Tenemos las antiguas transcripciones de Elijah Sexton, el Marchito al que interrogaste en Fort Bruce, y en una ocasión, hablando acerca de Rack, él lo agrupó con otro Marchito llamado Ren. Rack y Ren.

–Perdición y Ruina –dijo Sutton.

Me quedé helado, aterrado por la implicación que mi cerebro estaba desarrollando lentamente.

–Tenemos que salir de aquí.

–No podemos irnos –afirmó el agente Harris.

—¿Qué sabes? —preguntó Sutton. Yo me levanté.

—Nuestro historiador en Fort Bruce, Nathan, tenía la teoría de que Rack era su nombre original; no un título como usaban algunos de los Marchitos, sino el antiguo nombre, de diez mil años de antigüedad, que Rack tenía cuando seguía siendo humano.

—¿Cuando seguía siendo humano? —preguntó Sutton.

—Eran humanos originalmente, que renunciaron a algo para convertirse en Marchitos —expliqué—. Aún no sabemos cómo lo hicieron, pero la teoría de Nathan era que Rack como nombre propio eventualmente se convirtió en la palabra proto-indoeuropea para *rey*. *Rex*, *rey* y quién sabe cuántas otras. Que él era tan poderoso hace tanto tiempo que nuestra palabra para un gobernante es literalmente su nombre. Y yo estaba tan distraído por que Rain significara solo "lluvia" que nunca se me ocurrió que podría significar "reina".

—Reina —repitió Sutton—. Regina. Malditos sean todos, Sam, no es solo una Marchita; es la reina de los Marchitos.

—No podemos irnos —dijo el agente Harris.

—Los soldados aún están a unas horas de distancia —dijo Sutton—. Los llamaré para decirles que no vengan. Si hay una reina demoníaca con control mental en el pueblo, lo último que necesitamos es un grupo de hombres con armas.

—Gracias —respondí—. ¿Te dije que te quiero? Eres definitivamente la agente del FBI más lista con la que he trabajado.

—No quiero hacerlo —replicó el agente Harris.

—¿No quieres decirles que no vengan? —preguntó Sutton—. ¿Estás bromeando?

—No los detuviste en Dillon y ya sabes lo que ocurrió —me estiré para intentar ver por la esquina.

–No quiero hacerlo –repitió él.

–¿Agente Harris? –dijo Sutton–. ¿Sam, estás bien?

Mi corazón se detuvo. Si él no lucía bien y estaba diciendo las cosas que decía…

–No quiero lastimarte –dijo–. Pero la Dama Oscura dice que tengo que hacerlo.

–¡Sam! –gritó Sutton.

Y luego alguien disparó un arma.

Yo me arrojé al suelo y cubrí mi cabeza, apenas medio segundo antes de que la pared a mis espaldas explotara en una lluvia de astillas y polvo. Mis oídos chillaban y fui apenas consciente de que hubo más disparos; no podía escucharlos porque aún estaba ensordecido por el primero, pero pude sentirlos, estruendos distantes que parecían destrozar mis huesos. Intenté moverme hacia el baño, con la idea de que la tina podría cubrirme mejor, pero seguía esposado a la tubería y había dejado caer mi fragmento de bolígrafo. Miré alrededor desesperadamente, mientras apartaba los escombros del tiroteo, e hice a un lado a otra cucaracha que ni siquiera había visto. Encontré el fragmento de plástico justo cuando la pared a mi lado tembló con otro impacto, pero no de un disparo esta vez. Los dos agentes estaban luchando.

Metí el palillo en la cerradura de las esposas en un intento desesperado de encontrar el pequeño mecanismo que había hallado antes. ¿Dónde estaba? La pared volvió a temblar, lo que soltó más yeso, y pude ver destellos de movimiento a través de los agujeros de bala. Mi audición regresó y, poco a poco, los golpes físicos y los estruendos se volvieron audibles también; un chasquido cuando un cuerpo golpeó la pared. Un gemido cuando alguien recibió un golpe. Un grito agudo cuando Sutton lanzó o recibió un fuerte ataque. ¿Dónde estaba el mecanismo de la cerradura? Lo había encontrado antes. Tenía que volver a encontrarlo o…

–¡No quiero lastimarte! –gritó Harris–. ¡Por favor, detenme!

Alguien tomó el teléfono del escritorio; no vi quién, solo una mano con una manga de traje que pudo haber sido de cualquiera. La mano jaló el teléfono más rápido de lo que pude distinguir algún detalle, arrancó el cable de la pared y yo lo escuché sonar repentinamente; no fue un sonido largo y controlado como de una llamada, sino un breve sonido metálico, como si alguna pieza interior de metal chocara contra una superficie sólida. Lo siguió un crujido y luego un estruendo cuando el cuerpo cayó al suelo.

–No quería hacerlo –continuó Harris. Estaba llorando–. Por favor, no me hagas hacer esto.

Pasos. Un largo rasguño áspero mientras él arrastraba una silla por el suelo. Estaba viniendo por mí. La mesa se movió, para despejar el final del camino hacia mí.

Y entonces, las esposas se abrieron.

Me levanté de un salto y corrí al baño. ¿Estaba recogiendo su arma? ¿Le quedarían balas? Su mano apareció por la esquina, con el teléfono aferrado como un palo, y yo pateé la puerta para ganar algo más de tiempo. Se habían llevado todo, hasta el delgado cesto de basura de plástico… pero habían olvidado una cosa. Salté, aferré el caño de la cortina del baño y me colgué con todo mi peso; estaba apenas adherido, otra oportunidad de que el motel ahorrara un centavo más, y cayó de su lugar en la pared justo cuando Harris abrió la puerta de una patada. Yo blandí el caño con todas mis fuerzas, arrastrando la cortina como una bandera, y le di al costado de su cabeza antes de que siquiera hubiera entrado al baño. La fuerza golpeó su cabeza contra el marco de la puerta y él cayó al suelo como una piedra.

Me quedé parado en la tina, con mis oídos que aún resonaban, mi corazón aún acelerado. Sam Harris. Quería golpearlo otra vez, sentir ese momento perfecto en el que el metal quebraba el hueso; no, quería apuñalarlo. Siempre había sido mi método preferido, tan duro, sangriento y perfecto...

No.

No quería hacer nada de eso.

Yo no estaba fuera de control y tampoco estaba bajo el control de Rain. Era yo mismo. Y estaba a cargo.

Dejé caer el caño y estalló en el suelo en una lluvia de astillas plásticas. Miré el cuerpo y tragué saliva. ¿Estaba vivo? ¿Sutton lo estaría? ¿Qué debía hacer? Podía escuchar gritos a la distancia; alguien había escuchado la pelea, o probablemente los disparos. ¿Seguirían los policías allí? ¿Qué pensarían cuando me encontraran, el único que quedaba en pie?

Salí de la tina y pasé sobre el cuerpo del agente Harris. Sus piernas se extendían más allá de la tubería y, en un repentino impulso, me incliné y cerré la esposa abierta en su tobillo. Él no era malvado, pero si Rain había puesto sus garras en él, no podía dejar que me siguiera. Me levanté y me di cuenta de que ni siquiera me había detenido a tomarle el pulso; había estado tan preocupado por detener al chico malo que no había pensado en salvar al bueno. Regresé y apoyé mis dedos en su cuello. Su corazón latía. Salí del lugar hacia la otra habitación, donde encontré a la agente Sutton desplomada en el suelo y me detuve a comprobar su pulso también. Ella estaba viva, pero el bulto en su cabeza por el golpe con el teléfono ya era tan grande como una pelota de golf. Las armas de ambos estaban en el suelo también, pero yo no sabía cómo comprobar si seguían teniendo balas. Las pateé debajo de la cama y dejé a Sutton con su picana eléctrica. Si despertaba antes que Harris, la necesitaría.

Tomé las llaves del agente Harris del tocador y abrí la puerta. Si alguien estaba observando, estaba demasiado lejos en la oscuridad para que yo lo viera; todos los demás probablemente estuvieran escondiéndose de los disparos y no había policías a la vista. Habían dejado su primera investigación del lugar esa noche y no habían tenido tiempo de responder a la nueva aún. Caminé por el estacionamiento, subí a la camioneta de Harris y conduje fuera de allí.

Las calles estaban oscuras y el cielo estaba iluminado por el alumbrado público y las luces de neón. Me detuve en el primer semáforo mientras aún intentaba recuperar el aliento. ¿Qué debía hacer? Tenía los medios para escapar otra vez, y para llegar mucho más lejos que antes; rastrearían la camioneta, pero podía abandonarla en otro pueblo o, mejor aún, entregársela a alguien y marcharme en otra dirección. Eso los desviaría por días.

Pero el problema estaba allí. Y no quería volver a sentirme

como me había sentido cuando Mills –cuando Harris– me encontró. Como si hubiera abandonado a las personas que necesitaban mi ayuda. La luz cambió a verde, pero no avancé. El problema estaba allí. Jasmyn había dicho una vez que todos merecían ser salvados.

Así que supuse que tenía que salvarlos.

Levanté mi pie del freno y giré el volante a la izquierda. Sabía la dirección de Jasmyn (no sería todo un paranoico obsesivo si no la supiera) y estaba apenas a unos kilómetros. Si Lewisville estaba realmente llenándose de Marchitos, y si Harris realmente había llamado refuerzos, ese pueblo estaba a punto de convertirse en otra zona de guerra, tal vez incluso peor que Fort Bruce. Aún no sabía dónde estaba Rain, pero sabía dónde estaban mis amigos; Jasmyn, Margo y Harold. Podía ayudarlos al menos, tal vez sacarlos del pueblo antes de que comenzaran los verdaderos problemas. Revisé compulsivamente los espejos mientras conducía, esperaba ver luces y escuchar sirenas en cualquier momento detrás de mí, pero nada apareció. Me detuve en el estacionamiento del complejo de apartamentos de Jasmyn y miré al reloj: 03:38 a. m. Dejé la camioneta encendida mientras subía un piso de viejos escalones de cemento hasta el apartamento de Jasmyn y tocaba a la puerta.

Y esperé.

Volví a tocar. ¿Podría siquiera escucharme? Tal vez dormía con auriculares o algo, o con una máquina de ruido blanco para bloquear el ruido ambiental. Golpeé la puerta con más fuerza y conté hasta diez lo más lento que pude, luego volví a golpear y grité.

—¡Jasmyn! ¡Despierta!

—¡Cállense ahí afuera, es la mitad de la noche! —la voz había llegado de otro edificio de apartamentos al otro lado del estacionamiento. La ignoré y volví a golpear la puerta.

—¡Jasmyn!

—¿Robert?

Escuché un cerrojo moverse contra el marco de la puerta y luego se abrió unos diez centímetros, hasta que la cadena la detuvo. Un rostro de ojos somnolientos apareció en la hendija de luz, pero no era Jasmyn.

—¿Al!sha?

—Robert, es de madrugada. ¿Qué haces aquí?

—Tienes que salir de aquí —le dije—. Tú y Jasmyn. ¿Ella está despierta?

—No está aquí, dijo que tenía algo que hacer.

Maldición.

—¿Sabes a dónde fue?

—Robert, ¿estás bien? ¿Jasmyn está bien?

—¿Sabes dónde está?

—Fue a trabajar —respondió Al!sha—. Como a la medianoche, o algo así. No sé por qué.

—De acuerdo. Iré allí. ¿Tienes un auto?

—No puedes llevarte mi auto.

—No quiero tu auto, quiero que te metas en él y te marches. A cualquier lugar al que puedas ir que no sea Lewisville; familia, amigos, lo que sea, solo vete. ¿Puedes hacer eso?

—¿Por qué lo haría? ¿Qué has hecho?

—No he hecho nada —respondí—, pero alguien lo hará. Vete ahora —giré y corrí de regreso a la camioneta. Al!sha me gritó una vez, pero solo una, y luego cerró la puerta. No supe si me había creído o no, pero no tenía tiempo para esperar. Si Jasmyn iba a la funeraria, entonces tal vez...

Esperen.

Jasmyn.

Subí al vehículo, cerré la puerta, luego me senté allí, pensando. Los Marchitos eran increíblemente difíciles de identificar porque usualmente lucían como personas normales; Rack como obvia excepción. Pero había otras dos cosas acerca de los Marchitos que solían ser verdaderas:

Primero, si un Marchito podía cambiar de forma, podría ser cualquiera, pero si su poder se acercaba más al robo de cuerpos (y el de muchos lo hacía), era más simple robar cuerpos adolescentes. Los adolescentes ya eran turbulentos por sí mismos; las comidas, la música y las personas que les agradaban podían cambiar de semana a semana, o incluso día a día, así que un Marchito podía meterse en sus vidas y asumirlas sin inspirar demasiadas preguntas. Podían hacer una representación imperfecta de la persona que intentaban imitar, o incluso una directamente terrible, y las personas en sus vidas lo relacionarían con la pubertad o las hormonas. Así que eso era.

Segundo, si un Marchito no robaba cuerpos ni cambiaba de forma en absoluto, eso significaba que aún tendría su cuerpo de diez mil años atrás. Rack había tenido el suyo, Assu también, y también otro llamado Yashodh. Ninguno de ellos era caucásico. El viejo valle del que hablaban algunas veces probablemente se encontraba en algún lugar del Medio Oriente; Nathan había propuesto la teoría de que se encontraba en Turquía.

Arranqué la camioneta y volví a salir a la calle.

Si Rain cambiaba de forma, sería imposible de detectar, pero si tenía su cuerpo original o había robado uno, ambas posibilidades apuntaban a Jasmyn. Una chica joven o una chica del Medio Oriente. ¿Por qué Jasmyn no había querido hablar de su pasado? ¿Porque era una reina demoníaca? ¿Y por qué Margo la había aceptado sin conocerla ni tener referencias de ningún tipo? ¿Acaso Jasmyn estaría controlando su mente?

Rain me había atacado literalmente el primer día que aparecí en el pueblo. ¿Cómo había podido saber que estaba allí? Puedo creer que Rain supiera quién era yo, en especial si había estado trabajando con Rack, pero solo había conocido a un puñado de personas ese día. Tenía que ser una de ellas.

No quería que fuera Jasmyn, pero era como les había dicho a los agentes: mi trabajo no era encontrar las piezas que yo quería, era encontrar las piezas que estaban allí y luego descubrir cómo encajarlas. Y si el rompecabezas resultaba en una imagen que no me agradaba, bien, no había nada que pudiera hacer al respecto. No podía escoger mi propia realidad. Y, con certeza, yo no habría escogido esta si hubiera podido.

Las luces de la funeraria estaban encendidas. Me detuve contra la acera, bajé de la camioneta y caminé lentamente hacia la puerta con mi mochila sobre mi hombro. Sonó una cancioncita cuando pasé por el sensor de movimiento y luego Harold apareció.

—Nadie puede entrar —dijo. Su voz sonaba vacía, como si él fuera un cascarón hueco vestido como persona.

Ya era una de sus marionetas. ¿Me atrevería a acercarme más? Si ella me convertía en una marioneta también, entonces todo el trabajo que había hecho terminaría; no estaría muerto, pero no podría volver a tomar mis propias decisiones y eso parecía ser mucho peor. Mi cuerpo haría lo que la Dama Oscura quisiera, con mi mente solo observando, inútil y atrapada.

Al igual que Brooke cuando Nadie la poseyó.

—Estoy aquí para ver a Jasmyn —anuncié. Ya no podía escapar y no podía dejar que nadie más perdiera la vida por esos monstruos—. Soy yo, Harold. Puedes dejarme entrar.

—Ella no te quiere aquí —respondió él. Di un paso más.

—¿Ella sabe que soy yo? Tal vez te ha dicho que no dejes entrar a nadie más, pero yo puedo hacerlo. Ella me conoce. Tú me conoces.

—Se lo preguntaré —dijo y luego solo se quedó allí, mirándome sin decir nada. Esperé algunos segundos antes de aventurarme a preguntar:

—¿Le preguntarás…?

—Dice que no —anunció—. Dice que sabe que eres tú y que tu nombre es John Cleaver y que siempre ha sabido que eras tú, desde que llegaste.

—De acuerdo —asentí. Lamí mis labios mientras intentaba pensar. Ella no había tomado el control de mi mente aún, así que tal vez podía hacer que él, o ella, siguiera hablando—. ¿Ha dicho por qué?

—No tiene que decir el porqué. Ella es la Dama Oscura. Ella es el principio y el fin.

—¿Y si entro de todas formas?

—Entonces, te mataré.

—Pero no quieres hacerlo. Como los demás no querían

hacer lo que hicieron. Intentaron resistirlo, pero no son tan fuertes como tú, Harold, tú puedes…

–Claro que quiero –intervino él–. Es todo lo que quiero en la vida.

Yo lo miré y luego sentí que mis hombros cayeron al ver la verdad. Por supuesto.

–Tú quieres lo que ella quiere porque no eres nuevo –afirmé–. Ha estado controlándote por veinte años y ya no queda nada de tu propia voluntad.

–Veinticinco. –Su respuesta fue suave y casi no la escuché.

–Porque Jasmyn está aquí, pero ella no es la Dama Oscura.

–Por supuesto que no.

–Margo lo es. –Asentí.

Por supuesto que era Margo. La autoridad absoluta en torno a la que todos orbitaban.

No podía rendirme aún.

–¿Qué está haciendo? –pregunté.

–Hablando.

–¿Con quién?

–Con Jasmyn –respondió–. Y Carol. Y Shelley Jones.

Así que Jasmyn no era una marioneta después de todo. Estaban hablando. Pero ¿qué tenía que decirle Margo a Jasmyn a las 03:30 de la madrugada? ¿Y a Carol y a Shelley? No sabía por qué Jasmyn estaba allí, pero podía suponer por las otras dos. Eran las sobrevivientes, dejadas atrás luego de las muertes de sus compañeros. Rain no había estado asesinando a personas solitarias, había estado haciendo que otras personas estuvieran más solas. Más tristes. Estaba destruyendo lo único que las mantenía en pie y reemplazándolo por dolor.

Dolor que ella podía borrar.

–Está haciendo el ritual, ¿no es así? –pregunté–. Ella creará más Marchitos.

–Son Iluminados.

–Entonces, llévame allí –le indiqué–. Llévame al ritual – inhalé profundo y hablé con tanta firmeza como pude:

»Quiero ser un Marchito también.

Harold se quedó quieto, con los hombros caídos y el rostro inerte. Luego de un momento, volteó hacia la puerta.

—Pasa —abrió, y yo lo seguí.

Margo estaba en su oficina; no en la elegante, sino en la habitación trasera, donde estaba la acción. Su escritorio estaba lleno, pero ordenado, con papeles y carpetas acomodados cuidadosamente dentro de cajas con las inscripciones **INGRESOS** y **EGRESOS**. Ella estaba sentada detrás de su escritorio, con aspecto agotado, pero poderoso; el rostro de una mujer lista para tomar decisiones imposibles. A su alrededor, la oficina estaba llena de personas reunidas entre las estanterías, gavetas y cajas de viejos papeles apiladas contra la pared. Carol y Shelley estaban en sus asientos, cansadas y desaliñadas; Jasmyn estaba apoyada contra una biblioteca; el señor Connor, el contador, de pie con solemne atención.

Miré al señor Connor, hice algunas deducciones rápidas, luego miré a Margo.

—¿Supongo que él es quien exhibe los cuerpos?

—Siempre has sido más listo de lo que supuse —comentó Margo—. Me encontraste por accidente, pero me encontraste de todas formas. Porque te colocaste en el lugar correcto para tener el accidente necesario.

—Gracias.

—Asumo que no estás aquí para el ritual —ella me miró agotada.

—¿Qué ritual? —preguntó Jasmyn.

—Lo lamento —me disculpé—. Estoy aquí más que nada para descubrir cómo asesinarte.

Margo me miró un momento, luego una sonrisa de lado se imprimió en sus labios.

—Buena suerte.

—Así que, ¿qué es lo tuyo? —le pregunté al señor Connor, luego de apartar la mirada de Margo y animar mi voz—. Has renunciado a... no lo sé, ¿la escultura? ¿Se puede renunciar a una habilidad? ¿Abandonar la escultura y luego ser solo capaz de esculpir al asesinar a una persona para hacerlo? Debes admitirlo, es el poder de dioses más tonto que creo haber escuchado jamás.

—Espera —intervino Jasmyn—, ¿tú sabes de esto? ¿Sabes lo que son?

—Para mi presente tristeza personal, sí —respondí—. ¿Cuánto sabes tú?

—Sé que Margo no tiene abdomen —dijo Jasmyn y la mirada en sus ojos dejó claro que aún estaba impresionada—. ¿Tú lo has... visto?

Pensé en Rack, cuyo pecho, cuello y mentón no existían,

en su lugar tenía un caldero giratorio de materia del alma negra y grasienta.

—No —admití—. Pero he visto cosas como esa —si Margo tenía una deformidad similar, eso obviamente la mostraría como algo sobrenatural; tenía sentido que comenzara esa reunión enseñándola. Jasmyn y las otras dos mujeres estaban perplejas, pero al menos sabían que eso era horrible e inevitablemente real.

Margo respondió a mi pregunta:

—El señor Connor renunció a su imaginación.

—¿Y cómo lo ayudó eso? —le lancé una mirada evaluadora.

—No puedo pensar en nada nuevo —respondió—, pero puedo recordar cada hecho con perfecta claridad y manipularlo como sea necesario.

—Suena como un androide —comenté.

—Si eso crees —dijo el señor Connor.

—El señor Connor no puede pensar en nada nuevo *por sí mismo* —agregó Margo y su voz sonó cansada y pesada—. Pero puede tomar inspiración de otras personas.

Pensé en el cuerpo del agente Murray, acomodado tan detalladamente, como una pieza de arte.

—Asesinándolas —afirmé.

—La inspiración es una sustancia física —continuó el señor Connor—. Extraerla es un proceso invasivo.

—Es por eso que me gusta la palabra "tomar" —dijo Margo—. Suena como si solo fuera inspirado, en lugar de... extraer la inspiración, como el aceite de una oliva.

—Esa no es una metáfora precisa —comentó él, pero Margo lo interrumpió.

—No quería que asesinara a ese agente –replicó ella. Jasmyn y las otras mujeres gimieron.

—¿Asesinó a alguien? –exigió Jasmyn.

—Supuse eso –afirmé, con la mirada fija en Margo. Mientras más tiempo pudiera hacerla hablar, más oportunidad tendría de idear un plan–. Dejó a Simon Watts allí para cubrirlo, pero había demasiados cabos sueltos.

—Te dije que eras listo.

—Prefiero "aterradoramente bueno en lo que hago". Aunque supongo que el hombre que dijo eso es una marioneta sin voluntad ahora.

—Yo los llamo "niños" –comentó Margo. Yo negué con la cabeza.

—Puedes llamarlos "cacatúas", si quieres, pero siguen siendo marionetas sin voluntad.

—No quiero lastimar a nadie…

La interrumpí con un bufido.

—Eso sería mucho más fácil de creer si no le hubieras ordenado a una de tus cacatúas que me ahogara en el canal.

—No quiero lastimar a nadie –repitió–. Pero algunas veces tengo que hacerlo. Algunas veces todos tenemos que hacerlo. La vida no es fácil…

—Esa es la peor excusa de asesinato que he escuchado jamás.

—¿Me dejarás terminar una sola idea? –sentenció–. No estoy haciendo esto porque quiero que mi vida sea fácil; la vida es trabajo y el trabajo es duro. Y algunas veces nuestras decisiones son duras. Pero, cuando la alternativa es la extinción, tomas esas decisiones duras y vives con ellas, porque la otra opción es nunca volver a vivir con algo, jamás.

La observé por un momento, ligeramente intimidado por el poder de su voz. Luego volví a hablar, más suave esta vez.

—Esa es una excusa mucho mejor. Pero aún no estoy convencido de la guerra que intentas iniciar.

—No quiero una guerra.

—Entonces, ¿por qué estás reuniendo un ejército?

—¿Llamas al señor Connor un ejército?

—Tú, el señor Connor, Assu y quién sabe cuántos más...

—Solo quedamos tres de nosotros.

Me quedé sin palabras otra vez, no por su voz, sino por lo terriblemente terminales que fueron las palabras que esa voz había pronunciado. Solo quedaban tres.

—Realmente están muriendo. Realmente se extinguirán.

—Puedes festejar, si quieres —dijo y lanzó su mano a un lado—. Hablas de mi ejército, pero tú has iniciado la guerra, has asesinado y asesinado y ahora solo quedamos tres en todo el mundo. Tres de los más grandes y gloriosos seres que hayan habitado la Tierra alguna vez, reunidos en un viejo pueblo desértico, lleno de pueblerinos y hippies. Reuniéndonos por las noches para no ser linchados, escondiendo nuestros nombres y rostros para no ser perseguidos, estudiados y encerrados como animales. Y luego, el mayor asesino que nuestra especie ha conocido (y es un niño, para colmo, que apenas dejó las ruedas de apoyo) aparece en mi puerta y me pide un trabajo y sé que mi momento ha llegado. Ha salido mi número. Tú nos has asesinado a todos, John. El cazador llegó a casa, regresó de la montaña.

Quedaban tres, y uno ya no estaba. Solo dos más. Era por lo que había trabajado toda mi vida.

—¿Tu nombre es John? —preguntó Jasmyn.

—Ella acaba de decir que soy un asesino serial —dije, aunque no aparté la vista de Margo—. ¿Y te centras en mi nombre?

—¿John Cleaver? —insistió.

—Sí.

—Busqué ese nombre cuando lo dijiste antes. Conocías a ese agente del FBI... —se detuvo de pronto y su rostro se volvió pálido—. ¡Oh, no! —ella miró al señor Connor—. ¿A ese agente has asesinado?

—Asesiné a su compañero —respondió el señor Connor.

Los ojos de Jasmyn se llenaron de lágrimas que brillaron bajo la penetrante luz fluorescente.

—Eso no hace que sea mejor.

—Pero tú lo has visto —comentó el señor Connor y me observó con una mirada fría y analítica—. Has visto a la musa.

Pensé en el cuerpo mutilado exhibido otra vez e intenté mantener mi voz estable.

—Es algo espeluznante llamar de esa forma a un cuerpo.

—¿Qué te ha dicho? —sus ojos parecieron penetrarme.

—Yo... —un círculo vacío. Un todo vacío—. Decía que si seguimos luchando, nos asesinaremos unos a otros por siempre.

—Toda muerte es para siempre —el señor Connor inclinó su cabeza a un lado.

—Quiero decir que los asesinatos en sí mismos seguirán por siempre. Yo lo asesino a usted. Margo me asesina a mí, Jasmyn a Margo, Harold a Jasmyn, y así por siempre —negué con la cabeza—. Solo que no es por siempre, porque ustedes ya no existirán. ¡Solo quedan dos! —estaba prácticamente temblando mientras hablaba—. ¿No puede ver lo que esto significa? ¡Podremos finalmente terminar con esto!

—Yo vi la musa también —dijo Margo—. No quería que él lo hiciera, pero lo hizo. Y, antes de apostar a Watts allí para vigilarlo, lo observé por un largo tiempo, porque necesitaba la inspiración tanto como cualquiera. Algunas veces pienso que sus musas solo nos dicen lo que queremos escuchar, pero yo necesitaba escuchar algo. Y me dijo que la hora había llegado.

—Para el ritual —afirmé. Margo asintió.

—No lo terminaremos a tu modo, lo terminaremos al mío. No asesinamos, creamos; más vidas, más Iluminados, más glorias sobre la Tierra. No como un círculo vacío, sino uno lleno.

—No les hagas esto —le pedí.

—¿Hacer qué? —preguntó Jasmyn.

—Salvarlas —respondió Margo—. Sacarles su dolor y poner poder en su lugar.

—Ella quiere convertirte en un monstruo —agregué.

—Quiero hacerte mi niña —corrigió Margo.

Jasmyn la miró, luego a mí y de regreso a Margo.

—No lo entiendo.

Margo se inclinó hacia el frente y apoyó sus antebrazos sobre el escritorio.

—El señor Connor y yo tenemos diez mil años, aproximadamente. Y no somos ninguna clase de criatura alienígena, somos seres humanos, iguales que tú. Pero encontramos un modo de ser algo más.

—Y menos —comenté.

—Más poderosos. Menos débiles. Más valientes, menos temerosos. Más resistentes al dolor, al daño, a la jaqueca, y menos vulnerables a...

–Menos humanos –concluí.

–Hemos sido reyes y reinas, dioses y diosas. Hemos sido emperadores, faraones y hemos sido sueños e ídolos. Y todo lo que tienes que hacer es renunciar a algo, algo oscuro y terrible que no quieres, y te deshaces de eso por tu propia voluntad y luego te conviertes en un dios.

–Ellas nunca lo harán –intervine–. Tal vez hace diez mil años, pero no ahora.

–Las personas no han cambiado –afirmó Margo–. El mundo ha cambiado, pero las personas en él son lo mismo que siempre han sido: están tristes, solas y asustadas. ¿Qué es lo que nunca quieres volver a sentir, cariño? ¿Hambre? ¿Vulnerabilidad? ¿Dolor? Fuiste traicionada por tu propio padre, renuncia a eso. Estabas perdida, quebrada y sola; renuncia a eso. No puedo decirte exactamente qué recibirás a cambio, pero obtendrás algo y te cambiará por siempre.

–No todo cambio es bueno –dije.

La habitación quedó en silencio, como si las olas hubieran retrocedido hacia el océano y estuviéramos allí sentados esperando a que regresaran. Fue Jasmyn la que rompió el silencio.

–Renunciar a las cosas nunca me ha ayudado antes –afirmó. Hizo una pausa mientras pensaba–. Dejé mi voluntad cuando permití que otras personas tomaran las decisiones que a mí no me agradaban. Dejé mi hogar, mi familia y mi futuro. Pero ninguna de ellas fue una buena decisión, y tuve que pelear para recuperar esas cosas.

–Renunciaste a tantas cosas buenas y te aferraste a tantas malas –comentó Margo–. ¿Qué hay de la culpa? Sé que la sientes, a pesar de que no haya sido tu culpa. Así que renuncia a eso.

—¿Y luego qué? —pregunté y miré a Jasmyn—. No has visto a los Marchitos como yo los vi.

—Iluminados —corrigió Margo.

—Marchitos —insistí—. Condenados y Marchitos y todos resecos, como malezas al sol. Renuncias a tu culpa y luego ¿qué? Ya no estarás completa. Necesitamos la culpa del mismo modo en que necesitamos el dolor; porque nos recuerda lo que sucedió y nos ayuda a no hacerlo otra vez. Pierde tu culpa y olvidarás a tu familia, regresarás a casa y estarás de vuelta en la misma situación sin forma de protegerte. La culpa es nuestro sistema inmune emocional.

—John mitologiza la culpa, porque es el único modo de justificar tanta que carga.

—Eso no significa que esté equivocado.

—Y no significa que yo lo esté tampoco —agregó Margo—. Tal vez la culpa funciona para ti y me alegra que lo haga, pero Jasmyn es diferente.

—Jasmyn es más lista. Ella sabe que no la ayudará renunciar a nada. Ya ha dicho que nunca ha renunciado a nada.

—Jasmyn está sentada justo aquí —replicó ella—, y puede hablar por sí misma —hizo una pausa, luego negó con la cabeza—. ¿Puede tu ritual borrar el odio? Mi terapeuta me enseñó a aferrarme a mi esperanza, a mi futuro y, sí, incluso a mi culpa, o al menos a parte de ella, porque me ayuda a mantenerme a salvo, justo como John dijo. Pero siempre me ha dicho que deje ir mi odio —cerró los ojos—. Solía odiar a mi padre, solía odiar a mi madre por dejar que me lastimara, solía odiar a mi familia, a mi iglesia y a todo el vecindario por mirar para otro lado y por ponerse de su parte y por señalarme como la mala. Una tentadora, mentirosa, problemática o zorra. Y solía odiarme a mí misma, porque les creía. Pero dejé ir todo eso –abrió los ojos y miró a Margo–. ¿Puedo renunciar a mi odio?

–Por supuesto que puedes, cariño –Margo asintió, seria e intensa.

–Por supuesto que puedo –asintió Jasmyn y su rostro se ensombreció–. Y ya lo hice. No necesito ser un monstruo para hacerlo.

–Sí –exclamé con la mano cerrada en un puño y luego señalé a Margo con un dedo–. ¿Lo ves? Te dije que ella no lo haría.

–No estás considerando todos los beneficios –intervino el señor Connor–. Compara los costos con los beneficios: renuncias al odio, o a lo que decidas, y luego obtendrás no solo poder, sino inmortalidad. Yo tengo diez mil años. He leído más libros de los que jamás hayas conocido su existencia; he hablado con más personas, visto más lugares, probado más comidas y vivido más vidas de las que pudieras posiblemente comprender. He visto el sol salir en los rincones más remotos del globo y lo he visto ponerse detrás de ciudades tan brillantes y vivas que reemplazaban las estrellas. Y todo lo que tienes que hacer es renunciar a algo que ni siquiera estás usando de todos modos.

–Has visto esas cosas –comenté–, pero ¿las has disfrutado?

–Sé lo que hay detrás de ellas.

–Pero sin sueños. Sin ambiciones. Has visto los más gloriosos paisajes del mundo y nunca te han inspirado.

–Yo creo mi propia inspiración.

–Y el mundo es más oscuro por ella. Has visto un millón de nubes, pero nunca has visto un dragón en ninguna de ellas.

—No estamos hablando de figuras en las nubes —dijo Margo—. Estamos hablando de poder e inmortalidad.

—No las quiero —afirmó Jasmyn.

—Yo sí —dijo una vieja y frágil voz. Giré y vi a Shelley Jones, silenciosa y olvidada en su silla, con su andador frente a ella, como una fría jaula metálica. Sus manos unidas delicadamente sobre su falda se sacudían ligeramente por un temblor inducido por la edad—. Mi Crabtree está muerto. Y mi niño murió cuando tenía tres años. Nunca pude volver a tener otro. Todas las personas de las que vengo ya no están y nadie quedará después de mí, y todo lo que le dejaré al mundo es una casa desvencijada en un basurero y nadie volverá a vivir allí jamás. Y aunque lo hagan, no me recordarán. Todo lo que me queda de vida es el hecho de que no he muerto aún; soy como un encinillo que crece en un risco de rocas coloradas, colgando donde no tengo nada que hacer, torcido, atrofiado y luchando por cada gota de agua que pueda conseguir. No estoy muerta, pero eso no es lo mismo que estar viva —cerró sus ojos reumáticos y cayeron lágrimas por su rostro, luego levantó sus manos temblorosas unos centímetros de su falda—. ¿Pueden quitarme mi dolor? Me duele caminar, sentarme, levantarme y recostarme. Duele mover mis manos, sostener un tenedor y tragar y respirar. ¿Pueden liberarme de eso?

—Por supuesto que podemos —respondió Margo con suavidad—. Es por eso que te traje aquí.

—Pero no puede ser real —afirmó Shelley—. Sé que no puede ser real porque es imposible que sea real, y todo esto es una broma, y no sé por qué estás diciéndome esto, pero en cualquier momento dejarás de hacerlo y me dirás que tengo que sentir este dolor por siempre.

—No es una broma —insistió Margo. Se enderezó en su silla y luego levantó su blusa para exponer su vientre; pero no había nada allí: su abdomen era una gran cavidad oscura, como una caverna de obsidiana y alquitrán y, palpitando en su interior, se encontraba la negra grasa de la materia del alma. El calor que emanaba pareció llenar la habitación—. Puedo hacerlo. Puedo quitarte todo lo que nunca has querido ser.

Shelley mantuvo los ojos cerrados y su voz salió como un violento susurro.

—Entonces, hagámoslo.

CAPITULO 17

—No lo hagas –supliqué–. No sabes en qué te convertirás.
—En alguien completo otra vez –dijo el señor Connor.
—Pero ¿qué más? –pregunté–. El señor Connor no puede imaginarlo, pero yo sí. Renuncia a tu dolor y podrías convertirte en un sensor de él; conocí a un Marchito que no podía sentir sus propias emociones, pero podía sentir las de todas las demás personas y eso lo destruyó. Renuncia a tu dolor y esa casa de reposo en la que vives se convertirá en una pesadilla sin fin de sufrimiento compartido.

—No puedes estar seguro de eso, o yo lo sabría –afirmó el señor Connor.

—No, no podemos. Podría ser peor. Tal vez pierdas por completo toda sensación física, dolor, placer, gusto o tacto. Tal vez enloquezcas solo por el simple deseo imposible de comer una fresa otra vez. Tal vez tengas que asesinar personas para absorber su habilidad de sentir, solo por unos minutos, como le sucede al señor Connor con su inspiración. O tal vez no pierdas el dolor por completo y de inmediato; tal vez todo lo que consigas sea el poder de derivar ese dolor hacia otras personas, de hacerlas miserables para que tú no tengas que serlo. ¿Es eso lo que quieres? ¿Que otras personas sufran igual que tú?

–Nunca termina –dijo Shelley con lágrimas que comenzaban a formarse en sus ojos–. Ni siquiera con píldoras. De este modo lo haría, aunque solo fuera por un momento.

–Pero ¿les harías eso a las personas? –preguntó Jasmyn–. ¿Les transmitirías todo tu dolor de ese modo, todos tus achaques, tormentos y angustias?

–Puedo encontrar a personas dispuestas a aceptarlo –respondió Shelley–. ¿Cuántas enfermeras, doctores y vecinos bienintencionados me han dicho a través de los años que con gusto sufrirían en mi lugar si pudieran? Siempre pensé que solo lo decían para ser amables –su expresión se endureció–. Si solo estaban mintiendo, al demonio con ellos.

–¡Piense en lo que está diciendo! –bufé por la frustración.

–No –dijo Jasmyn, y miró a Margo–. Piense en lo que *ella* está diciendo. En lo que está haciendo. ¿Tú has orquestado todo esto?

–No –respondió Margo.

–¿Tú has ahogado al esposo de Shelley? –preguntó Jasmyn–. Necesitabas a una persona tan triste, herida y desesperada como para convertirse en un monstruo, y ahora tienes a una.

–Cariño... –comenzó a decir Margo.

–¿Mataste a Kathy? –gritó Jasmyn. Miró a Margo y sus ojos se llenaron de lágrimas–. ¿Me lastimaste a mí también?

Si puedes hacer que cualquiera haga lo que quieras, ¿hiciste que mi papá...?

—No —respondió Margo—. Nunca.

—Pruébalo —exigió Jasmyn.

—Intento ayudar. ¿Crees que tengo que pasar por tantos problemas para encontrar a personas que sufren? ¿O a personas dispuestas a sacrificar su humanidad por el poder? Puedo encontrarlas en cualquier lugar; puedo salir a las calles en este momento y encontrar a una docena de ellas antes del amanecer. Yo no te escogí ni arruiné tu vida como parte de un plan maligno, como tampoco afecté las articulaciones y huesos de Shelley, ni asesiné a mi propia amiga Kathy. Las reuní aquí porque están lastimadas y yo puedo ayudarlas.

—Pruébalo —repitió Jasmyn.

Margo la miró, luego susurró un nombre en la oscuridad.

—Cal Dexter, 2013 —miró a Jasmyn, luego continuó—. Leslie Tyler, 2006. Kendra Blaylock, 1999. Luis Palomeque, 1997. ¿Quieres que siga?

—¿Personas a las que has asesinado? —pregunté.

—Personas a las que ha salvado —explicó Jasmyn—. Conozco a algunas de ellas; conocí a Cal cerca de la Navidad y creo que a Leslie también. Son personas a las que ella ha recibido, les ha dado refugio, trabajo y las ha puesto en pie nuevamente. Al igual que a ti y a mí.

—¿Control mental? —pregunté.

—No te controlé a ti —dijo Margo—. No controlé a Jasmyn.

—Pero sí a Harold —afirmé—. Y a Simon Watts y quién sabe a cuántos otros. Tal vez hayas salvado a estas personas y eso es genial, pero has intentado matarme.

—Pensé que tenía que hacerlo —admitió.

—¿Y Kathy? —exigí—. ¿Y Crabtree? Las has ahogado también, sin importar lo que le hayas dicho a Jasmyn.

—Dije que eras listo —Margo me lanzó una mirada por el rabillo del ojo—. Eso no significa que hayas descubierto todo.

¿Ella no... no los había asesinado? Entonces, ¿quién lo había hecho? Me quedé duro como una piedra, observándola cuidadosamente, intentando ver de qué me había perdido. La Dama Oscura había intentado ahogarme. Margo era Rain.

Pero eso no significaba que todos los ahogamientos los hubiera provocado ella.

"Quedamos tres de nosotros", había dicho, pero Assu ya estaba muerto. Quedaba otro allí afuera. Rain había enviado a Watts a asesinarme por la misma razón que lo había enviado al motel: para cubrir a alguien.

—Felicidades por eso —dije mientras negaba con la cabeza—. Me atrapaste.

Rain asintió.

—¿Quién es el otro?

—Lo descubrirás.

—Mis articulaciones están en llamas —dijo Shelley—. Sigamos adelante con esto.

—Pero ¿por qué? —preguntó Jasmyn. Detuvo a Shelley con una mano y miró intensamente a Rain—. Si eres alguna clase de monstruo ancestral, ¿por qué me ayudaste? ¿Por qué ayudar a cualquiera de nosotros?

—Porque necesitaban ayuda —respondió Rain.

—Le dije que no lo hiciera —comentó el señor Connor.

—¿Controlas las mentes de las personas para hacerlo?

–inquirió Jasmyn–. ¿Cuando me reintegraron parte de mi matrícula, fuiste tú jugando con la mente del administrador de la universidad? ¿Cuando... encontré mi nuevo apartamento, fuiste tú también?

–Con la matrícula, sí. Con el apartamento, no. No puedo hacer todo por ti, o no funcionaría.

–¿Qué no funcionaría? –exigió Jasmyn–. Dijiste que no estabas preparándome para ese ritual del que hablas, así que ¿qué estabas haciendo?

Rain no respondió.

–Estaba criándote –dije.

–¿Eh? –Jasmyn frunció el ceño.

–Ella llamó niños a sus marionetas, pero creo que nosotros somos los verdaderos, los "patitos descarriados" que ella acoge. Los otros son sirvientes, pero nosotros somos sus niños. O al menos ella quería que lo fuéramos –miré a Rain–. ¿A qué has renunciado? Puedes controlar mentes y crear Marchitos, y nunca pude descifrar qué era el opuesto de eso. No has renunciado a tu propia mente para controlar otras y no has renunciado a tu propio control hasta donde puedo ver. Pero esa es la clave, ¿no es así? Sigues acogiendo a personas bajo tus alas; ayudándolas. A eso has renunciado.

–Hijos –dijo Rain. Miró a la distancia, como si estuviera viendo directamente al pasado y sus pensamientos viajaran tan atrás que su voz casi pareció hacer eco en un abismo invisible–. Rack renunció a su corazón, Hulla a su cuerpo y Kanta a su identidad. Pta a su inspiración. Yashodh a su amor. Yo renuncié a mi hijo.

–¿A un hijo real? –el rostro de Jasmyn se retorció de horror.

—Yo estaba embarazada. Apenas un mes o dos; no éramos tan precisos en esos días, por supuesto. Y todo se redujo a eso: allí fue donde todo comenzó. Todos los demás podían renunciar a algo que odiaran de sí mismos, pero yo tenía que ofrecer algo que amara, o el ritual no funcionaría, así que perdí a mi niño y a todos los que podría haber tenido. Nunca podré tener un legado. Nunca podré tener a alguien que me necesite. Cal vino a la fiesta de Navidad, pero no regresará este año. Tenía que seguir adelante, porque así es cómo funciona. Tú harás lo mismo.

—Me encontraste en un grupo de apoyo a víctimas de violación —dijo Jasmyn.

—Pareció un buen lugar donde encontrar a alguien que me necesitara —explicó Rain—. Y lo hiciste por un tiempo, pero luego seguiste adelante. Muy pronto conseguirás un nuevo trabajo y entonces nunca volveré a verte.

—Eso no es supernatural —intervine—. Esa es la vida. Las personas siguen adelante. Las personas terminan solas. Shelley no tiene niños tampoco.

—No he dicho que el no tener niños me haya convertido en un monstruo, ni estar sola, ni que nadie me necesitara, ni nada de eso. Es al revés. Ser un monstruo es lo que me ha dejado sola —se levantó de su silla y volvió a alzar su blusa, y esa profunda grasa negra rugió en su vientre—. No puedo tener hijos, pero puedo tener copias vacías y pálidas de ellos. Marionetas, si así es como quieres llamarlas, e Iluminados. No puedo crear vida, pero puedo cambiarla. Puedo salvar a Shelley ahora del dolor que está destruyendo su vida y puedo salvar a Carol, y luego puedo salvar a Jasmyn, incluso a ti,

John. Puedo hacerlo –estaba prácticamente suplicando para entonces–. Podemos mejorar el mundo.

–Nunca mejorará el mundo –afirmé–. Salvas una vida y destruyes incontables vidas más. Has salvado a Nadie del cuerpo imperfecto que ella odiaba, pero sus imperfecciones seguían allí. Sus dudas, sus celos, su falta de confianza y satisfacción. Has solucionado un síntoma, pero no la causa, y luego ella asesinó a cientos de chicas intentando encontrar la felicidad que no has podido darle.

–Fui inocente –dijo Rain–. Ahora sé mejor cómo borrar lo correcto.

–Mi dolor no es un síntoma –comentó Shelley–. Quítamelo y volveré a ser yo, completa, normal y perfecta.

–Serás la clase de persona que hace un trato con el diablo para obtener lo que quiere –dije–. No hay nada perfecto en eso.

–No asesinaré a nadie –insistió Shelley.

–Claro que lo harás –le aseguré–. Todos lo hacen. No sé cómo funciona el proceso, pero es parte de él, justo en la esencia, porque cada uno de los Marchitos ha asesinado personas, cada vez, en todos los casos; incluso los que no querían hacerlo. Son parásitos del mundo, que nunca pueden obtener lo que desean sin tomarlo de nosotros.

–Al igual que todos los seres humanos –comentó el señor Connor.

–Con una diferencia –argumenté–, los humanos pueden detenerse.

Todos nos miramos unos a otros, nos observamos, pensando, y luego Shelley se puso de pie, agónica.

—Suficiente charla. Comencemos con esto. Ella es la que tiene el poder aquí; no tiene que escucharte si no quiere hacerlo.

No, pensé. *No tiene que hacerlo.*

Pero lo hizo de todas formas.

Miré a Rain y Rain me miró a mí, y traté de imaginar cómo solía ser, en el antiguo valle en donde había comenzado todo; una mujer joven, que pronto sería madre, feliz, saludable y ansiosa por ayudar a todos a su alrededor. Tan dispuesta a ayudar que se había condenado a sí misma a diez mil años de pérdida, dolor y arrepentimiento en su intento de hacer felices a otras personas. Y luego pensé en mi propia madre, quien había hecho lo mismo por mí durante dieciséis años; una pequeña fracción de algunas vidas, pero toda la mía.

¿Qué veía Rain al mirarme?

Me miraba con ojos ancestrales, contemplativa y pensativa. Eventualmente negó con la cabeza y bajó su blusa sobre la masa de materia del alma.

—No —dijo—. Lo lamento, Shelley, en verdad. Pero John tiene razón. No puedo pretender estar mejorando el mundo al poner más Marchitos en él.

—Seré benevolente —prometió Shelley—. Usaré mi poder para el bien.

—Todos dijimos eso al comienzo. Pero los comienzos no duran por siempre.

Shelley aferró las manijas de su andador y su boca se movió, intentaba formular un argumento o incluso una palabra, pero nada salió. Comenzó a llorar y descendió en la miseria de su silla.

Observé a Rain y, cuando mi mochila comenzó a sonar (las tres canciones al unísono, fuertes, cacofónicas y alarmantes), cerré los ojos y negué con la cabeza.

—Bien, maldición —bufé.

—¿Qué? —preguntó Jasmyn—. ¿Qué significa eso? ¿Tienes tres celulares?

—Son sensores de movimiento —respondí—. El FBI está aquí con todos sus refuerzos. Estamos rodeados.

—¿Por qué maldices, entonces? —insistió Jasmyn y se puso de pie—. Pueden salvarnos, ¿verdad? Saben que tú eres el chico bueno y estos dos son los malos, y pueden llevárselos o... lo que sea que hagan, y estaremos bien. ¿Verdad? ¿Por qué maldices?

—Porque tenías razón. El otro día, cuando ese hombre murió quemado, dijiste que todos merecían ser salvados. Y apesta, pero tenías razón.

—¿Por qué apesta eso?

Abrí los ojos y miré a Rain. Ella me miró, pero no habló.

—Porque todos significa todos. Y ahora tenemos que salvar a la reina de los demonios.

—**N**ecesito pensar –dijo el señor Connor.

—No, no es así –respondí rápidamente y me acerqué a él–. Estamos intentando salvarlos a los dos y sé cómo piensa, así que no se permite pensar, ¿de acuerdo? Lo último que ese grupo de asalto quiere ver al entrar aquí es uno de nuestros cuerpos elegantemente redecorado en el suelo.

—Nos dispararán –dijo Carol.

—Será mucho menos probable que lo hagan si están recostados –propuse. Mi mochila no dejaba de sonar: todos los tonos, una y otra vez. La abrí y comencé a desactivar las alarmas–. Estar recostados sería una buena idea para todos, de hecho –apagué la última alarma–. Todos abajo, rostro contra el suelo, manos en la cabeza.

—No puedes salvarnos –dijo Rain.

—No me contradigas en esto –insistí, pero Harold apagó las luces–. No lo hagas; tenemos que ser abiertos e inofensivos. Apagar las luces en esta situación es engañoso y amenazante.

—Puedo sentir sus mentes —anunció Margo—. La de tu amigo también, Sam Harris. Saben que estamos aquí, pero no saben dónde. Voy a...

—No —repetí, tan firme como pude. [punto aparte]

»Sin control mental. No comprendes esto: voy a salvarte, o al menos lo intentaré muy duro, pero no puedo hacerlo si tomas siquiera una más de sus mentes. Tienes que merecer ser salvada.

—Necesito pensar —repitió el señor Connor.

—Si quieres ser buena, tendrás que serlo. Eso implica más que solo no asesinar a nadie; es no más manipulación, no privar a las personas de su propia voluntad. Ya no pueden ser parásitos, tienen que ser pares.

—Esto es ridículo —rugió Rain—. ¿Crees que hablarán con nosotros pacíficamente?

—Si estamos en paz para empezar.

—¿Crees que podemos simplemente cambiar quiénes somos?

—Así es —respondí—. Mi mente estaba mal, o lo está, y no sé por qué, cómo, o si fue mi padre, la funeraria, mi ADN o qué, pero quiero asesinar personas.

—¿Qué? —preguntó Jasmyn.

—Quería hacerlo otra vez esta noche, cuando tenía al agente Harris inconsciente en el baño; quería lastimarlo, aplastarlo y cortarlo hasta que ya no pudieran reconocerlo, pero no lo hice. Porque no dejo que una mente alterada me diga qué hacer. Porque quien se supone que debes ser no tiene nada que ver con quién eres realmente.

—Se están acercando —dijo Margo.

—Necesito pensar —insistió el señor Connor, y su voz fue más oscura, casi un rugido de desesperación—. Tengo que salir de esto, ¡necesito pensar!

—Piense en reglas —le dije—. "No lastimaré a las personas". Dígalo: "no lastimaré a las personas".

—Yo... ¡no sé si lo haré o no! —gruñó—. ¡Necesito pensar!

—"No lastimaré animales". "No quemaré cosas". "No llamaré a las personas «eso»".

—Las reglas que funcionaron para ti no funcionarán para todos —dijo Rain—, y aunque lo hicieran, no podemos simplemente repetir un puñado de reglas y convertirnos mágicamente en buenas personas.

—Sí, sí pueden, porque yo lo hice —asentí con firmeza—. Díganlo: "no lastimaré a las personas".

—¡No funciona así! —gritó Rain.

—Van a entrar aquí —dijo el señor Connor. Escuchamos cómo estalló el vidrio de la puerta principal y se esparcieron esquirlas por el suelo de la entrada—. Bien. Necesito uno.

—No, no lo necesitas —insistí—. Necesitas autocontrol. No es mágico y no es sencillo, pero funciona —miré a Rain—. Y el trabajo es duro y tendrás que esforzarte cada día. Pero puedes hacerlo.

Un repentino estallido de balas resonó en el aire, yo cubrí mi cabeza y me lancé al suelo, gritando que necesitaba más tiempo. Pero entonces los disparos se detuvieron abruptamente y miramos alrededor para evaluar los daños en la oscuridad.

—¿Todos están bien? —preguntó Rain.

—Bien aquí —respondí. Presté atención a movimientos en el corredor, pero no escuché nada.

—Creo que fue afuera —dijo Jasmyn. Nos acercamos a la ventana y ella apartó la cortina. El cielo estaba aclarando; ya eran casi las cinco de la mañana y el amanecer ya estaba por llegar. Vimos autos, todos negros y sin identificar, pero solo a una persona: un cuerpo, tendido quieto y sin vida en el suelo.

Totalmente empapado.

Shelley gimió.

—Ella está aquí —anunció Margo.

—¿Quién es la ahogadora? —pregunté—. El tercer Marchito al que estabas cubriendo, ¿quién es? ¿Cómo funciona?

—Su nombre es... —Margo comenzó a decir, pero se detuvo repentinamente cuando otro hombre apareció de la nada, comenzó a golpear la ventana y a gritar de terror.

—¡Déjenme entrar! —gritó—. ¡Déjenme entrar! ¡Está asesinándonos! ¡Déjenme entrar!

Con la misma inmediatez, el hombre quedó atrapado en una tormenta; una tempestad, o hasta un huracán, tan feroz y mortal que reventó la ventana y agitó las paredes. Volaron esquirlas al interior y Jasmyn chilló cuando la tormenta la cubrió de agua y brillantes trozos de vidrio. Yo me cubrí los ojos, pero luego miré horrorizado cómo el agua rodeaba al hombre, lo atrapaba entre viento y lluvia y le quitaba todo el aire. Se le saltaron los ojos, sus manos arañaron inútilmente su cuello cubierto de lluvia, y se sofocó por completo. Se ahogó a apenas un metro de nosotros. La furia de la tormenta se calmó y el hombre cayó sin vida al suelo.

—Su nombre es Dana —dijo Margo y observamos cómo la pequeña vorágine se encogió, se secó y se fusionó en una mujer: la vagabunda. Nos miró con ojos poseídos y luego su mirada se fijó en mí; no era feroz, como en el desierto, sino aguda, lúcida y llena de una insondable tristeza.

–Los contendré –anunció Dana–. Intenten salir.

Luego, una bala dio en su hombro y ella volvió a estallar, un misil hecho de viento, agua y furia, después giró por el jardín frontal hacia el hombre que la había atacado.

–La creé hace sesenta años –confesó Margo–. La primera vez que lo intenté desde los viejos tiempos. Y la última.

–¿A qué ha renunciado? –pregunté.

–A su mente. No tiene nada en su cabeza más que caos.

–Hasta que asesina –dije al pensar en la atormentada expresión de su rostro–. No tiene nada en su mente, hasta que la roba de una víctima y entonces se da cuenta de lo que ha hecho.

–Durante sesenta años –comentó Jasmyn.

–Intenta vivir así por diez mil –dijo el señor Connor–, y luego ven llorando por lo difícil que es –se quedó helado y luego nos miró duramente.

Hubo otro estallido de vidrio, gritos, botas y el repentino y ensordecedor rugido de disparos. El ataque era en el interior esta vez.

–Necesito pensar –dijo el señor Connor. Luego se dirigió a la puerta y salió al corredor.

CAPITULO 19

El señor Connor salió por el corredor con Harold detrás; yo me apresuré para alcanzarlos, pero iban demasiado rápido. Dimos la vuelta a una esquina y nos encontramos con tres hombres con chalecos antibalas (inútiles contra la descomunal fuerza natural que los había embestido en la entrada), estaban esforzándose por cubrir la puerta de vidrio reventado con un sofá. El señor Connor se agachó, pero Harold rugió y corrió desenfrenado.

–¡Detente! –grité, pero él no me escuchó o no le importó.

Los agentes voltearon en el momento en que Harold los alcanzó, pero estaban conteniendo un sofá y no podían defenderse. Harold derribó a uno con un golpe en el rostro, pateó a otro duramente en el estómago y giró para ocuparse del tercero.

–¡Rain! –exclamé; volteé para mirarla, ella estaba cerca, detrás de nosotros–. ¡Te dije que no los lastimaras!

–No lo hago –respondió y se refugió tras el marco de la

puerta–. Ha estado controlado por tanto tiempo que él solo... Es instintivo. No está bajo mi control en este momento, pero tampoco bajo el suyo. Todo lo que puede hacer es defenderme.

–¡Haz que se detenga!

–Él ya está muerto –afirmó Rain y yo giré para comprobar que eso era cierto; los agentes se habían recuperado, habían dejado el sofá desplomado y estaban recogiendo sus armas. Harold enterró sus dientes en el hombro del hombre con el que luchaba y, cuando el hombre cayó al suelo con un grito, los otros dos le dispararon a Harold una docena de veces, sino más.

–¡No! –grité–. ¡Tenemos que detenernos!

Los agentes voltearon hacia nosotros y vi al agente Harris en medio del grupo. Levantaron sus armas y Harris ordenó:

–¡Nadie se mueva!

–Necesito una musa –dijo el señor Connor por lo bajo, y yo corrí hacia él. Lo aferré, pero él me golpeó con su mano; no me golpeó, más bien me cortó: sus dedos se habían estirado hasta convertirse en navajas de veinte centímetros de hueso amarillento. Rastrillaron mi brazo, tan filosos como bisturíes de cirujano, y yo me eché hacia atrás mientras mi piel se abría en cuatro largas líneas. Los cortes eran profundos, pero tan agudos que ni siquiera podía sentirlos. El señor Connor se lanzó contra los agentes y ellos le dispararon en una avasalladora descarga; yo me arrojé al suelo y me cubrí la cabeza con las manos, mientras rezaba por que ninguna de las balas llegara tan lejos como para lastimarme. El sonido era ensordecedor, superaba incluso a los gritos. Creí gritar cuando alguien jaló mis piernas, pero se perdió en el ruido y nadie pudo escuchar nada. Mantuve mis manos firmes sobre mi cabeza y sentí cómo me arrastraban inevitablemente hacia la oscuridad.

Más manos me aferraron y me jalaron aún más; las golpeé, pero eran demasiadas. Cuando los disparos se detuvieron, levanté la vista. Esperaba ver el hocico con dientes afilados de un Marchito voraz, pero solo vi a Jasmyn, tenía los ojos amplios y jadeaba mientras intentaba hacer que me sentara contra una pared. Rain estaba a su lado.

—¿Están bien? —pregunté, pero mis oídos aún resonaban demasiado como para escuchar siquiera mi propia voz, mucho menos las respuestas.

—*Nunca nos escucharán* —dijo Rain, aunque no era su voz, sino su mente, hablando directamente con la mía. Sus pensamientos penetraron en mí como dragones en una aldea medieval, antiguos y avasallantes, y llevaron destrucción hasta donde no tenían intención de llegar. Sentí que mis recuerdos, emociones, incluso mi razón se corroían con su contacto mental, derribados tan casualmente como una choza de madera alcanzada por el golpe de una gran cola serrada.

—Sal de mi mente —grité.

—*Tu audición volverá en un momento* —respondió Ren, ya no tenía otro nombre para ella más que el primitivo: la madre de la oscuridad. Sus palabras resonaban en mi mente como lamentos de espíritus—. *Tenemos que salir de aquí.*

—*Solo seguirán persiguiéndonos* —respondí con el pensamiento. Sentí que estaba de rodillas frente a un dios enfurecido—. *Tenemos que hablar con ellos. Harris está aquí, deja que razone con él.*

—¿*Después de todo esto?* —su burla mental se extendió en mi consciencia.

—Culparán al señor Connor de las mutilaciones —pensé—. Y a Dana de los asuntos de la Dama Oscura; relacionarán ese nombre con los ahogamientos, como yo lo hice. Pero no saben de ti. Los salvaré después si es posible, si encuentro un modo de razonar con Harris, pero podemos salvarte a ti ahora. No hagas nada sospechoso, peligroso ni sobrenatural y aún podremos salir de esto.

—Jasmyn puede —pensó Ren—. Y tú. Pero no antes de esposarnos y palparnos en busca de armas. En ese momento, habrá ciertas cosas que no podré esconder. Soy obviamente una Marchita.

—Entonces, ¿qué harás? —pregunté.

Ren no respondió y escuché un grito distante. Mi audición estaba regresando.

—No lo sé —pensó finalmente—. Podría defenderme y podría ganar.

—Pero no lo has hecho aún —eso era más de lo que me había atrevido a esperar.

—No, no lo he hecho —dijo finalmente.

—¡John! —escuché a través del chillido que aún resonaba en mis oídos. Ren apartó sus pensamientos de los míos, volvió a dejarme solo en mi propia mente y el mundo pareció volver a enfocarse—. ¡John! —volvió a gritar la voz. Inhalé profundo y me sentí mil kilos más liviano que un momento atrás—. John Cleaver, ¿estás bien?

Era la voz de Harris. Asentí, mientras volvía a inhalar, y luego respondí.

—Estoy aquí. Estoy aquí. ¿Estás bien?

—¿Estás de su lado? —exigió.

Miré alrededor y noté que Ren, Jasmyn y yo estábamos encerrados en la capilla, escondidos detrás de un banco bajo de madera; la amplia puerta doble estaba agujereada por las balas y una hoja colgaba de una sola bisagra. La voz del agente Harris llegó desde el corredor, probablemente siguiera agachado, refugiándose detrás de su barricada improvisada.

–Intento detener esta pelea –dije.

–Entonces, estás de su lado. Ellos son el enemigo, John, tienen que morir. No hay lugar para hacer tratos aquí.

–Entonces, el círculo nunca terminará –afirmé–. Una parte tiene que ceder.

–No seremos nosotros –gritó Harris.

–Eso está bien, el otro lado ya lo ha hecho. Ahora todo lo que tienen que hacer es dejar de disparar.

La voz del agente Harris se elevó unos cuantos tonos, con incrédulo enfado.

–¿Estás bromeando? Esa cosa con la que estabas acaba de asesinar a uno de mis hombres y ha arrastrado a otro quién sabe a dónde; y eso sin contar lo que Huracán Katrina le está haciendo al resto de nuestro equipo ahí afuera.

–Ella intenta salvarnos. Es complicado, pero su corazón está en el lugar correcto.

–No puedo esperar a descubrir dónde estará el corazón del agente Gray una vez que ese tipo se encargue de él –gruñó Harris–. ¿Crees que lo pondrá sobre su cabeza, o tal vez lo talle con forma de rosa primero? Para hacer un lindo centro de mesa o algo.

–¡Intenté detenerlo! –exclamé–. Y tal vez todo lo que podamos hacer sea asesinarlo, y si es así cómo tiene que ser, entonces…

–¿Tal vez? –lanzó Harris–. ¡John! Ha asesinado a tres

agentes hasta ahora y quién sabe a cuántos más de los que no sabemos. Ha estado en esto durante diez mil años.

–Las personas cambian –cerré los ojos.

–Sería genial que lo hicieran –comentó Harris–. Pero ¿cuándo? Tengo la responsabilidad de mantener a las personas a salvo y no puedo hacer eso si dejo libre a un poderoso asesino. El círculo no puede cerrarse con él, John. Eso debería ser tan claro para ti como para cualquiera. Y esa cosa de afuera no puede cerrarlo tampoco, sin importar cuánto hables de lo mucho que intenta hacer lo correcto, porque cualquiera que piense que asesinar a una docena de confiables oficiales de la justicia es hacer lo correcto, no puede tomar esa clase de decisiones. No pueden. Y la tercera… –continuó y yo negué con la cabeza: sabía que había un tercer Marchito. Ren se movió detrás de mí y giré justo a tiempo para verla arrastrarse hacia atrás en las sombras. Apreté los dientes mientras intentaba pensar en una forma de salir de eso. Todo se estaba cayendo a pedazos. Harris continuó con su diatriba:

»…la tercera Marchita, la que controla mentes, ella ya intentó matarme una vez. Intentó usarme para asesinar a mi compañera. ¡Intentó asesinarte a ti, John! Por favor, ¿qué necesitas para molestarte más? ¿No puedes ver que estas cosas son malignas? ¿Que tienen que ser destruidas? Sé que intentas dar vuelta la página y ser bueno y correcto, y respeto eso; lo aplaudo. Creo que es precisamente la dirección que tu vida tiene que tomar. Pero la defensa propia es una cosa. No puedes acosar a alguien y asesinarlo sin ninguna razón, pero cuando ves que alguien más lo hace, es tu derecho, tu responsabilidad, intervenir y detenerlos. Como un oficial de la ley o un ciudadano. Y si eso implica asesinar al agresor, lo haces, y eso está bien, es legal y moral. Los Marchitos están amenazando al mundo y a todos en él por su mera existencia; asesinan, lastiman y torturan como parte de su naturaleza. Es tan natural para ellos como respirar, y a las personas como esas no se les puede permitir vivir.

Él dejó de hablar, aunque sus palabras parecieron quedar en el aire como fantasmas. Miré a Jasmyn y ella a mí. Aterrado, pero determinado. Ren ya no estaba. Volví a mirar la puerta rota.

–¿Eso significa que me habrías matado?

Él esperó varios segundos antes de responder.

–Eso es diferente, John.

–No, no lo es.

–¡Eres un ser humano!

–Ellos también.

–¡Ellos son asesinos!

–Yo también.

–Eres un sociópata, John. No ves la diferencia entre el bien y el mal, pero la conoces. Tomas decisiones para respetar eso, sin importar qué tan mal se pongan las cosas. Ellos no lo hacen.

–Y entonces, ¿por qué tu mente no está siendo controlada en este momento? –sonreí.

El agente Harris no dijo nada por un momento. Yo me acerqué a Jasmyn, ella tomó mi mano y la aferró con fuerza.

–¿Ella está aquí? –preguntó Harris.

–Así es. No sé dónde, pero definitivamente está tan cerca como para lastimarte si quisiera. Pero no lo está haciendo.

–Entonces, está planeando algo –afirmó Harris–. Todo el lugar es una trampa.

–La navaja de Ockham. ¿Por qué usar una trampa elaborada cuando puede simplemente hacer que todos se disparen a sí mismos en unos pocos segundos?

Él volvió a hacer una pausa, luego gritó:

–¿Estás armado?

–No.

–Entonces, ¿por qué estamos gritando?

–Porque no me crees.

Un momento más tarde, Harris asomó su cabeza por el extremo de la puerta baleada. Yo me levanté y arrastré a Jasmyn conmigo. Harris entró y nos apuntó con su arma.

–¿Jasmyn Shahi?

–Tampoco estoy armada –anunció y vi que se mantuvo tranquila como para no levantar las manos al ver el arma–. Y no soy una Marchita o no sé qué demonios.

–"Demonios" se acerca bastante –comentó Harris. Al tenerlo cerca noté que tenía un grave corte a un lado de su cabeza, con una marca de piel morada y sangre seca a su alrededor–. Los palparé a ambos solo para estar seguro.

–Ah, por Dios.

–No soy un idiota, John.

–Acabo de darte todo un discurso acerca de romper el círculo de violencia –dije, pero solté la mano de Jasmyn y extendí brazos y piernas–. No estoy escondiendo una cortina de baño en mi bolsillo trasero, si eso es lo que te preocupa.

–Apuesto a que te has guardado eso toda la noche, ¿no es así? –palpó mis piernas y mi pecho con una sonrisa burlona.

—La mujer a la que buscas se llama Ren —le dije.

—¿La reina de los demonios? —quedó convencido de que no estaba armado y continuó con Jasmyn. Ella no parecía ni un poco cómoda al dejar que un hombre la tocara, pero se mordió la lengua y miró la pared. Dejé que terminara antes de volver a hablar; Jasmyn se alejó unos cuantos pasos en el instante en que pudo.

—Ren no quiere lastimar a nadie. Pero solo quedan tres de ellos y se sienten algo acorralados. Comprensiblemente, creo.

Harris levantó la vista cuando escuchamos más disparos y gritos a la distancia.

—Creo que nuestros sentimientos son muy comprensibles también.

—Los sentimientos de todos lo son —coincidí—. Eso es lo que los hace tan difíciles.

—No escucho más disparos —dijo Jasmyn—. Ni gritos.

—¿Crees que Dana se haya ido? —pregunté.

—¿Esa es la chica huracán? —preguntó Harris.

—Sí.

—Se fue, o está adentro.

—Entonces, tenemos que encontrar al señor Connor —propuso Jasmyn—. Todavía podríamos salvar al agente que se llevó.

Harris inhaló al considerar sus opciones y obviamente odiarlas todas.

—Sí —dijo finalmente—, es probable que tengas razón.

—Son demasiado optimistas —comenté—, pero tienen razón de todas formas —comencé a caminar hacia la puerta—. El señor Connor está creando otra musa; las necesita para poder tener algún pensamiento no sistemático.

—¿Qué hay de Ren? —preguntó Harris—. No quiero dejar a una reina demoníaca sin considerar.

—Si estuviera atacándonos lo sabríamos —respondí y vi apenas el rastro de un temblor involuntario que recorrió la cabeza y los hombros de Harris cuando lo dije. Él había tenido la misma sensación horrible que yo. Pero Ren aún no estaba atacando.

Salimos al corredor y Jasmyn tomó el rifle del agente del FBI caído. Harris alzó las cejas.

—¿Sabes cómo usar eso?

—Estamos en un pequeño pueblo en los Estados Unidos —dijo Jasmyn—. La mitad de las citas que he tenido fueron en campos de tiro.

—Tiene sentido —comentó Harris.

—¿Has visto en qué dirección se fueron? —pregunté.

—Por este corredor —Harris señaló la sala de embalsamamiento. Seguimos el corredor cuidadosamente, prestando atención a los sonidos, pero no escuchamos nada. Revisé la sala; había huellas mojadas en el suelo, pero ninguna persona ni cuerpos.

—¿Qué más hay por este corredor? —preguntó Harris.

—El crematorio —respondió Jasmyn.

—Fantástico —volvió a estremecerse.

Avanzamos agachados, asomamos nuestras cabezas en cada habitación que pasamos (el sanitario, el guardarropa, un armario de escobas), pero el señor Connor no estaba en ninguna de ellas. Busqué huellas mojadas en la alfombra, pero no pude ver ninguna. No sonaron gritos ni llantos a la distancia; no había cuerpos sangrando ni mojados en el suelo.

Estábamos solos en la casa de la muerte. Con tres demonios Marchitos.

Nos acercamos lentamente al crematorio, la última habitación al final del corredor. La puerta estaba abierta y pudimos ver un ligero reflejo rojo y sentir el sutil rugido de llamas. Alguien lo había encendido. Hice que Harris y Jasmyn retrocedieran unos pasos y me asomé lo más silenciosamente posible.

Las paredes y el suelo estaban cubiertos de sangre y un tótem hecho de carne humana se elevaba en el centro de la habitación.

El cuerpo del agente Gray había sido desmembrado y los pedazos estaban cuidadosamente apilados y equilibrados en una nueva configuración grotesca. El torso, sin cabeza ni extremidades, estaba en la base, con un cuidadoso arreglo de brazos sin manos y piernas sin pies que formaban una intrincada red de arcos y contrafuertes sobre él. Dentro de esa red se encontraba la cabeza, demasiado oculta como para verla en detalle, pero saliendo de ella había manos, pies y dedos, que asomaban de los extremos como hojas, espinas y cuernos. No podía ver cómo estaban adheridos. A un lado de la habitación el horno ardía ferozmente, bañaba la sala con un brillo anaranjado infernal, y a su lado, sentado de piernas cruzadas en el suelo, se encontraba el señor Connor, con sus afilados dedos extendidos solemnemente frente a su rostro. Directo frente a él, en la danzante luz del fuego, el monumento hecho del cuerpo arrojaba una sombra que se retorcía y ondeaba en la pared.

El señor Connor observaba la sombra y soñaba.

–No entren a menos que realmente quieran ver esto –les dije a los demás y luego me adentré más en la habitación. El agente Harris me siguió, con expresión sombría e invariable. Un momento después, con dudas y precaución, Jasmyn entró también. Retrocedió al ver la exposición, pero no salió. La muerte era su vida entonces y los cuerpos se habían convertido en algo tan clínico que ya no la perturbaban. Ni siquiera ese.

–¿Qué ves? –preguntó el señor Connor.

Miré el cuerpo, la musa que él había creado tan cuidadosamente y, una vez más, tuve la inquietante sensación de que *significaba* algo, de que estaba diciendo algo en una lengua que mi cabeza, mi corazón o mi alma podían hablar, aunque yo mismo no pudiera recordar una palabra de ella. Era un jeroglífico, o un pictograma, o algo más primitivo; era el marcador de un rastro, rocas planas apiladas para mostrar por dónde ha pasado un cazador, para que otro pudiera seguirlo. Cortes en un árbol. Miré mi propio brazo, cortado en cuatro claras líneas por un asesino y rasguñado en un caos de marcas por otro. Tallados antiguos, para marcar el camino.

–No es real –dije.

–Nada lo es –el señor Connor miró las sombras.

–Está marcando un camino, pero el camino no es real; no es el camino correcto solo porque está marcado. No tenemos que seguirlo.

La voz del señor Connor era baja, como un tamborileo distante.

–Solo hay un camino ahora. El único que siempre hemos tenido –se puso de pie, en un movimiento fluido y casi majestuoso en la luz del fuego–. Es por eso que necesito la musa, para decirme qué es lo que veo.

–¿Qué es lo que ves? –preguntó Jasmyn.

–Sombras danzantes –respondió él–. Reales e irreales a la vez.

–Como los Marchitos –agregó Harris.

–Como todo –asintió el señor Connor y luego los huesos salieron de sus dedos, tan delgados y precisos como herramientas de un escultor–. Crecí en una cueva, saben. Antes del ritual, cuando aún era un niño. No significa nada, pero esto me hizo pensar en eso.

–Podemos salir de esto –afirmé mientras miraba alerta a sus garras y me colocaba entre él y los demás–. Podemos hacer que esto esté bien.

–La única salida es caer –dijo y luego saltó sobre mí con un rugido. Harris y Jasmyn dispararon sus armas, que volvieron a ensordecerme, pero las balas simplemente chocaron contra él y volaron hacia la pared trasera, y el señor Connor me atacó con sus garras. Tropecé hacia atrás, caí al suelo y él descendió sobre mí con un aullido mudo, pero nunca aterrizó. Una ráfaga de viento llenó la habitación, lo atrapó y lo rodeó con un torrente de aire y agua. Dana había llegado. Lo sostuvo en el aire, invisible, intangible e inmune a sus garras. Luego el agua dejó el aire y cubrió su cabeza. Él luchó, arañó, pateó y gritó, pero ningún sonido salió de él; aferró su propia garganta, desesperado por tomar aire, pero lo único que lo ahorcaba era agua y todo lo que hacía era rasguñar su propio rostro, su propia piel, su cuello, garganta y nervios. Agua y sangre manaban, solo para regresar a él, forzadas por el viento. Luego sus esfuerzos se hicieron más débiles, sus brazos cayeron, y finalmente se detuvo por completo. Y entonces no fue sangre lo que manó de sus heridas, sino materia del alma; ceniza, grasa y alquitrán, tan negra como la más oscura sombra. Se desintegró frente a nuestros ojos, se redujo sobre sí mismo en el corazón de la terrible tormenta. Y, cuando la tormenta se aplacó repentinamente, no fue un cuerpo lo que cayó, sino una resbaladiza masa sin forma. Se desplomó en el suelo y nos salpicó a todos con grasa a la vez cálida y fría.

El señor Connor estaba muerto.

CAPITULO 20

Dana apareció en la habitación, condensándose como el rocío en la humedad del aire. Sus pies descalzos bajaron delicadamente al suelo y nos observó con sus ojos profundamente hundidos en su cráneo. Su cabello caía enmarañado y enmarcaba su rostro.

Miramos atrás, demasiado asustados para hablar.

—¿Es seguro asumir —dijo Harris finalmente—, que si nos quisieras muertos ya lo estaríamos?

—Están seguros ahora —respondió Dana. Caían pequeñas gotas de agua al suelo desde su vestido andrajoso, salpicaban y se mezclaban con la grasa del cuerpo del señor Connor. La musa, derrumbada por la tormenta, estaba desparramada sin sentido ni poder en el suelo.

—¿Y qué podemos hacer para asegurarnos de que eso no cambie? —preguntó Jasmyn.

—Nada, mantenerse lejos de mí, supongo —dijo Dana.

—¿Esa es una amenaza? —preguntó Harris.

—Es un reporte del clima —suspiró—. Sin ánimos de bromear.

—No estará lúcida por siempre —advertí mientras la miraba con cuidado—. Tal vez ahora lo esté más de lo normal, luego de tantas víctimas, pero se desvanecerá eventualmente.

—¿Su mente? —preguntó Harris.

—Su control —respondí y di un paso hacia ella—. ¿Cuánto tiempo dura normalmente?

—No hay forma de predecirlo. Parte del trato, supongo. Parte del caos. Yo no quería reglas; no quería sentirme atrapada en el modo de pensar de ninguna otra persona. Quería ser libre, creo, y ahora soy libre de todo —tomó aire e intentó sonreír, y su forzado buen humor fue más duro de ver que su tristeza—. Mi mente está tan abierta que no puedo contener nada en ella.

—Entonces, el señor Connor tenía razón —comentó Harris—. La única salida es caer —me miró, tan cansado, frustrado y quebrado que estaba riendo prácticamente—. ¿No lo ves, John? Tenemos que seguir combatiéndolos, porque ellos tienen que seguir combatiéndonos a nosotros. No se ha detenido durante diez mil años y no lo hará ahora porque nosotros lo queramos.

—Yo llegué a la misma conclusión —comentó Ren y todos dimos la vuelta, con las armas en alto, y la vimos en la puerta. El agente Harris se acercó a la pared, en donde podía ver a las dos mujeres al mismo tiempo, y pasó su mirada y su arma de una a la otra, inquieto y aterrado.

—Cualquiera de ellas podría asesinarnos en un segundo si quisiera —le dije—, pero no lo hacen. Así que mantén la calma.

—Ella acaba de decir que planea pelear —protestó Harris.

—No te lo he dicho a ti —respondió Ren, con la autoridad de

diez mil años en su voz–. John es quien se merece una explicación; tú quédate en silencio y trata de no llamar mi atención.

–Tal vez Dana no pueda controlarse a sí misma –le dije a Ren–, pero tú puedes. Eres lista, eres poderosa, eres una diosa de la antigüedad, por favor.

–Es precisamente por eso que no puedo seguir tus reglas. Tengo que ser yo misma, no puedo dejar que otras personas tomen las decisiones por mí.

–¿Decides asesinar? ¿Pelear, lastimar, mutilar y destruir?

–Decido vivir del modo en que quiero vivir. Nunca ha sido más violento que el de otras personas, pero el mundo aún quiere matarme por eso.

–Puedo pensar en tres personas que ha intentado asesinar en las últimas seis horas –comentó Harris.

–Intentaba ayudar –afirmó Ren con ferocidad, pero luego su voz se suavizó y miró sus manos–. Solo… se me salió de las manos.

–Así que peleas y mueres –intervino Jasmyn–. John, Harris y yo, presumiblemente, y luego tú más adelante, ¿y qué ganaremos con eso?

–Ganaremos libertad –respondió Ren–. Y, cuando finalmente muramos, lo haremos tomando nuestras propias decisiones, bajo nuestro propio control.

–Tú no estás bajo tu propio control –la contradijo Dana–. Y no eres libre.

–Soy la madre de la oscuridad. ¿Quién crees que está controlándome?

–El orgullo. El egoísmo.

–He escuchado ese discurso de los pecados de la iglesia

muchas veces. Puedes guardártelo para la próxima vez que sermonees a alguien.

—¿No quieres ser controlada? —preguntó Dana—. Yo renuncié a mi control al hacer tu ritual y he vivido mi vida sin que nadie me dijera qué hacer. Y no ha sido una vida que valiera la pena vivir —comenzó a caminar mientras hablaba, dibujando un pequeño círculo en el suelo de la habitación; Harris la seguía con su arma—. Escoger seguir reglas no es renunciar al control, es controlarte a ti misma. Eso no parece un superpoder, pero inténtalo durante sesenta años y luego dime qué piensas —se detuvo frente al horno y su sombra se expandió por la habitación como una nube de tormenta—. He asesinado a cinco personas esta mañana, una de ellas era un Marchito —miraba las llamas mientras hablaba—. De diez mil años de edad. Tengo más control ahora del que he tenido jamás.

—¿Qué harás con él? —preguntó Harris. Yo no dije una palabra, porque ya lo sabía.

—Cariño —dijo Ren—, no te atrevas a hacer lo que creo que harás.

—Haré lo que tú no —afirmó Dana y extendió una mano al calor de las llamas—. Romperé el ciclo. No puede evitar que asesine, agente Harris, pero yo puedo detenerme a mí misma.

—¡No! —gritó Ren, pero Dana pareció explotar en una tormenta otra vez, una furiosa tempestad de viento, agua y caos; pero entonces, por un breve momento, controlada por la poderosa fuerza mental. Su tormenta se lanzó al horno, siseó y humeó mientras el agua se expandía, pero la mente detrás seguía lanzándola al fuego, domando las nubes y obligándolas a regresar al calor de las llamas una y otra vez. Subió vapor al techo y se condensó en grandes y pesadas gotas, solo para regresar al fuego una vez más, en un ciclo inagotable, hasta que la nube se redujo, el vapor se oscureció y el duro y ácido olor a alquitrán llenó la habitación como una nube tóxica. Yo me acerqué al horno, lo apagué y las llamas desaparecieron. El interior del horno estaba lleno de materia del alma, quebradiza y convertida en carbón.

Ren estaba llorando.

El agente Harris apuntó su arma hacia ella.

–No lo hagas –le advertí.

–Es la última que queda –dijo él–. Puedo terminar esto.

–No lo termines con un asesinato –rogué y miré a Ren–. Termínalo escogiendo.

–No quiero quemarme a mí misma –respondió ella.

–No tienes que hacerlo. Solo tienes que hacer una promesa. No lastimar a nadie, no destruir vidas, no controlar mentes. Sé que todo eso está en tu naturaleza, pero puedes ser mejor –dejé de hablar y la miré para intentar hacerla entender–. Ren –dije y luego de una pausa–. Margo.

Ella levantó la vista.

–Soy la peor persona que conozco –admití–. Si yo puedo hacerlo, cualquiera puede.

–Eso no podría ser cierto –negó Margo–. La mayoría de las personas que conoces son monstruos.

–Todos merecen ser salvados. Incluso los monstruos.

Margo me miró, yo a ella, y pensé en lo que estaba haciendo. ¿Realmente lo sabía? ¿Estaba realmente seguro de que ella pudiera cambiar? ¿Algo de eso realmente valdría la pena? La miré y pensé en mi madre.

Y lo supe.

–Deja que me quede con ella. Dile al FBI que estamos muertos, que la guerra se terminó, y déjanos aquí. Puedes vigilarnos ocasionalmente si quieres, pero yo me quedaré aquí y la ayudaré a mantenerse limpia.

–No puedo tener una familia –dijo Margo–. Es parte del pacto, renuncié a eso. No puedo tener hijos, no puedo ser necesitada.

–Yo puedo serlo –afirmé simplemente–. Tal vez eso sea suficiente.

Nos miramos el uno al otro y Harris nos miró a nosotros, sus ojos pasaban de mí a Margo y de Margo a mí.

–No es fácil –dijo–. Por todas las razones que te mencioné antes. El gobierno te quiere encerrado en una celda que nunca nadie sepa que existe.

–Pero tú me conoces mejor que ellos. La muerte me sigue porque he estado cazando Marchitos, pero si no lo hago, entonces no lo hará. Me quedaré aquí, sabes que lo haré –lo miré–. Eres un perfilador criminal y yo soy prácticamente toda tu carrera. Por más deprimente que eso suene, me conoces mejor que nadie en el mundo.

Él me miró y luego negó con la cabeza; no para discutir, sino con incredulidad.

–Estarán bajo constante y omnipresente vigilancia. Y tú, personalmente, serás responsable de todo. Si tengo que regresar el próximo mes, semana o lo que sea, por alguna clase de asesino pirómano, loco, con la mente controlada, estaré muy decepcionado. Y esa decepción se medirá en pelotones de soldados activos, adecuadamente equipados para asesinar a Godzilla.

—Estaremos bien —afirmó Jasmyn.

—Tú no eres parte de este arreglo —respondió Harris.

—Mis mejores amigos son un asesino serial y la Madre de la Oscuridad —dijo ella—. Intenta detenerme.

Harris puso los ojos en blanco, pero enfundó su arma.

—Bien. Pero regrésame esa arma. Y prepárate para un largo interrogatorio antes de que todo esto termine. Cinco agentes del FBI han muerto esta noche en esta propiedad y, aunque pudiera fingir sus muertes, John, esto no se resolverá fácilmente.

—Creo en ti. ¡Poderes de Súper mejores amigos, activados!

—Cierra la boca.

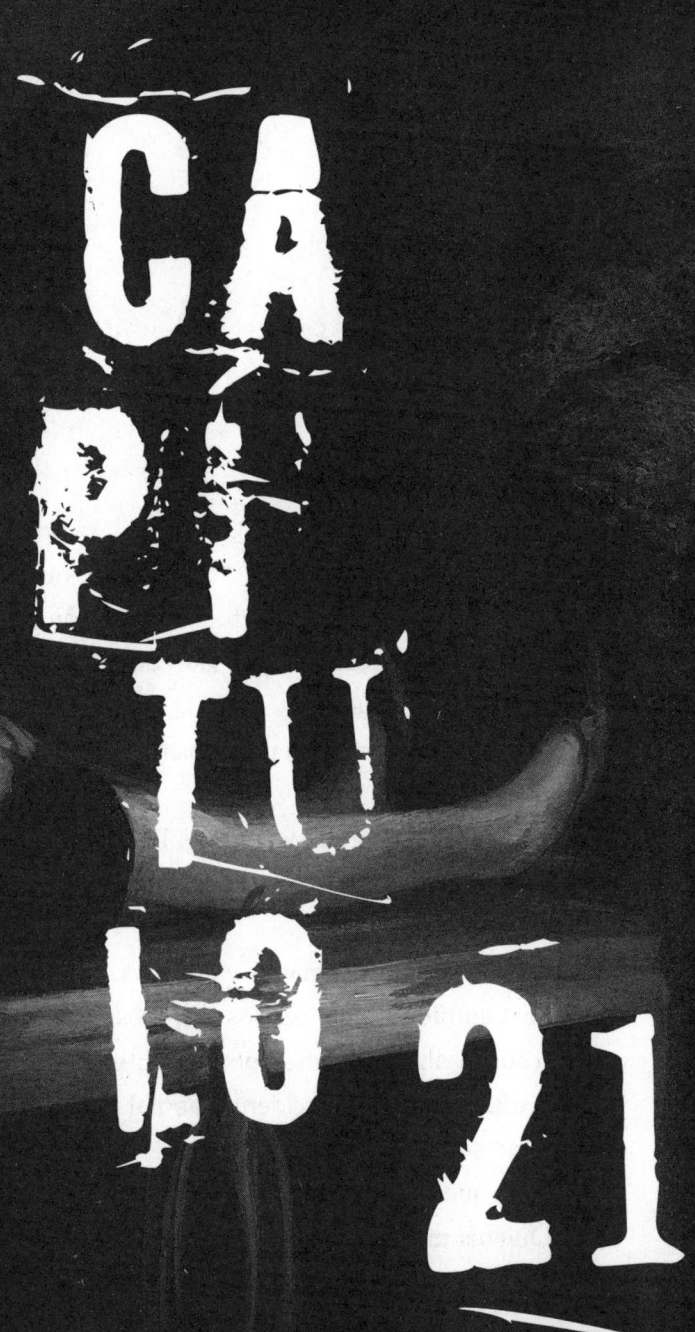

Dilo conmigo –la animé–. "Hoy tendré buenos pensamientos y les sonreiré a todas las personas que vea".

Margo me miró desde el otro lado del escritorio.

–Sabes que odio esto.

–¿Más que una ejecución del gobierno? Porque eso es mucho odio.

–Casi tanto –respondió y sonrió–. Tal vez sea hora de otra válvula de escape de presión. ¿Cuánto ha pasado, cinco meses? ¿Seis?

–Cinco meses, tres semanas y dos días –dije. Luego ajusté mi nuevo audífono; demasiados disparos en un espacio cerrado causan algunos daños permanentes–. Ciento sesenta y ocho días sin ningún accidente laboral ni ataque de ira de terrorismo sobrenatural reprimido.

–Haces que suene como un largo tiempo –comentó Margo.

–¿Quieres una insignia? –le pregunté–. Alcohólicos Anónimos te da una cuando alcanzas una meta…

–No te hagas el listo conmigo.

–No puedo evitarlo.

–Evitarlo es todo el punto de esta conversación. Muéstrame autocontrol antes de que te dé tareas extra trapeando, o algo.

Yo sonreí y ella miró el calendario en su escritorio.

–Pero ha pasado un tiempo desde la última válvula de escape –agregó–. ¿Crees que sea hora?

–¿Para mí o para ti? –pregunté. Nuestras "válvulas de escape" eran actividades que nos ayudaban a mantener el control de las cosas importantes liberando un poco de las cosas más pequeñas. Para ella solía implicar ser voluntaria en algo; podía mandonear un poco a las personas sin usar el control mental y podía formar relaciones. Para mí, normalmente solo íbamos al desierto y prendíamos fuego alguna cosa.

Cosas muy grandes. Era increíble.

–Para ti –respondió Margo–. Creo que podría aguantar otra semana.

–Lo mismo digo –coincidí y le sonreí–. Aún no lo has dicho conmigo.

–¿Decir qué?

–Sabes qué.

–Maldición, John –ella suspiró–, ¡tengo cosas importantes que hacer!

–No tan importantes como esto.

–Bien –accedió y recitamos juntos:

–"Hoy tendré buenos pensamientos y les sonreiré a todas las personas que vea".

–¿Estás feliz ahora?

–Como un sociópata, técnicamente nunca soy feliz…
–Eres el mocoso más…
–Soy feliz. Soy feliz. ¿Aún tienes las reglas en tu espejo?
–Y las leo a diario –respondió, luego rio–. Alguien tendrá unas preguntas terriblemente difíciles si alguna vez usan mi baño y se preguntan por qué tengo un letrero que dice: "Pediré lo que quiero en lugar de controlar las mentes de las personas".
–Solo diles la verdad. Con vidas como las nuestras, nadie lo cree de todas formas.

Ella rio suavemente, mientras repiqueteaba sus dedos sobre el escritorio, pero luego suspiró y las comisuras de sus labios cayeron.

–Esto no puede durar por siempre –susurró.
–Nada lo hace.
–Te irás.
–Nunca.
–Entonces, morirás –insistió–. Aunque no sea hasta dentro de cien años, ¿crees que no he tenido amistades antes? ¿Crees que no he tenido relaciones con las personas, solo para verlas envejecer y morir mientras yo seguía adelante? Aunque crees saber cuánto son diez mil años, te garantizo que no lo sabes.

–No he perdido a tantas personas como tú, pero las que perdí eran… significativas. Y duele, y lo lamento.

–¿Crees que alguna vez volverás a verlas?

–A Brooke, tal vez –respondí–. Algún día. Probablemente sea mejor para ella que no.

–Ella te ama.

–Más razón para mantener la distancia.

—¿Cuándo invitarás a Jasmyn a salir? —Margo sonrió con picardía.

—¿Por qué todos insisten en preguntar eso?

—Porque serías estúpido si no lo hicieras.

—Ella no es mi tipo —afirmé.

—¿Viva?

—Eso fue un golpe bajo —dije y la señalé—. No me ves aquí... presionando todos tus botones psicológicos...

Mi mochila sonó: *ding-dong, ding-dong*. Margo alzó las cejas.

—¿Has vuelto a encender esas cosas?

—Han pasado casi seis meses —me levanté—. El agente Harris vendrá a controlarnos en cualquier momento.

—¿Te ha dado un programa?

—No —respondí mientras miraba por la cortina—. Simplemente lo conozco. Y ahí está tu auto, pequeño tonto del FBI. Te conozco tan bien como me conoces a m...

Entonces, escuché un ladrido y me congelé en mi lugar.

—¿John? —preguntó Margo.

—¿Puedes...? —miré por la ventana, pero no pude ver a nadie—. ¿Puedes reconocer a un perro por su ladrido?

—Eso creo. Depende de qué tan bien conozcas al perro.

—Podría jurar que conozco a este —afirmé y salí al corredor. Margo se levantó y me siguió.

El agente Harris abrió la puerta principal y Boy Dog entró. Olisqueó el aire, volvió a ladrar y yo me detuve. Boy Dog miró alrededor mientras arrastraba la nariz por el suelo de la entrada, para comprobar que no estuviera cubierto de tocino, luego caminó pesadamente hacia mí y se sentó, con todo su cálido y gordo cuerpo justo en la punta de mis pies.

–Oye, John –dijo Harris–. Te traje algo.

–Gracias –respondí. Miré a Boy Dog, casi convencido de que no era real. Pero lo era.

–¿Este es ese perro del que no dejas de hablar? –preguntó Jasmyn al salir de la capilla–. Agáchate a acariciarlo, por el amor de Dios, ¿qué clase de reencuentro feliz es este?

–Confía en mí –respondió Harris mientras miraba mi rostro–. Es lo más feliz que lo he visto jamás –entonces guiñó un ojo–. Al menos, hasta ahora.

–¿Recibiré un poni también? –levanté las cejas.

–El gobierno de los Estados Unidos no te confiaría un poni en este momento –respondió Harris–. Pero sí, tengo a alguien más aquí para que veas.

–No a Brooke –dije y di un paso atrás. Boy Dog gimió por el cambio en su peso–. No puedo verla. No estoy listo para verla.

Margo aferró mi hombro con fuerza.

–Está bien. Sea lo que sea, estaremos bien.

Harris miró la puerta, asintió y luego hizo señas con una mano. Alguien afuera tomó la manija de la puerta, la abrió y entró, y yo pensé, solo por un breve instante, que era mi madre.

–Tía Margaret –susurré, luego otra mujer entró tras ella–. Lauren.

–Ay, por Dios –dijo Lauren al verme y sus ojos se llenaron de lágrimas–. ¡Estás tan alto!

–Hola –saludé y luego, porque no podía pensar en nada más–: ¿Ustedes… –tragué saliva–… saben?

–Sí –respondió Lauren.

—¿Todo?

—Sí —agregó Lauren con una mirada a Margo—. Todo.

—¿Y están... bien?

—John, te amamos —ella rio mientras secaba las lágrimas de sus ojos—. Sin importar lo que pase.

—Oye, John —dijo Margaret—. Te ves... ¿Te importa si...? —sus ojos estaban húmedos y llevó una mano a su boca—. John, ¿puedo darte un abrazo?

—Seguro —accedí, ella abrió sus brazos, yo me acerqué y la abracé, y Lauren nos abrazó a ambos, y todos estábamos llorando, meciéndonos y aferrándonos unos a otros con más fuerza de la que nunca había aferrado a nadie antes.

Y fui feliz.

LADRÓN DE RECUERDOS

UNA HISTORIA DE ELIJAH

Volví a morir anoche.

Su nombre era Billy Chapman. Lo habían encontrado en un banco de nieve, bajo la sombra de un farol en la acera de una playa de estacionamiento y, cuando bebí sus recuerdos, su muerte se convirtió en la mía. Recordé salir a los tumbos del bar hacia el frío penetrante, a través de la espesa neblina del licor; recordé resbalar en el hielo y un repentino y agudo dolor. Recordé los treinta y cinco años de vida de Billy: su trabajo, su jefe, su coche que no funcionaba y su esposa, Rosie.

Ah, Rosie. Él la amaba más que a nada en el mundo y, con sus recuerdos, también yo. Y ninguno de los dos volverá a verla jamás.

La policía dijo que morí congelado y eso es algo muy común en estos días. Con un buen invierno frío como este, la mayoría de mis recuerdos provienen de ebrios que nunca llegaron a casa o vagabundos desamparados que nunca llegaron a ningún sitio. Durante el clima cálido muero de otras formas, pero, año tras año, mi historia es la misma. Vivo de muerte en muerte, algunas veces por dos semanas, otras veces por tres; aguanto lo más que puedo mientras mi mente se escurre como la arena de un reloj, grano a grano, suelto y a la deriva, hasta que apenas puedo recordar mi propio nombre y tengo que encontrar otro. Absorbo las mentes como un adicto tembloroso, desesperado y avergonzado.

En los viejos tiempos, solía matarlos yo mismo; rematando mi memoria cuando y como quisiera, pero esos días no duraron mucho. Los demás me llamaban tonto por amar a esos insignificantes mortales con sus insignificantes vidas, pero nunca comprendieron que yo ya era uno de ellos. Que mi mente contenía cientos de miles de seres humanos y que el fragmento que quedara de mí, de mi verdadero ser, se había perdido para siempre en una avasalladora multitud. He vivido como un banquero en Nebraska, como un soldado en la Confederación, como un marinero portugués en la Era de los descubrimientos. He hilado seda en dinastías antiguas; luché y morí en las orillas del río Nilo. Los recuerdos se hunden y flotan como los restos de un naufragio, cada vez más dolorosos. ¿Cómo puedo matar mi propio corazón? ¿Cómo puedo matarlos cuando sus alegrías se vuelven las mías? Así que espero a que mueran y luego bebo en paz.

Y mi mente está llena de muerte.

Algunas veces muero de forma tranquila, me dejo llevar mientras duermo. Esas son las muertes más sencillas, en especial si sé que se acerca y mi familia se reúne a mi alrededor, y hablamos, reímos y pensamos en los viejos tiempos, y luego cierro los ojos, sonrío y sueño. Esas son las más simples, pero son demasiado poco frecuentes como para contarlas. La mayoría de mis muertes están llenas de dolor y miedo: cinco interminables y desesperados segundos en un auto fuera de control, o cinco agónicos meses de quimioterapia intravenosa y una nebulosa de analgésicos. Incluso me han asesinado en más ocasiones de las que puedo siquiera recordar. Aunque cada vez, cada una de las veces, la muerte en sí misma nunca es la peor parte. El marcharse nunca es tan malo como las personas que dejas atrás.

Ah, Rosie.

No tengo tantos amigos como podrían creer. Las personas que conozco (o las personas que creo conocer) no me conocen a mí, y he aprendido por experiencias dolorosas que es mejor abandonar esos lazos artificiales. En cuanto a los que son como yo, los Iluminados, que pueden hacer lo que yo hago, no tengo tiempo para ellos. No soy humano ni soy Iluminado, y ni siquiera los que comparten mi desdén por la sed de sangre de los demás (los que nos llaman Condenados, Marchitos o Perdidos) tienen un lugar realmente en mi mente plagada de huecos. Los evito, como evito a todos los demás. Solo conservo una conexión, un hombre llamado Merrill Evans, al que visité al día siguiente de beber los recuerdos de Billy Chapman. Suelo visitarlo luego de una muerte. El viejo me comprende, lo sepa o no. De cualquier manera, se lo debo y es lo menos que puedo hacer.

Aparqué mi auto en el pequeño estacionamiento detrás del Centro de vida asistida Whiteflower y entré. Olía a sanitizante de manos y a oxígeno envasado, y el aire crepitaba con esa improbable combinación de silencio reverente y risas demasiado sonoras de niños nerviosos, que hablaban a sus seres queridos en una exagerada parodia de las mismas conversaciones que habían tenido veinticuatro horas antes.

"¿Cómo estás, papá? Soy yo, Brian, tu hijo. No, Gordon no está aquí, él es tu hermano. Murió hace treinta años".

"Hola, mamá. Dije «HOLA, MAMÁ. ¿CÓMO ESTÁS?». Di hola, Maddy, pero dilo fuerte para que pueda escucharte. MAMÁ, ELLA ES MADISON. Di hola, cariño".

"¿Recuerdas nuestra antigua casa en la tercera? La casa más grande del vecindario, y mi madre la mantenía tan limpia. ¿Alguna vez fuiste a esa casa? Ah, era increíble, con una verja de hierro forjado y las más hermosas rosas en un enrejado de un blanco radiante en la pared. ¿Recuerdas cuando te pinchaste el dedo allí?".

Llegué a la recepción y la enfermera me sonrió.

–Hola, señor Sexton. ¿Cómo está hoy?

–Estoy bien, gracias. ¿Cómo sigue Merrill?

–Estoy segura de que estará bien ahora que usted está aquí –su voz era animada, pero se filtraba un rastro de amargura en ella al hablar–. Desearía que su familia lo visitara tanto como usted. ¿Sabe que tiene tres nietos? ¿Y que su familia casi nunca lo visita? Los más lindos nietitos que haya visto. Estuvieron aquí en el verano.

–Estoy seguro de que vienen siempre que pueden –respondí.

—Podrían venir más —afirmó ella, negó con la cabeza y levantó el teléfono. Yo extendí la mano para detenerla.

—No se moleste en llamar; él no es bueno con el teléfono. Me presentaré yo mismo.

—Está bien. Conoce el camino —sonrió y yo le sonreí, pero solo me había alejado un paso cuando ella me llamó.

»¿Señor Sexton? ¿Me recuerda otra vez cómo conoce al señor Evans?

—Lo conocí una vez, no mucho antes del Alzheimer. Él era un buen hombre.

—Estoy segura de que lo era —dijo ella. Solo llevaba unos pocos años trabajando allí, así que no nos conocía muy bien a ninguno de los dos.

Volví a girar, mi mirada recorrió el recibidor lleno de visitantes y residentes, y se detuvo en uno en particular: un chico adolescente, delgado, en un abrigo suelto, con cabello negro enmarañado que parecía deliberadamente despeinado; su propia rebelión contra su madre o abuela o contra quien lo hubiera hecho estar allí ese día. Él no estaba hablando con nadie, solo estaba sentado en una esquina, esperando. Inexpresivo. Anhelaba, algunas veces, esa ausencia de sentimientos. Haría que muchas cosas fueran mucho más simples.

Whiteflower era uno de esos centros de vida asistida modernos, más parecido a un hotel que a un hospital. Merrill Evans vivía en la habitación 312; había un jarrón de color rojo oscuro en un estante junto a su puerta, una especie de apoyo mental para ayudar a los residentes a encontrar sus habitaciones cuando no podían recordar el número. Merrill

adquirió el jarrón en un viaje a San Francisco con su esposa y lo recuerda algunas veces. Golpeé a su puerta y esperé a que él arrastrara sus pies tan cerca como para gritar.

–¿Quién es?

–Soy Elijah –no es mi nombre real, pero es el que he estado usando los últimos veinte años, aproximadamente. Por el único que él me ha conocido, si me reconocía siquiera.

–¿Quién? –así que no me reconocía este día.

–Soy tu amigo, Merrill. He venido a hablar contigo.

–Todos mis amigos han muerto en Vietnam.

Lo poco que recordaba cambiaba día a día; al parecer entonces recordaba la guerra.

–Peleaste en la Ofensiva Tet –le dije–. Yo luché allí también.

Eso ni siquiera era mentira. Él protestó y abrió la puerta, pero su arrugado rostro se frunció al verme.

–Maldita sea, tú no peleaste en Vietnam. Ni siquiera habías nacido.

–Tengo un rostro joven –afirmé, lo que técnicamente tampoco era mentira. He tenido la apariencia de un hombre de cuarenta por siglos.

Merrill protestó un poco más, pero abrió la puerta.

–No hay nada más que hacer por este lugar –comentó al hacerlo y caminó de regreso a su sillón reclinable, lento pero estable. Había perdido la mente, pero su cuerpo aún era fuerte. Tenía sesenta y cinco años, era más joven que la mayoría de los residentes del lugar, pero el Alzheimer temprano no le permitía cuidar de sí mismo, así que allí estaba. Saludable como un caballo, vacío como un tambor.

»¿Me trajiste el almuerzo? –preguntó.

—Me temo que no —respondí. Cerré la puerta detrás de mí y levanté su teléfono—. ¿Quieres que ordene algo?

—Si no tienes mi almuerzo, entonces, ¿por qué estás aquí?

Y así se despliega la lenta espiral de la conversación.

—Soy tu amigo. Vine a hablar contigo.

—Cierto —admitió y giró una mano bruscamente en el aire, como si limpiara suciedad de una ventana invisible—. Lo recuerdo, acabas de decirlo —sus palabras cargaban una mezcla de vergüenza y enfado, este último causado por lo primero. Sabía que no podía recordar nada y lo odiaba; estaba apenado y avergonzado y enfadado con todo en el mundo; consigo mismo ante todo, porque ¿a quién más podía culpar? Era el gesto más devastador del mundo, el tono de voz más doloroso de oír jamás, pero era la razón principal por la que estaba aquí. Tres semanas después de ese momento, mientras la arena en mi mente se escurría implacable, yo hice el mismo gesto, dije lo mismo. "Lo recuerdo".

La mayor mentira en el mundo.

Trabajaba en la morgue, como conductor del coche fúnebre en el turno noche, porque era la mejor manera de mantener un constante y no sospechoso acceso a los muertos recientes. Era un trabajo estable y no me importaba si me mantenía alejado del contacto con el resto del mundo. Mucho mejor, en realidad. Cerraba mis cortinas y dormía de día y, por la noche, trabajaba en la cochera, cuidando de tres coches fúnebres, manteniéndolos limpios y listos. El hombre del turno diurno era agradable. Su nombre era Jacob y hablé con él algunas veces cuando llegué al trabajo y él estaba marchándose. Algunas veces enfermaba y me pedía que cubriera su turno, pero yo siempre hacía otros arreglos, incluso hasta pagar a un empleado temporal de mi propio bolsillo. Conocía a muchos de los difuntos y conocía a sus familias y no podía soportar verlas llorando por mí cuando yo estaba justo allí, vivo y sano, y ¿por qué estás llorando por mí? Salgamos de este lugar y nunca regresemos. Mi propia esposa, mis hijos, padres y amigos, tan reales en mi memoria como lo eran en la memoria del difunto. Nunca fui a mi propio funeral, pero sabía que la tentación de hablar con los seres queridos sería fuerte, así que me mantenía alejado.

Fue por eso que el impacto fue tan fuerte cuando, una semana después de la muerte de Billy Chapman, vi a Rosie en la tienda.

Mi carro estaba lleno; pepinos, olivas, alcaparras y queso en fetas, porque acababa de pasar junto a un abrigo de piel de oveja en el pasillo y recordé mis días en Creta con tan cristalina y visceral claridad que me llevó a las lágrimas, y quería una comida como las que teníamos en los viejos tiempos. Estaba caminando a la caja, preguntándome si sabría bien, si los ingredientes americanos tendrían el mismo sabor, o si mi recuerdo de una mágica ensalada original superaría a cualquier ensalada real que intentara recrear, cuando, de repente, allí estaba ella. Llegaba a la caja al mismo tiempo que yo, tan familiar a mi lado como siempre lo había sido, y le dije *hola* sin siquiera pensarlo. Ella respondió con la cabeza, amigable, pero distante, con una tristeza en sus ojos que rompió mi corazón. Abrí la boca para preguntarle qué sucedía antes de recordar que su esposo estaba muerto, que el pobre Billy no llevaba tres días enterrado, y que no era a mí a quien recordaba, sino a él, y ella no sabía quién era yo. Mi mano ya estaba acercándose a la de ella y la aparté con terror.

Rosie, justo ahí, real, de carne y hueso. Y *justo ahí.*

–¿Estás bien? –su voz era rítmica, triste y preocupada; tan propio de Rosie el preocuparse por los demás cuando ella misma sentía tanto dolor. Había escuchado esa voz en mañanas perezosas, en canciones alegres, en gritos de pasión, en sentidos lamentos porque nunca podríamos tener hijos. Amaba esa voz, pero no era para mí y me sentí un acosador por siquiera pensarlo, aunque no podía evitarlo. Intenté hablar, pero no podía decir una palabra, y ella volvió a preguntar–. ¿Estás bien?

Sabía que tenía que hablar o ella lo seguiría haciendo. Quería dejar que lo hiciera, pero sabía que estaba mal.

–Lo siento –dije y llevé mi carro hacia atrás–. Por favor, ve primero. Buscaré otra caja.

–Eres muy amable –respondió y yo intenté sonreír, pero tuve que girar para esconder las lágrimas en mis ojos.

Mi Rosie, que nunca fue realmente mía. Dejé mi carro en el siguiente pasillo y luego salí de la tienda, caminé despacio para no hacer una escena. El coche de ella estaba en el estacionamiento, del mismo color que había visto cientos de veces, con las mismas calcomanías que le había rogado que no pegara, la misma caja de pañuelos que había estado en la luneta por años. Di la vuelta y caminé en la dirección opuesta;

dejé mi auto, caminé dando tumbos por el hielo. Parte de mí suplicaba regresar a ella y otra insistía en no hacerlo. No podía volver a verla nunca, ella no era realmente mi esposa, no había nada que pudiera hacer. ¿Qué podría decirle? "Hola, no me conoces, pero yo te he conocido por diez años y he estado casado contigo por ocho y soy tu esposo, Billy, y lamento haberme ido". Ella llamaría a la policía. Me golpearía, correría y gritaría que era un maniático, que era un acosador, que era un psicópata. La amaba demasiado como para hacer eso.

Deambulé por las calles durante dos horas heladas, temblando debajo de mi abrigo, observando las luces a través de la nieve. Cuando regresé a mi coche, ella ya no estaba.

Una semana después, no podía encontrar mis llaves y supe que estaba comenzando. Es algo muy común el perder las llaves, pero yo reconozco las señales y supe que la arena estaba cayendo en el reloj. La memoria de corto plazo desaparece primero, pero incluso la de largo plazo desaparecería si esperara demasiado. Algunas veces me sentía como Merrill: olvidaba ocasionalmente quién era, pero recordaba de la nada algún evento antiguo o a alguna persona en la que no había pensado en siglos. Había olvidado a mi ser original mucho tiempo atrás; todo lo que quedaba estaba reconstruido a partir de los pocos recuerdos que quedaban, un siempre cambiante grupo de piedras angulares y puntos de anclaje que fueron todo lo que quedó de una verdadera identidad.

Cuando encontré las llaves, tomé la cinta de seguridad de la gaveta de la mesa auxiliar y las até a mi cinturón. Me preparé un almuerzo para llevar al trabajo, cerrado cuidadosamente dentro de un contenedor plástico y, cuando abrí mi bolso para guardarlo allí, vi que otro contenedor plástico ya estaba ahí, con menos de media hora de antigüedad. Adherí una nota al segundo almuerzo, para explicarle su existencia a mi futuro yo, y salí para el trabajo. Saludé a Ted y él me dijo que su nombre era Jacob, que Ted había renunciado dos años atrás, y me disculpé por el error.

–Claro, lo recuerdo.

Escogí esta ciudad por su tamaño: lo suficientemente grande como para tener un flujo estable de muertes, pero pequeña como para que la mayoría de los cuerpos llegaran por causas naturales. He muerto por enfermedades cardíacas en más ocasiones de las que puedo contar. La tasa de mortalidad en nuestro condado es de alrededor de diez mil al año, que es más de veintisiete al día; cerca de la mitad de esas muertes ocurren en la ciudad en sí misma, divididas entre dos docenas de morgues y funerarias, lo que le deja a la mía un nuevo cuerpo cada cinco o seis días en promedio. Habíamos tenido uno el día anterior, pero yo escogí esperar. No estaba mal todavía y la mujer se había ahogado, que es una muerte que intento evitar cuando puedo. Sin embargo, mi memoria siempre pareció erosionarse más rápidamente hacia el final, así que necesitaría beber la próxima mente que llegara.

Realicé mis tareas de mantenimiento en los tres coches fúnebres, mientras encontraba consuelo en la reconfortante rutina de leer listas de tareas y tachar casilleros. Era simple, la

misma rutina cada día. No había nada que recordar, así que no tenía nada que olvidar. Cuando terminé, me senté en la oficina a hacer un Sudoku, con el libro doblado a la mitad y mordiendo el extremo de mi lápiz, como un hombre mayor. Los problemas de lógica y los juegos de estrategia se supone que deben ser buenos para la retención de la memoria, para ejercitar el cerebro como un músculo, pero no sé si alguna vez he visto algún beneficio en ello. Ni siquiera sé si las reglas básicas aplican a mi neuroquímica. He estado haciendo Sudoku por muchos años, dudo que pueda seguir ejercitando mi cerebro mucho más. De todas formas; era una acción tan rutinaria como la lista de tareas de los coches fúnebres. Cuando el teléfono sonó, suspiré aliviado, tomé notas del lugar del que debía recoger el nuevo cuerpo y salí.

Otro ebrio, vagabundo esta vez. Encontraron su cuerpo junto a un paso elevado, a unos quince metros del nido de mantas que probablemente fuera su hogar. Su temperatura corporal era de varios grados menos que helada y su cuerpo no tenía señales de ataque, así que la designaron como otra muerte por congelamiento.

Su memoria contaba otra historia.

Nuestro nombre era Frank McClellan y habíamos crecido en California; solíamos caminar por las playas cuando éramos niño, con los pies descalzos y la piel bronceada, pero nunca nos había gustado nuestro padre, y los recuerdos de nuestras discusiones a los gritos quemaban como carbón ardiendo dentro de mi cráneo. Nos fuimos de casa a los dieciséis, viajamos aquí y allá por el condado, nos reconectamos con nuestra hermana por algunos años durante nuestros veinte, antes de volver a alejarnos. Eventualmente, caímos en las drogas y la prostitución, pero siempre nos hemos enorgullecido de habernos mantenido lejos del hurto y el robo. Sentí su orgullo y su soledad, el frío hasta los huesos que parecía acecharlo incluso en el verano. Y luego, la noche anterior, vimos a un hombre acercarse, con su rostro cubierto casi por completo por una gruesa bufanda negra, y señalar a las sombras con un manojo de billetes de un dólar. Lo seguimos, con conocimiento preciso de lo que él quería de su muda transacción y allí, en la oscuridad, nos asesinó.

El asesino era uno de los Iluminados.

No era sorpresa que la policía no hubiera notado nada, ya que los Iluminados tuvieron cuidado de no dejar rastros. Frank no vio el negro y pegajoso tentáculo que se extendió desde los pliegues de la bufanda del hombre, pero yo sí. Era como una rama de un alma marchita, negra como la entrada al infierno, y se filtró por la boca de Frank y bajó por su garganta para penetrar su corazón. Si alguien sospechaba como para hacer una autopsia (y de algún modo pudiera convencer al estado de que un vagabundo anónimo valía el gasto), descubriría que sus órganos internos estaban cortados, picados o aplastados, tal vez incluso completamente ausentes. Conocía su método tanto como conocía el mío, un conocimiento que no provenía de la memoria de Frank, sino de la propia. Había demasiados huecos en ella como para recordar los detalles; demasiados miles de vidas para siquiera tener la esperanza de tenerlas individualizadas. No sabía quién era este Iluminado, pero sabía lo que hacía y cómo. Y estaba profunda e inconmensurablemente aterrado.

Pensé en el asesino de Frank por el resto de la noche y todo el siguiente día, demasiado agitado como para dormir. No se suponía que hubiera otros Iluminados en esta zona; había escogido mi hogar basándome en la soledad tanto como en el sustento. Mientras más lo pensaba, más me enfocaba en mis recientemente intensificados pensamientos en la imagen del asesino, y más certeza tenía de que Billy Chapman había visto al mismo hombre justo antes de morir. Él había resbalado en el hielo, ya estaba inconsciente para el momento en que el monstruo lo alcanzó, pero lo había visto primero, en las calles oscuras y en el bar antes de eso. No eran un par de muertes regulares y no se trataba de un asesino errante que estaba de paso. Había un monstruo acechando en nuestras sombras, reuniendo poder y fuerza, y los confines más profundos de mi mente roída por las ratas gritaron horrorizados por su llegada.

Pensé en ir a la policía, pero ¿qué lograría? No podía decirles lo que estaba ocurriendo sin parecer loco y no podía decirles cómo lo sabía sin parecer loco y peligroso. Perdería mi trabajo, como mínimo, y enfrentaría duras multas y cargos, como mucho, posiblemente acabaría en prisión. De cualquier manera, perdería el acceso a los recuerdos que necesitaba para impulsar mi mente. En prisión, tendría que asesinar o perder mi memoria por completo, una experiencia desgarradora que podría durar décadas y que me arriesgaría a exponer mis secretos al mundo. Si perdía mi trabajo, tendría que dejar la ciudad y ¿quién sabía cuánto tiempo pasaría hasta que pudiera encontrar otra fuente estable de recuerdos?

Además, no podía arriesgarme a irme, porque eso implicaría dejar al asesino solo con Rosie. La amaba más que...

Billy la amaba más que…

…No sabía qué pensar. No había visto a alguien que recordara, de cerca y en persona, en años. En siglos, tal vez. Me había vuelto autocomplaciente, dejé que mis cuidadosas medidas se volvieran laxas; ya había visto a Rosie y no podía dejarla. La amaba tanto como Billy la había amado, porque todo el amor de él era mío ahora. Pero una vez que la vi, la amé también, yo mismo, los rastros de mí que quedaban dentro de la biblioteca derrumbada de mi cerebro. Dejarla sola, con un asesino suelto, era impensable.

Protegerla sería igualmente malo, lo sabía.

No sé si planeé mi siguiente encuentro con Rosie o no. No busqué encontrarla activamente, pero no intenté evitarla tampoco. Sabía dónde vivía, dónde trabajaba y dónde hacía las compras. Conocía a todos sus amigos y parientes. Esas cosas, y más, eran los fríos remanentes de una vida que no era mía, pero eso no las hacía menos importantes en mi memoria. Podría haber ido al gimnasio, pero no lo hice. Podría haberla seguido cuando salía a correr al parque, pero no lo hice. No soy un acosador. Pero hacíamos las compras en la misma tienda y no cambié ese hábito, así que tarde o temprano, tal vez de forma inevitable, volvimos a encontrarnos.

Ella me habló en esta ocasión, bajo la pálida luz de los brillantes focos incandescentes.

–Hola.

–Hola –levanté la vista, de alguna manera sin sorpresa, resignación, miedo o tristeza. Todo al mismo tiempo. Intenté esconderlo.

–¿Estás bien? –preguntó. Siempre se preocupaba demasiado por las personas–. Te vi aquí el mes pasado.

–Lo recuerdo.

–Te veías... –hizo una pausa–. No lo sé, como si necesitaras ayuda. ¿Tienes... algún problema?

Todos y ninguno, pensé. Sonreí, pero solo apenas, porque sabía que todo lo que estaba haciendo estaba mal.

–Es muy amable de tu parte –respondí–. Pero estoy bien.

–¿Estás seguro? No quiero entrometerme y sé que no es de mi incumbencia, pero... –dudó–. Bueno, recientemente perdí a alguien muy querido y, al ver tu rostro, pensé... Bueno, creí haber reconocido algo.

Apreté los dientes para controlar la alegría que amenazaba con estallar en mi pecho por que ella me conociera, por que me recordara, pero sabía que eso no podía ser cierto y esperé a las siguientes palabras, que salieron en una avalancha sin remedio.

–Creí reconocer algo de mí misma –continuó–, de mi dolor, podría decirse. Y pensé que tal vez aquí había alguien más que estaba atravesando la misma clase de dolor que yo y que tal vez él tuviera a alguien con quien compartirlo, o quizás no. Y aunque no soy un manual del manejo adecuado de la pena, al menos tengo a alguien con quien hablar, tengo a mis hermanas, a mis padres y a mi familia política, y tal vez estoy completamente descolocada con esto y estoy viendo cosas que no son y probablemente estés preguntándote quién es esta psicótica que intenta lanzar toda esta angustia sobre ti, aquí, en la tienda, y lamento haberte molestado...

—Perdí a alguien también —dije con suavidad. No solo a Rosie, sino a cientos de miles más—. Pero estoy bien. Yo no... lo que sea.

—¿Estás seguro? —insistió. Jamás pudo evitar ayudar a algún vecino enfermo o a un ave con el ala rota que se cruzara en su camino. Sentí una fuerte punzada de culpa de haber arreglado esto de algún modo, por haber conocido sus puntos débiles y haberla atraído deliberadamente, incluso inconscientemente.

—Estoy bien —asentí.

Ella me miró un momento y yo me pregunté si acababa de superar otro encuentro sin haber arruinado la vida de mi gran amor, y si entonces eso significaba que me dejaría otra vez. Me maldije a mí mismo por preguntarme qué sería peor. Mejor arruinar mi propia vida mil veces, que lastimarla a ella más de lo que mi muerte ya la había lastimado. Pero no me moví y no hablé. Entonces, ella dijo:

—¿A quién has perdido?

—A mi esposa.

—Lo lamento tanto —llevó una mano a mi brazo y sentí que volví a morir una vez más. Me mantuve firme el mayor tiempo posible, pero era demasiado y me alejé. Ella me miró con renovado dolor en sus ojos.

»¿Tienes más familiares? ¿A alguien con quien hablar?

—Sigo adelante —le aseguré, pero no fue una respuesta real, y ella lo supo. Pensó por un momento, con un mohín tan familiar que podía envolverme a mí mismo en ese gesto, como un abrigo cálido y suave.

—Estoy en un grupo de apoyo —agregó—. Como un grupo de terapia, pero no tan hippie como suena —revisó su bolsa en busca de una tarjeta mientras hablaba y no encontró nada, finalmente escribió la dirección en un trozo de un recibo viejo—. Si necesitas hablar con alguien, sobre lo que sea, nos encantaría tenerte. Todos allí son muy agradables y creo que podría... Bueno, sé que me ha ayudado a mí. Aún lo hace —me entregó el papel—. Ven, por favor.

Tenía reglas que seguir. Tradiciones que me habían mantenido a salvo al igual que a todas las personas a las que amaba. *Las vidas que tomas no son tuyas para vivirlas. Las personas que extrañas no son tuyas para extrañarlas. No hables con ellas, no les digas la verdad, no les digas nada. Recuérdalas porque tienes que hacerlo, pero nada más. No las sigas, no las lastimes, no las arrastres al infierno de tu propia vida.* Pero había un asesino en la ciudad en ese momento. Un Iluminado, un Condenado, un Marchito. Quería proteger a la mujer que recordaba como mi esposa.

Había seguido esas reglas por miles de años, pero las rompería todas por Rosie.

—Gracias. Tal vez lo haga —acepté la dirección.

—Meshara.

Levanté la vista de mi libro de juegos mentales para ver a un hombre de pie junto a la puerta de mi pequeña oficina en el garaje de la morgue y a dos más detrás de él en el corredor.

La palabra que usaron era familiar y extraña a la vez; una de las tantas cosas que había aprendido y olvidado en mi vasta y emparchada vida.

—¿Asumo que ese es un nombre? —pregunté.

—Típico —dijo el hombre y se sentó en la otra silla. Era imposiblemente apuesto, pero emanaba un poder feroz, como una hiena disfrazada como un dios, la clase de asesino que fácilmente podía derribar a un antílope saludable, pero en cambio escogía hacer pedazos a los enfermos. Sonrió, con todos sus dientes a la vista, como para reforzar la metáfora en mi mente—. Aunque, comprensible, ¿no es así? Creo que la frase es "Has olvidado más de lo que el resto de nosotros ha aprendido jamás".

—Todos nosotros menos Hulla —agregó uno de los otros. Era más alto y robusto, con una red de cicatrices sobre su rostro que disparaban un recuerdo distante e incompleto. El tercer hombre era muy delgado y silencioso.

Los Iluminados habían llegado por mí.

—Hulla ni siquiera usa ese nombre ya —respondió el primero, reclinado en la silla—. Se llama a sí misma "Nadie". ¿Puedes creerlo?

—Se llamaba —corrigió el segundo hombre.

Suspiré y cerré mi libro.

—No a todos nos gustan esos nombres antiguos —afirmé—. Elijah es bueno para mí.

—No debería serlo.

—No puedo recordar quién era en ese entonces —agregué por lo bajo—. Y ciertamente no puedo recordar mi nombre.

—Meshara —repitió—. Yo soy Gidri, él es Ihsan y...

—Sabes que realmente no tengo ningún interés en su pequeño... club de Iluminados, o lo que sea —me encogí de hombros, no sabía qué decir a continuación—. Le dije lo mismo al último, sea cual fuera su nombre, cuando vino hace algunos años. Foreman, creo. Nada ha cambiado desde entonces, o si lo ha hecho ha sido en la dirección opuesta y es menos probable que me una a ustedes ahora que entonces.

—Kanta —dijo Gidri—. O Foreman, como insistes en llamarlo, está muerto.

—¿Lo está? —suspiré al sentir el peso de sus palabras como un golpe en la cabeza. Miré al hombre alto, Ishan, lo había llamado Gidri—. ¿Y has dicho que Hulla también?

—Y Mkhai —agregó Gidri—. Y Jadi. Y Agarin, la última semana.

—Agarin era... —intenté recordar, luché contra el vacío en mi mente—. Ella era una sanadora.

—Solo en nombre —respondió él—, y no lo fue por siglos. Recientemente trabajaba como enfermera, justo aquí en tu propia ciudad —volvió a sonreír con un destello de sus dientes amarillos—. Si has recogido el cuerpo de algún niño del hospital, has visto su trabajo.

—No tenía idea —negué con la cabeza, enfermo por el pensamiento.

—Ese es el punto —continuó—. Ella mantenía un perfil bajo, al igual que tú, al igual que todos nosotros. Pero eso ya no está funcionando. Están contraatacando.

—¿Quiénes?

—Los humanos —Gidri dijo la palabra con el tono de disgusto y excitación con el que podría referirse a una pelea de perros.

Una criatura que no valía nada más que desprecio lo había sorprendido con su competencia y él estaba prácticamente embriagado por las implicaciones violentas. Se sentó derecho en su silla, inclinado al frente con una fuerza contenida–. Nos han odiado desde que supieron de nosotros, o al menos desde que dejaron de adorarnos, pero ahora están contraatacando. No es solo uno, aquí y allá como solían hacerlo, sino que están organizados. Un esfuerzo conjunto para exterminarnos.

–Kanta los organizó primero –recordé–. Él atrajo demasiada atención.

–Si no fuera por Kanta, ni siquiera hubiéramos sabido que estaban cazándonos –replicó Gidri–. ¿Cuánto tiempo has estado solo? ¿Cuánto tiempo ha pasado desde que alguno de nosotros ha tenido algún objetivo más allá de los instintos básicos de escondernos y sobrevivir? Quizás hayan asesinado a docenas más; quedan muchos Iluminados a los que no hemos encontrado aún.

–Bueno, me han encontrado a mí, y yo estoy vivo –dije con firmeza y reabrí mi libro de Sudoku. Miré nerviosamente al tercer hombre, cuyo nombre no había escuchado y que se había mantenido en silencio. Él me miró también, inmóvil, y yo bajé la vista a mi libro, incómodo–. Regresen y díganles a los otros que estoy bien y, cuando estén en eso, díganles que me dejen en paz.

–Eres uno de nosotros.

–Solo en nombre –respondí, haciendo eco de su descripción de Agarin–. Siempre he sido más cercano a los humanos que a ustedes, desde el comienzo –levanté la vista–. Se mantienen alejados de ellos, pero yo no puedo. Los conozco demasiado bien; he sido uno de ellos más de lo que he sido yo mismo –negué firmemente con la cabeza–. No me uní a Kanta y no me uniré a ustedes.

–Están cazándonos –siseó Gidri–. ¿Los amas tanto como para quedarte quieto y dejar que te maten?

–Yo... –comencé y me detuve, inseguro de qué decir–. Mientras más humanos asesinen, más nos verán, y mientras más nos vean, más nos odiarán. Sería el comienzo de una guerra que solo puede terminar de una forma.

–¡Con divinidad! –gritó y golpeó el escritorio con el puño. Bajó la voz y habló entre sus dientes apretados–. Solían adorarnos, Meshara, solían adorarte a ti. El dios de la sabiduría, el dios de los comienzos, el dios de los sueños. Cantaban tu nombre en la oscuridad, danzaban desnudos alrededor de las primeras fogatas del mundo antiguo, y ahora estás aquí: escondido, cansado, insignificante, con tanto miedo de vivir como tienes de morir.

–Quizás sea hora de que muramos –afirmé, aunque mi voz fue débil. No quería que lo hiciera, pero su descripción me afectaba. ¿Por qué vivía en realidad? Tras miles de años, reinados de reyes, ascensos y caídas de civilizaciones; ¿por qué seguía aquí cuando no tenía planes más allá de la siguiente dosis de memoria? Si mi única ambición era no morir, ¿era realmente una vida?

Recuerdo las esperanzas, objetivos y sueños de innumerables hordas de humanos. No recuerdo nada propio. No he querido nada que pueda recordar...

...hasta Rosie.

–Se acerca la guerra –afirmó Gidri–, lo quieras o no. Y con ella viene la muerte, la tuya o la de ellos.

—Estás hablando del fin del mundo –dije.

—Ahora entiendes –respondió él–. O morimos, o reclamamos nuestro lugar como dioses.

—Adivina lo que hemos escogido –la voz de Ishan sonó profunda y amenazante.

El tercer hombre, de rostro anguloso y siniestro, solo me miró desde la esquina.

—¿Quién es? –preguntó Merrill.

—Soy yo, Elijah. Soy tu amigo.

—¿Tengo amigos? –destrabó la puerta con el rostro teñido de preocupación–. Ven aquí, adonde no puedan escucharte.

Entré y me pregunté qué nueva paranoia estaba enroscándose en su cerebro. Él cerró la puerta con cuidado y la trabó con dedos temblorosos.

—¿Sabes dónde es mi casa?

—Esta es tu casa, Merrill –señalé alrededor de la habitación.

—¿Este lugar? –me miró con los ojos bien abiertos–. No vivo aquí. ¡Vivo en una casa! Tengo que regresar allí o los vecinos comenzarán a quejarse.

—No hay nada de lo que puedan quejarse.

—¿Has visto la nieve ahí afuera? –se arrastró hasta la ventana y abrió una hendija en la cortina–. Tengo que regresar a casa y palear las entradas, y estas personas no me dejan.

—Tu hijo está paleando las entradas –le aseguré, aunque no era verdad. Su familia había vendido la casa para ayudar a pagar por su cuidado; pago acrecentado en secreto por mis propias contribuciones. Era lo menos que podía hacer. Pero con los años había aprendido que cualquier mención de vender su casa lo preocupaba, incluso más que no saber dónde estaba su casa; había un lazo en algún lugar, enterrado en su mente, que lo ligaba a la *idea* de su casa, más fuerte que a la casa en sí misma. Era el trabajo, creo, no los ladrillos o el mortero, sino el esfuerzo que había dedicado a mantenerlos. Mientras pensara que alguien estaba cuidándola, eventualmente olvidaba todo el asunto. Hasta que otra tormenta de nieve hacía resurgir el recuerdo.

Me senté, con esperanzas de que verme a mí relajado lo ayudara a relajarse también.

—¿Cómo has estado, Merrill?

—No me dicen nada aquí y no dejan que me vaya —me miró con una combinación de sospecha y vergüenza—. ¿Dijiste que eres mi hijo?

—Soy tu amigo, Merrill. Mi nombre es Elijah.

—Entonces, ¿quién es mi hijo?

—Tu hijo se llama David.

—¿Y él está cuidando de mi casa? —podía tener fijación con las cosas.

—Por supuesto. Siéntate, Merrill. Cuéntame de tu día.

—¿Crees que podrías sacarme de aquí? —miró hacia la puerta y susurró. Suspiré, pero asentí.

—No fuera del edificio, Merrill, sabes eso. Pero puedo llevarte a caminar por los pasillos.

—No quiero caminar por los pasillos —respondió con amargura—. Ni siquiera sé qué es este lugar.

–Vives aquí –me levanté–. Vamos a caminar.

–Y hasta nunca –comenzó a forcejear con su chaqueta. No era un abrigo pesado, como el que necesitaría afuera; ni siquiera creí que tuviera uno. Tomé la chaqueta liviana de sus manos y la dejé sobre mi brazo.

–Déjame llevar esto por ti –abrí la puerta y la volví a cerrar detrás de él cuando salió al corredor arrastrando los pies.

–Odio este lugar –dijo y rozó el jarrón rojo en el estante junto a la puerta. Me miró con un repentino brillo en sus ojos, como si el simple acto de atravesar la puerta hubiera cambiado su humor–. Demasiadas personas mayores –rio, y yo reí con él. Caminamos por el corredor, a paso lento pero estable y esperamos el elevador–. ¿A dónde vamos, otra vez?

–Solo abajo a la recepción y a caminar por los corredores.

–Debiste dejar tu abrigo en mi habitación –dijo y señaló su chaqueta en mi brazo.

–No me molesta cargarlo.

El recibidor estaba agitado, al menos para este lugar. Había un puñado de familias sentadas por aquí y por allá, en sofás y sillas, conversando con sus madres o abuelas, mujeres y hombres mayores en sillas de ruedas y andadores, con tanques de oxígeno, cánulas plásticas en sus orejas y rostros como traslúcidas joyas alienígenas. El rostro de Merrill se animó al ver el recibidor y ese reconocimiento fue tan triste para mí, a su modo, como la confusión que tuvo en su habitación; no porque no quería que fuera feliz, sino por la rapidez con la que pasaba de una emoción a otra. Odiaba este lugar y quería irse y, luego de una puerta, un corredor y un elevador, lo había olvidado por completo. Estaba allí en un lugar que reconocía y no importaba que lo odiara porque ese destello de reconocimiento eclipsaba cualquier otra emoción. Ahí había algo que recordaba, un lugar en el que había estado antes y, solo así, estaba feliz. Sonrió y saludó a alguien que probablemente nunca había conocido y yo caminé detrás de él con el abrigo que había olvidado.

–¿Este lugar tiene un baño? –preguntó, y yo señalé la puerta en la pared. Él entró y yo me senté a esperar. Un hombre joven estaba sentado en el sofá frente a mí, alguien que creí reconocer, pero no estaba seguro. Delgado, tal vez de diecisiete años, con una maraña de cabello negro. Estaba solo, con una expresión carente de emoción. Recordé la preocupación de Rosie por los demás, cómo me había confrontado en la tienda, y entonces me incliné al frente.

–¿Estás aquí para ver a un abuelo? –pregunté.

–Algo así –me miró, su expresión era ilegible.

–¿Algo así como una abuela o un abuelo?

–Amigo de un amigo.

–Supongo que yo podría decir lo mismo –asentí.

Él no respondió y yo volví a mirar a la nada. Volví a pensar en Rosie y en cómo me había hablado y en el dolor escondido en el rostro de este chico.

–¿Estás bien?

Él me miró con una nueva expresión; no con emoción, sino evaluación, como si intentara descifrar quién era el intrusivo extraño y por qué dicho extraño pensaba que estaba bien hacer tan agudas preguntas de la nada. Se me ocurrió que mi pregunta era extraña, no física sino socialmente, porque estaba casi garantizado que la respuesta más probable fuera un ataque: él preguntaría cuál era mi problema, o me diría que dejara de molestarlo, o simplemente se levantaría y se iría. Esperé mientras intentaba formar alguna clase de defensa o explicación, pero él simplemente me observó, sin decir nada. Luego de un momento, miró por sobre mi hombro y señaló al baño.

−¿Quién es tu amigo?

−Solo un hombre −respondí, sorprendido por la pregunta−. Lo conocí hace como veinte años, antes del Alzheimer. No es Alzheimer realmente, pero es bastante parecido. Él era un buen hombre, y me agradaba.

−Y ahora lo visitas.

−Es lo menos que puedo hacer.

Los hombros del joven se elevaron, solo ligeramente; el primer rastro de emoción que demostró.

−Estoy seguro de que puedes hacer mucho menos si te lo pones en mente.

Fue algún tipo de broma y me reí, pero más por la inesperada aparición de la humorada que por su significado. Me hizo sentir repentinamente perturbado, como si un viento helado hubiera soplado por el recibidor.

−Te sorprendería cuán poco hay de mi mente −comenté mientras negaba con la cabeza−. Unos años más, y acabaré como Merrill, casi seguro. Solo un... hombre vacío. Una máquina orgánica moviéndose.

−Así que... ¿vale la pena?

Por segunda vez en nuestra breve conversación, su pregunta me sorprendió. Lo miré perplejo.

−¿Si vale la pena qué?

—Venir aquí —respondió—. Interesarte por alguien que no se interesa por ti, que no podría hacerlo aunque quisiera. Tener una conexión con personas que solo van a desaparecer.

Me pregunté qué le había pasado a ese chico para agobiarlo tanto, pero luego sacudí mi cabeza. Estábamos sentados en una casa de reposo, rodeados por los últimos frágiles alientos de cientos de vidas en camino a la muerte. Si él conocía a una de ellas, si él había visto a una de ellas mutar de un vibrante ser humano a una figura distante, que se arrastra, si había escuchado cómo una vieja voz familiar olvidaba su nombre, esa era toda la respuesta que necesitaba. Él estaba quebrado porque la vida lo había quebrado. Reconocí a ese chico, porque reconocía esa expresión rota cada vez que miraba un espejo.

Bajé la vista a mi cinturón, a mis llaves aferradas a mi cinta de seguridad y me vi a mí mismo en la habitación de Merrill. En la vida de Merrill. ¿Quién me visitaría cuando finalmente lo perdiera todo? ¿Quién me ayudaría a recoger todos los fragmentos de mi mente despedazada y me consolaría cuando nevara y yo recordara una distante entrada sin palear? ¿Quién golpearía a mi puerta y se llamaría mi amigo?

Rosie me había hablado en la tienda. Ella me vio una vez, por medio segundo, y lo recordó, me buscó y volvió a encontrarme semanas después, y me ofreció ayuda.

El baño se abrió, Merrill salió y supe que ya me había perdido de su memoria. Podría salir por la puerta frente a él y ni siquiera sabría que me había ido. Miré al chico, pero él ya había apartado la vista, estaba mirando hacia la pared. Me levanté y giré hacia Merrill.

—¿Todo listo?

—Miren quién está aquí —dijo animado, su frase típica cuando se encontraba con alguien que obviamente no conocía, para esconder el hecho de que no sabía quién era.

—¿Aún quieres salir a caminar? —le extendí su abrigo.

—No puedo salir a caminar, ¿has visto la nieve afuera? —miró por la puerta de entrada, profundamente preocupado por algo—. ¿Quién crees que palee todo eso?

—Tienen a un hombre al que le pagan por hacerlo —expliqué y lo tomé del brazo. He tocado a muy pocas personas en mi vida, y a la mayor parte cuando ya no vivían. Aparté la mano con una repentina oleada de culpa.

—¿Yo vivo aquí? —preguntó suavemente.

—Así es. ¿Te gustaría regresar a tu habitación?

—¿Sabes cómo llegar?

—Lo sé —señalé al elevador y comenzamos a caminar.

Era lo menos que podía hacer.

La reunión de ayuda en el manejo del dolor de Rosie se llevaba a cabo en un centro comunitario, en un suburbio fuera de la ciudad. La habitación se utilizaba para toda clase de actividades diferentes, supuse, al ver los letreros, estanterías y las mesas mal lavadas de la clase de cerámica. Había cinco personas allí, sentadas en sillas plegables en un círculo abierto en el centro del lugar. Todos levantaron la vista cuando me asomé, y los ojos de Rosie se encendieron al verme. Mi corazón se regocijó en respuesta, pero me mantuve en silencio y me moví lentamente. No estaba ahí para hablar con ella, sino para mantenerme cerca en caso de que algún Iluminado llegara buscando problemas. ¿Era probable que lo hicieran? No allí, lo sabía, no tan lejos de todo. Pero ¿dónde más podía protegerla? Era lo menos que podía hacer.

–Pasa –dijo Rosie, me invitó con su mano y yo abrí más la puerta. Ella se levantó y acercó otra silla al círculo, yo dudé un momento más en la entrada. Lo mejor sería que me fuera en ese momento y cortara toda comunicación con Rosie. Podía protegerla bien desde las sombras, esperando afuera y siguiéndola a casa, pero entonces ella dio un paso hacia mí, solo un paso, y no pude contenerme. Entré a la habitación. Ella señaló la silla y me senté con cuidado, como si esperara que en cualquier momento la habitación estallara en caos, terror y muerte.

Todo estaba tranquilo.

–Bienvenido a nuestro grupo –dijo y sonrió con suavidad–. Mi nombre es Rosie. ¿Te gustaría presentarte?

Estuve a punto de presentarme como Billy, estuvo en la punta de mi lengua, pero me contuve. Sabía que debía marcharme, pero respiré profundo.

–Soy Elijah. Elijah Sexton.

–Hola, Elijah –respondió Rosie–. Gracias por estar aquí hoy. Este es un grupo muy abierto; lo que hacemos mayormente es hablar y todos hemos atravesado las mismas experiencias difíciles, así que descubrirás que somos una audiencia muy comprensiva. Me has dicho antes que has perdido a alguien. ¿Te gustaría hablar de eso?

Miré alrededor, al resto del grupo: una mujer de mediana edad con una gran mueca; un hombre alto y delgado detrás de un par de gruesas gafas oscuras; un par de personas mayores que parecían ser pareja. De pronto me golpeó el notar que los conocía a todos; que cada una de las personas en esa sesión de manejo del dolor estaba allí por mi causa, por alguien que yo había sido, su padre, hermana o amigo. Me abrumó una sensación de pérdida tan impactante que supe que nunca podría esperar superarla o escapar de ella.

—¿Qué puede decirse?

—Lo que tú quieras —respondió Rosie. Inclinó su cabeza a un lado en un gesto de empatía—. ¿A quién has perdido?

—A mi esposa —dije, como le había dicho antes.

—¿Te gustaría hablarnos de ella?

Había tantas: jóvenes y mayores; algunas veces yo moría primero y otras ellas morían y me dejaban solo. Miré al suelo, con cuidado de no mirarla a ella e intenté pensar en algo que decir.

Recordé a otra mujer, apenas más que una chica, toda una vida atrás, en la ladera de una gran montaña. Vivíamos en una cabaña de tierra y techo de paja, cuidando de un pequeño rebaño de ovejas en alguna clase de campo de hierbas duras y árboles retorcidos. Ella reía libremente y trabajaba duro, y murió dando a luz, y no puedo recordar si yo era su esposo o si yo era ella. Quizás fui ambos, y también sus padres y su hijo. Tomaba a demasiadas personas en ese entonces.

Rosie y los demás simplemente me observaban, silenciosos y comprensivos, dándome tiempo de pensar antes de hablar.

Abrí la boca, mientras intentaba pensar en una historia

que no fueran a reconocer, una historia en la que Rosie no se sintiera identificada, pero eran todas iguales: alguien murió y alguien más quedó atrás. El mundo era un rompecabezas despedazado, sus piezas apiladas en el suelo, cercanas, sin estar nunca conectadas.

—¿Vale la pena? —pregunté repentinamente. No podía sacarme las palabras de ese chico de la mente—. Pasamos toda nuestra vida creando lazos con personas que inevitablemente, cada vez, sin falla, nos dejarán. A menos que las dejemos primero, lo que podría ser peor, de hecho. Estamos construyendo una base que no puede durar, con materiales que nunca se sostendrán y el tiempo pasa, las montañas se desmoronan y todos mueren, todos y cada uno de los que han existido y yo... yo soy tan viejo —lo sentí entonces, como nunca lo había sentido antes, el peso de mi interminable y atemporal vida, tan profundo y negro como un pozo sin fondo. Era la edad lo que arruinaba a los Iluminados; no el tiempo (porque el tiempo era efímero), sino la edad en sí misma. El incesante acumulamiento de noches y días, de despertar, hacer, existir y dormir, una y otra vez, por siempre—. Incluso mi memoria se disipa —agregué suavemente, con la vista en el lazo de mis llaves, pero Rosie me detuvo con una sola oración.

—¿Sientes que el perdurar, que el permanecer, quedarse, son las únicas cosas que le dan sentido a algo?

Habíamos pensado en eso una vez, al principio. Queríamos inmortalidad y estábamos dispuestos a renunciar a todo para obtenerla. No recuerdo a qué había renunciado, pero sabía que era una parte tan profunda de mí, tan central para mi ser, que nunca he sido la misma persona desde entonces.

Ninguno de nosotros lo fue. Habíamos ido en busca de un don, pero llegamos demasiado lejos y nos marchitamos en su lugar, como frutos muertos, secándose bajo un radiante sol de verano.

–¿Darle sentido a qué? –pregunté con sentimiento de amargura y vacío–. ¿Si te doy sentido y mueres, qué bien habrá hecho eso?

–No puedes darme sentido –dijo simplemente–. No es algo que tú puedas dar, tengo que hacerlo por mí misma. Elijah, ¿qué tiene sentido para ti? ¿Qué es importante?

Miré a Rosie, recordé los días en que estábamos casados y las largas noches que pasamos enfermos, preocupados o alegres en los brazos del otro.

–Las personas –afirmé.

–¿Y qué sucede cuando esas personas se van?

La observé, tan cerca que casi podía tocarla y mi voz salió en un fatigado susurro.

–Es mucho peor que simplemente irse.

Rosie asintió, se quedó en silencio un momento, antes de hablar con suavidad.

–Una vida puede ser importante porque afecta otras cosas y puede tener un propósito por lo que logra, o lo que quiere lograr, y esas son palabras activas. Tienen movimiento y vida detrás de ellas y, cuando alguien muere, la vida se va y algunas veces se siente como si el propósito y la importancia se fueran con ella –sus ojos se llenaron de lágrimas–. El sentido es diferente. Una vida tiene sentido cuando significa algo para alguien más y nunca puede hacer eso por su propia cuenta. Significa algo *para ti*. *Para mí*. Cuando esa vida se va, nos lastima y nos cambia, y a veces se siente como si estuviéramos desmoronándonos, pero sin importar a dónde vaya esa vida, o si siquiera va a algún lugar, lo que ha significado sigue ahí, porque significó algo para ti. Y, mientras que conserves eso dentro de ti, no es solo sentido en el pasado, sino en el presente. En el ahora. Preguntaste si crear lazos vale la pena y te lo juro: es la única cosa que vale la pena en el mundo.

No sé qué estaba esperando de la reunión. Un reencuentro, tal vez, aunque sabía que eso no pasaría. Quizás en unos años, cuando su pérdida se hubiera aplacado... Pero no. Incluso aunque estuviera lista, yo ya no sería el mismo. Incluso podría haberla olvidado.

Olvidé el camino a casa y conduje por la ciudad en medio de la noche, pensando.

Cuando regresé al trabajo, los tres Iluminados estaban allí, Gidri, Ishan y el hombre silencioso. Ted estaba inconsciente en la esquina, con el rostro ensangrentado; ignoré la animada bienvenida de Gidri mientras caminaba hacia el cuerpo de Ted y me inclinaba para comprobar su pulso y su respiración. Estaba vivo, pero dudaba de que los Iluminados tuvieran intenciones de dejar que permaneciera así por mucho tiempo. Me levanté y giré para enfrentarlos.

–¿Este es su nuevo plan? –pregunté–. No me uniré a su ejército, ¿entonces matan a mi amigo?

–Él sigue con vida –respondió el hombre alto.

–Por ahora –agregó Gidri–. Sabes cómo sigue el resto de esta propuesta, así que solo me sentaré y esperaré a que te la hagas a ti mismo –se sentó en la punta del escritorio y me observó con un oscuro brillo entretenido en sus ojos. Ishan estaba de pie detrás de él, la cicatriz de su rostro más prominente que antes, y en la esquina estaba el tercer hombre, de rostro afilado y presagioso, acechando como una sombra.

–¿Realmente soy tan importante para ustedes? –pregunté.

–Eres nuestro hermano, Meshara.

–Nunca les ha importado eso antes.

–¿Cómo podrías saberlo? –replicó Gidri y la sonrisa macabra que se extendía en su apuesto rostro se volvió mucho más maliciosa, porque yo sabía que él tenía razón: tal vez *sí* se interesaban por mí y se alzaban a mi favor y yo solo no podía recordarlo, porque no podía recordar nada. Toqué las llaves en mi cinta y me encontré recitando la letanía de tareas de mantenimiento de los coches fúnebres. ¿Aún podía recordarla toda? ¿Me estaba olvidando de algún paso? Ted podría ayudar, pero si no me movía con cuidado, Ted nunca volvería a hacer nada.

»Te queremos de nuestro lado, porque eres uno de nosotros –continuó Gidri–. Perteneces a nuestro grupo; con toda la familia de Condenados.

–¿Condenados? –repetí y lo miré sorprendido–. Creí que nuestro lado nos llamaba Iluminados.

–Reconozco una maldición cuando la veo –afirmó él–. Queríamos una larga vida, asumimos que sería una buena vida por defecto y hemos tenido milenios para aprender la verdad detrás de ese error. Pero, a menos que estés listo para entregarte y morir, ¿cuál es la diferencia? Incluso los monstruos pueden defenderse a sí mismos.

Miré a Ted, inconsciente y ensangrentado.

–De los enormes y atemorizantes humanos.

–Están más cerca de ganar de lo que crees –aseguró él–. Te encontré, ellos podrían haberlo hecho también y podrían estar viéndonos ahora. O alguien más, ¿tal vez? Alguien que se esté interesando lentamente en tu vida, que esté ganando tu confianza, conociendo tus secretos, esperando el momento de atacar.

Pensé en Rosie, pero no había manera de que ella estuviera cazándonos. La conocía demasiado bien. Mejor que a mí mismo, literalmente. Ella, Merrill y Jacob eran las únicas personas a las que conocía. Y a Ted. ¿Ese era Ted?

Miré hacia la esquina y era Jacob. Ted había conseguido un nuevo trabajo dos años atrás. ¿O hacía más tiempo?

Necesitaba una mente nueva, pronto.

–Luces confundido –comentó Gidri.

–Estoy bien.

–Tu memoria está fallando –continuó–. Necesitas una nueva. Como una muestra de buena fe, deja que te proveamos de una.

–¿De quién? –pregunté, pero el hombre alto ya estaba en movimiento. Intenté ponerme frente a Jacob, pero él era demasiado fuerte y me sacó del camino como si fuera un muñeco y quebró el cuello de Jacob con sus manos–. ¡No! –grité al encontrar finalmente mi voz, pero fue demasiado tarde.

–Necesitaré la piel cuando acabes –anunció el hombre alto, frotó su rostro y la piel se movió de forma sobrenatural sobre los huesos debajo de ella, como una máscara. Caí junto a Jacob, volví a sentir su pulso y su respiración, pero él ya no estaba. Intenté recordar qué tan bien lo conocía, pero no pude formar los pensamientos en mi mente. ¿Él era un extraño o era mi mejor amigo?

Sentí la creciente paranoia, impulsada por el asesinato, pero con raíces mucho más profundas. Cada sombra era un enemigo, cada esquina una emboscada. Cuando no puedes recordar lo que acecha en tu visión periférica, el mundo se vuelve un amenazante y retorcido manicomio.

Cerré los ojos, la furia se debatía con la desesperación.

–Has perdido –afirmé y negué con la cabeza ante su brutalidad–. Jacob era mi único amigo y has dicho que si me unía a ustedes él podría vivir. Ahora no tienen nada que ofrecerme.

–No estés tan seguro –respondió Gidri y el hombre de rostro afilado se deslizó lentamente al corredor. Gidri sonrió, mostró los dientes y mi corazón se estremeció, porque había solo otras dos personas con las que podían amenazarme–. Te ausentaste por un tiempo terriblemente largo –agregó.

–Por favor, no.

Y allí estaba ella.

El hombre de rostro afilado arrastró a Rosie a la oficina, atada y amordazada para mantenerla en silencio en la

habitación trasera donde la retenían. Estaba medio dormida y se tambaleaba, su abrigo estaba rasgado, sus ropas desarregladas, su cuero cabelludo sangraba y tenía zonas enmarañadas en donde alguien la había jalado o arrastrado del cabello. Me acerqué a ella, pero el hombre alto me retuvo, con manos fuertes como el hierro.

—Rosie —dije. Me miró con confuso horror, aún confundida por haber quedado inconsciente de un golpe.

—Ya ves que todavía tenemos gran ventaja —anunció él. Se levantó y caminó hacia ella—. ¿Quién es ella, Meshara? ¿Alguien de una vida que has robado? ¿Sabe qué eres... o quién crees que eres?

Se acercó a ella y ella se sacudió hacia atrás, lista para correr, pero el hombre del rostro afilado le asestó un golpe en el rostro y la derribó al suelo. Me lancé al frente, para intentar protegerla, gritándole a Gidri que la dejara en paz, pero Ishan me sujetó por detrás, me envolvió en un abrazo paródico y me retuvo con su sobrenatural fuerza. Rosie extendió sus dedos, intentó reptar por el suelo y el hombre de rostro afilado estampó una pesada bota negra sobre sus dedos.

—Déjala —exclamé, tan furioso conmigo mismo como con él. Era mi culpa que estuviera allí, de mi contacto con ella, mi estúpido, egoísta y descuidado intento de estar cerca de ella. Habían estado observándome y sabían que algo me importaba. Y ahora estaban utilizándolo en mi contra—. Me uniré a su ejército —aseguré—. Haré todo lo que pidan, solo déjenla ir y nunca vuelvan a tocarla.

—Eso comenzó como una súplica, pero al llegar al final, sonó sospechosamente amenazador —Gidri movió sus dedos, una mínima y casi imperceptible señal, y el hombre de rostro afilado pateó a Rosie en las costillas.

—¡Detente! —lamenté mientras forcejeaba como un desquiciado—. ¿Qué quieren que diga?

Gidri extendió su mano, el hombre se detuvo y se apoyó contra la pared. Gidri se agachó y retiró la mordaza de la boca de Rosie, acalló sus sollozos y acarició su cabello en breves movimientos relajantes.

—Shh. Así está bien. Cálmate. Dinos tu nombre.

—Déjenme ir —dijo ella y se dobló para protegerse.

—Solo dinos tu nombre —insistió él con suavidad.

—Déjenla en paz —repetí, pero me ignoró. Ella se estremeció ante el contacto de los dedos de él en su rostro, pero él volvió a tocar su mejilla.

—Solo tu nombre —dijo.

—Rose —respondió finalmente. Su voz estaba cargada de miedo.

—¿Has perdido a alguien cercano, Rosie?

—Esto es enfermo —intervine—. Déjenla ir.

—Me preguntaste qué quería que dijeras —dijo con la vista fija en Rosie—. Quiero que le digas a Rose quién eres —levantó la vista hacia mí repentinamente—. Quién eres para ella.

—No soy nada —intenté liberarme de las manos de Ishan, pero él me aferraba demasiado fuerte.

—Eres lo opuesto a nada —afirmó Gidri.

—Entonces soy un dios —corregí con desesperación—. ¿Eso es lo que quieres que diga? ¿Que ocupe mi lugar en su panteón de monstruos? Soy un dios de muerte y de miedo —agregué y cada palabra partió mi corazón en miles de frágiles esquirlas

al ver el rostro de Rosie mutar y estremecerse de terror–. Soy Meshara, el dios de los sueños, las pesadillas y la memoria.

–¿A quién has perdido, Rose? –preguntó Gidri.

–Por favor, no –supliqué. Nunca podría decirle eso. Que estuviera aterrada de mí y de ellos, traumatizada y lastimada, pero no podía destruir su recuerdo de Billy. Que al menos conservara eso.

–Dile quién eres –insistió Gidri.

Soy el que te ama más que a nada en el mundo, pensé, *y te protegeré con mi vida*. Cerré los ojos y me apoyé contra Ishan, con mi cabeza contra su rostro. Él se movió incómodo, sin saber cómo reaccionar.

Y entonces, comencé a beber.

Arranqué su memoria a través de su piel como si fuera sudor, drené su mente en una avalancha que lo dejó helado en su lugar, inmóvil e indefenso. Olvidó de dónde venía, lo que estaba haciendo y me dejó ir. Sin pensamientos. Olvidó dónde estaba y quién era. Abnegado. Olvidó cómo estar de pie, cómo tragar, cómo respirar y colapsó al suelo.

–Santa madre –reaccionó Gidri y yo salté sobre él, lo tomé del brazo y no fui solo yo, sino el hombre alto también, un guerrero ancestral llamado Ishan, un modelo de poder demasiado fuerte para este mundo, y yo era grandioso y glorioso, estaba orgulloso, asustado, perdido y atormentado. Ishan conocía el plan de Gidri, sabía que tenía un cuchillo en su bota, de modo que, cuando lo tomó, yo ya estaba preparado, llevé mis manos a su cabeza y la vacié como a una botella, y Gidri dejó de ser más que un vegetal retorcido, y yo repentinamente recordé un odio tan poderoso que caí de rodillas; odio hacia mí, hacia él mismo, hacia el mundo entero. Los recuerdos de Gidri reptaron por mi mente como larvas, se retorcieron, mordieron y volvieron todo basura y luego se hundieron bajo la superficie y desaparecieron, perdidos en las inmensas profundidades de mi mente.

El hombre de rostro afilado se levantó, estalló en una jungla de ángulos y cuchillas, me cortó con una pringosa espina color café que abrió mi pecho como si fuera una navaja. Caí hacia atrás, me esforcé en vano por detenerlo y creí escuchar voces en el corredor. El hombre filoso giró al escuchar, y saltó repentinamente por la puerta como un perro del infierno. Una abrupta explosión de disparos lo detuvo en sus pasos y lo sacudió como a una hoja. Mientras caía, un hombre vestido de negro apareció a la vista para acabarlo con un machete. Rosie estaba gritando. Yo logré ponerme de pie mientras supuraba ceniza y sangre, y la empujé a una esquina detrás de mí. Otra figura de negro, una mujer de piel morena, esquivó la frenética pelea de espadas del corredor, entró en la oficina y me disparó con un arma de grueso calibre. Las balas me rozaron, destruyeron la pared en una lluvia de madera y yeso. Rosie volvió a gritar y la mujer con el arma se detuvo, la mantuvo apuntada hacia nosotros con blanco certero y habló por la radio prendida a su hombro.

—Queda uno aún con vida aquí, pero no puedo atacarlo sin herir a la mujer.

—Inténtalo mejor —dijo una voz en la radio y creí reconocerla, pero no pude saber de dónde.

—Necesito refuerzos —insistió la mujer—. Está sanando.

Bajé la vista a mi pecho y vi cómo la extensa y sangrienta

herida se sellaba a sí misma. Goteaba grasa negra de ella y siseaba al caer al suelo: materia del alma, marchita y oscura. Intenté hablar, pero mis pulmones aún estaban regenerándose. Sentí el amargo ardor de la ceniza en mi garganta.

—Por favor, no nos dispares —suplicó Rosie. No tenía motivos especiales para confiar en mí, pero me conocía mejor que a esos repentinos invasores con armas y cuchillos, así que se quedó en la esquina a mis espaldas.

La lucha del corredor se había trasladado afuera pero, por los gritos, rugidos e impactos supe que seguía activa. Me pregunté qué clase de hombre podía mantenerse en pie tanto tiempo en contra de un Marchito. Volví a mirar a la mujer con el arma, consciente de que podría matarme si quisiera, y recé por que mis pulmones se sellaran a tiempo para poder defenderme.

Entonces, el chico de la sala de espera apareció en la puerta, vestido de negro como los demás, y de pronto supe por qué había reconocido la voz de la radio. ¿Por qué estaba allí? ¿Qué estaba sucediendo? Sus ojos estaban alerta, eran astutos y muertos al mismo tiempo. Caminaba con una marcha extraña, casi temblorosa, como si estuviera conteniéndose a sí mismo con cada paso, pero no podía pensar de qué. Sus ojos pasaron sobre los cuerpos en el suelo, sobre el sangriento embrollo de mi pecho, por Rosie cubriéndose en una esquina, por sobre todo con la misma indiferencia depredadora. Me miró por un momento, silencioso, luego descendió lentamente para hincarse sobre el cuerpo de Gidri.

—¿Tú drenaste sus mentes? —preguntó.

Fruncí el ceño, confundido. ¿Cómo podía...?

—Él solo puede drenar cuerpos sin vida —dijo la mujer con el arma.

—Obviamente, no —negó el chico y tocó la garganta de Gidri con un dedo pálido—. Si estuvieran muertos se habrían convertido en cenizas. Eso significa que él los incapacitó y la única arma que tiene es drenar sus mentes

El hombre del machete reapareció en el corredor, cubierto de ceniza grasosa y esquirlas sangrientas. La lucha había terminado, y él había ganado. Sentí una nueva oleada de miedo. Esas eran las personas de las que Gidri había hablado, el otro lado de nuestra guerra en las sombras, y eran mucho más capaces de lo que había imaginado.

—¿De qué estás hablando? —preguntó Rosie.

La mujer la ignoró y mantuvo el arma apuntado a mi pecho.

—El protocolo indica que lo matemos de todas formas...

—El protocolo puede esperar —dijo el chico y me miró con renovado interés, como alguien miraría a un insecto prendido de un tablero—. Estas no son las primeras personas a las que has drenado sin matarlas.

Sentí una oleada de vergüenza, el profundo y oscuro secreto de una vida que había arruinado, y solté una respuesta ahogada por mi garganta abierta e irritada.

—No quiero matar —mi voz era áspera y dolorosa, pero forcé las palabras a salir—. Pensé que podía... vivir sin lastimar a nadie, pero todo estaba mal. Nunca quise lastimarlo.

—¿A quién? —preguntó la mujer.

—A Merrill Evans —respondió el chico y una vez más sentí la terrible tristeza de esa noche, desesperado y apenas sintiente, en la que busqué una mente y solo encontré a mi amigo, y no pude soportar asesinarlo, así que intenté lo que creí que era piedad y, en su lugar, lo condené a un infierno en vida. Caí de rodillas, deseé poder olvidar, pero esa desoladora pena era lo único que nunca podría permitirme perder. Si olvidaba lo que le había hecho a Merrill, podría hacérselo otra vez a alguien más.

—Tengo un disparo —dijo la mujer.

—Espera —insistió el chico y se dirigió a Rosie—. Somos de un área especial del FBI y estamos aquí para rescatarte. Tenemos una ambulancia afuera —señaló a la mujer con el arma—. ¿Irías con mi amiga?

—¿Me dirán qué está sucediendo? —preguntó Rosie.

—Afuera —agregó el chico y, luego de un momento de duda, Rosie me rodeó y tomó la mano de la mujer, se acercó al corredor, pero se detuvo en la puerta. La mujer jaló de su brazo, pero Rosie se detuvo para mirarme una última vez. Abrió la boca para hablar, pero luego giró y se marchó sin decir una palabra. Otro lazo cortado, otro ser querido perdido para siempre.

El último fragmento de mi corazón se rompió y miré al chico de los ojos muertos.

—¿Cómo sabes sobre nosotros? —pregunté.

—Tenemos lo que podría llamarse un informante.

—¿Otro Marchito?

—Amigo de un amigo —yo asentí y vi cómo las piezas encajaban lentamente, pero aún había mucho que no comprendía.

—¿Quién eres?

—Mi nombre es John Cleaver —respondió y sus ojos se

animaron con el gesto vacío de una sonrisa–. Psicópata profesional.

–¿Por qué no me mataste?

–La guerra de la que asumo que Gidri te advirtió es real –respondió John y señaló a la masacre en la habitación–. Supongo que no te convenció su oferta, así que me gustaría que escuches la mía.

Recordé una noche sin estrellas en una antigua montaña y otra oferta que nos había hundido a todos. Diez mil años de pérdida y dolor.

Pero recordé a Rosie también. Nuestro primer beso. Cien mil amores de cien mil vidas. Podía esconderme, o podía darles un sentido a esas vidas.

Cerré los ojos y soñé con la muerte.

AGRADECIMIENTOS

¿Cómo podría agradecerles a los muchos millones de personas que han contribuido con este libro? ¿Con toda esta saga? Honestamente, aún estoy algo impactado de que el primer libro haya sido publicado, qué decir de seis de ellos en diferentes formatos, países e idiomas. Así que, comencemos por el principio:

Gracias a mis padres, que me han criado como un lector. Gracias a mis profesores: a la señora Richardson, quien me ayudó a convertirme en un narrador de historias; a la señora Coen, quien me enseñó a amar las palabras; a la señora Hooper, quien nos asignó la lectura de *Dragonsong* en el sexto año y me demostró que los libros divertidos eran tan buenos como los importantes. Y gracias a quienquiera que haya escrito ese artículo periodístico, que yo era demasiado joven para leer, acerca de un hombre que secuestraba niños pequeños, les tomaba fotografías y los asesinaba con un martillo. El horror está en todas partes, pero el darme cuenta de que estaba precisamente en mi patio trasero cambió la forma en la que veo casi todas las cosas.

Gracias a Dave Wolverton, Linda Adams y Marion "Doc" Smith. Gracias a mi primer grupo de escritura: Ben Olsen,

Nate Goodrich y Brandon Sanderson. Gracias a las personas de *The Leading Edge*, las que estuvieron durante mi tiempo allí y todo el tiempo antes y después. Gracias a Michelle Ward y Jonathan Maberry, quienes me ayudaron a encontrar a mi agente; y gracias a mi increíble agente, Sara Crowe, que es la mejor y más grande del mundo. Gracias a Moshe Feder, que le dio una oportunidad a un tonto con una historia de terror y me consiguió mi primera venta profesional. Eres increíble. Gracias a Carsten Polzin, mi editor en Alemania, quien me ha pagado suficiente para que realmente me dedicara a esto a tiempo completo y quien me ha enseñado a apuntar a una audiencia más amplia. Gracias a Alexis Saarela, Patty Garcia, Paul Stevens, Tom Doherty, Kathleen Doherty, Amy Stapp, Theresa Nielsen Hayden, Irene Gallo y a un enorme ejército de personas de Tor que hacen un increíble trabajo detrás de escena. Y un enorme agradecimiento a mi editora, Whitney Ross. Eres la mejor.

Gracias a Brandon Sanderson (otra vez), Mary Robinett Kowal, Howard Tayler, Jordan Sanderson y a todos los que alguna vez han participado en *Writing Excuses*, los que han hablado de él o lo han escuchado. Gracias a mis grupos de escritura y lectores, entre ellos, Alan Layton, Kaylynn Zobell, Ethan Skarstedt, Sandra Tayler, Eric James Stone, Janci Patterson, Drew Olds, Emily Sanderson, Steve Diamond, Maija-Liisa Philipps, Ethan Sproat y muchos más. Gracias a los organizadores de convenciones, a los vendedores de libros y a otros autores que han promovido mi trabajo y me han dado la oportunidad y los consejos de cómo hacerlo; les haré un reconocimiento social especial aquí a Kevin J. Anderson,

Jude Feldman y Alan Beatts. Y gracias a mis asistentes, Chersti Nieveen y Kenna Blaylock.

Gracias a Elmore Leonard, A. A. Milne y Ke$ha. No tengo que explicarlo para ustedes.

Gracias a Billy O'Brien, Robbie Ryan, Nick Ryan, James Harris, Max Records, Christopher Lloyd, Laura Fraser, Toby Froud, Todd Jones y a un enorme elenco y equipo, demasiado numeroso para nombrarlo. Han hecho que nuestra película fuera increíble y la amaré por siempre.

SOBRE EL AUTOR
DAN WELLS

Nació en Utah, Estados Unidos, en 1977. Su pasión por la lectura lo llevó a estudiar Filología Inglesa. Ha trabajado en marketing y como publicista. Fundó una página web de reseñas de videojuegos (su juego favorito es *Battlestar Galactica*).

Es autor de las sagas **Partials**, **John Cleaver** y **El Mirador**. Ha sido nominado a los Premios Hugo y Campbell, y ha obtenido dos Premios Parsec por su podcast Writing Excuses.

Lee mucho, juega mucho y come mucho, lo cual se parece bastante a la vida ideal que imaginó siendo niño. Está casado y tiene cinco hijos.

Más información en:
www.fearfulsymmetry.net

¡QUEREMOS SABER QUÉ TE PARECIÓ LA NOVELA!

Nos puedes escribir a vrya@vreditoras.com con el título de este libro en el asunto.

Encuéntranos en

facebook.com/VRYA México

twitter.com/vreditorasya

instagram.com/vreditorasya

COMPARTE
tu experiencia con

#sagajohncleaver
este libro con el hashtag